KB121431

한국단편문학選集

메밀꽃 필 무렵

-이효석-

太乙出版社

──────────────────────── 차례 ●

메밀꽃 필 무렵

　여름 장이란 애시 당초에 글러서 해는 아직 중천에 있건만 장판은 벌써 쓸쓸하고 더운 햇살이 벌려 놓은 전 휘장 밑으로 등줄기를 훅훅 볶는다. 마을 사람들은 거의 돌아간 뒤요, 팔리지 못한 나뭇군패가 길거리에 궁싯거리고들 있으나 석유병이나 받고 고깃마리나 사면 족할 이 축들을 바라고 언제까지든지 버티고 있을 법은 없다. 칩칩스럽게 날아드는 파리떼도 장난군 각다귀들도 귀찮다. 얼금뱅이요, 왼손잡이인 드팀전의 허 생원은 기어이 동업의 조 선달을 낚우어 보았다.

　"그만 거둘까."

　"잘 생각했네. 봉평 장에서 한번이나 흐뭇하게 사본 일 있었을까. 내일 대화 장에서나 한몫 벌어야겠네."

　"오늘 밤은 밤을 새서 걸어야 될걸."

　"달이 뜨렸다."

　절렁절렁 소리를 내며 조 선달이 그날 산 돈을 따지는 것을 보고 허 생원은 말뚝에서 넓은 휘장을 걷고 벌려 놓았던 물건을 거두기 시작하였다. 무명 필과 주단 바리가두 고리짝에 꼭 찼다.

명석 위에는 천 조각이 어수선하게 남았다.

다른 축들도 벌써 거의 전들을 걷고 있었다. 약바르게 떠나는 패도 있었다. 어물장수도, 땜장이도, 엿장수도, 생강장수도 꼴들이 보이지 않았다. 내일은 진부와 대화에 장이 선다. 축들은 그 같이 어수선하게 벌어지고 술집에서는 싸움이 터져 있었다. 주정꾼 욕지거리에 섞여 계집의 앙칼진 목소리가 찢어졌다. 장날 저녁은 정해 놓고 계집의 고함소리로 시작되는 것이다.

"생원, 시침을 떼두 다 아네. ──충줏집 말야."

계집 목소리로 문득 생각난 듯이 조 선달은 비죽이 웃는다.

"화중 지병이지. 연소패들을 적수로 하구야 대거리가 돼야 말이지."

"그렇지두 않을걸. 축들이 사족을 못 쓰는 것도 사실은 사실이나. 아무리 그렇다군 해두 왜 그 동이 말일세. 감쪽같이 충줏집을 후린 눈치거든."

"무어 그 애송이가? 물건 가지고 낚았나부지. 착실한 녀석인 줄 알았더니."

"그 길만은 알 수 있나…… 궁리 말구 가보세나그려. 내 한턱 씀세."

그다지 마음이 당기지 않는 것을 쫓아갔다. 허 생원은 계집과는 연분이 멀었다. 얼금뱅이 상판을 쳐들고 대어설 줏기도 없었으나 계집 편에서 정을 보낸 적도 없었고 쓸쓸하고 뒤틀린

반생이었다. 충줏집을 생각만 하여도 철없이 얼굴이 붉어지고
발밑이 떨리고 그 자리에 소스라쳐 버린다. 충줏집 문을 들어
서 술좌석에서 짜장 동이를 만났을 때에는 어찌된 서슬엔지 발
끈 화가 나버렸다. 상 위에 붉은 얼굴을 쳐들고 제법 계집과
농탕치는 것을 보고서야 견딜 수 없었던 것이다. 녀석이 제법
난질군인데 꼴사납다. 머리에 피도 안 마른 녀석이 낮부터 술
쳐먹고 계집과 농탕이야. 장돌뱅이 망신만 시키고 돌아다니누
나. 그 꼴이 우리들과 한몫 보자는 셈이지. 동이 앞에 막아서면
서부터 책망이었다. 걱정두 팔자요, 하는 듯이 빤히 쳐다보는
상기된 눈망울에 부딪칠 때 결기에 따귀를 하나 갈겨 주지 않
고는 배길 수 없었다. 동이도 화를 내고 팩하게 일어서기는 하
였으나 허 생원은 조금도 동색하는 법 없이 마음 먹은 대로는
다 지껄였다. ——어디서 줏어먹은 선머슴인지는 모르겠으나
네게도 아비 어미 있겠지. 그 사나운 꼴 보면 맘 좋겠다. 장사
란 탐탁하게 해야 되지. 계집이 다 무어야 나가거라. 냉큼 꼴
치워.

그러나 한 마디도 대거리하지 않고 하염없이 나가는 꼴을
보려니 도리어 측은히 여겨졌다. 아직도 서름서름한 사인데 너
무 과하지 않았을까 하고 마음이 섬짓해졌다. 주제도 넘지, 같
은 술 손님이면서도 아누리 젊다고 자식 낳게 되는 것을 붙들
고 치고 닦아 셀 것은 무어야 원. 충줏집은 입술을 쭝긋하고
술 붓는 손도 거칠었으나, 젊은 애들한테는 그것이 약이 된다
나 하고 그 자리는 조 선달이 얼버무려 넘겼다. 너 녀석한테 반
했지? 애숭이를 빨면 죄된다. 한참 법석을 친 후이다. 담도 생
긴데다가 웬일인지 흠뻑 취해보고 싶은 생각도 있어서 허 생

원은 주는 술잔이면 거의 다 들이켰다. 거나해짐에 따라 계집의 생각보다도 동이의 뒷일이 한결같이 궁금해졌다. 내 꼴에 계집을 가로채서는 어떡헐 작정이었누 하고 어리석은 꼬락서니를 모질게 책망하는 마음도 한편에 있었다. 그러기 때문에 얼마나 지난 뒤인지 동이가 헐떡거리며 충줏집을 뛰어나간 것이었다.

"생원 당나귀가 바를 끊고 야단이에요."

"각다귀들 장난이지 필연코."

짐승도 짐승이려니와 동이의 마음씨가 가슴을 울렸다. 뒤를 따라 장판을 달음질하려니 거슴츠레한 눈이 뜨거워질 것 같다.

"부락스런 녀석들이라 어쩌는 수 있어야죠."

"나귀를 몹시 구는 녀석들은 그냥 두지 않을 걸."

반평생을 같이 지내온 짐승이었다. 같이 주막에서 잠자고 같은 달빛에 젖으면서 장에서 장으로 걸어다니는 동안에 이십 년의 세월이 사람과 짐승을 함께 늙게 하였다. 까스러진 목뒤 털은 주인의 머리털과도 같이 바스러지고, 개진개진 젖은 눈은 주인의 눈과 같이 눈꼽을 흘린다. 움당비처럼 짧게 슬리운 꼬리는 파리를 쫓으려고 기껏 휘저어 보아야 벌써 다리까지는 닿지 않았다. 닳아 없어진 굽을 몇 번이나 도려내고 새 철을 신겼는지 모른다. 굽은 벌써 더 자라나기는 틀렸고 닳아버린 철 사이로는 피가 빼짓이 흘렀다. 냄새만 맡고도 주인을 분간하였다. 호소하는 목소리로 야단스럽게 울며 반겨한다.

어린 아이를 달래듯이 목덜미를 어루만져 주니 나귀는 코를 벌름거리고 입을 투덜거렸다. 콧물이 튀었다. 허 생원은 짐승 때문에 속도 무던히는 썩였다. 아이들의 장난이 심한 눈치여

서 땀 배인 몸뚱어리가 부들부들 떨리고 좀체 흥분이 식지 않
는 모양이었다. 굴레가 벗어지고 안장도 떨어졌다.

'요 몹쓸 자식들'

하고 허 생원은 호령을 하였으나 패들은 벌써 줄행랑을 논 뒤
요, 몇 남지 않은 아이들이 호령에 놀래 비슬비슬 떨어졌다.

"우리들 장난이 아니우. 암놈을 보고 저 혼자 발광이지."

코흘리개 한 녀석이 멀리서 소리를 쳤다.

"고 녀석 말투가."

"김 첨지 당나귀가 가버리니까 온통 흙을 차고 거품을 흘리
면서 미친 소같이 날뛰는 걸. 꼴이 우스워 우리는 보고만 있
었다우. 배를 좀 보자."

아이는 앙칼진 투로 소리를 치며 깔깔 웃었다. 허 생원은 모
르는 결에 낯이 뜨거워졌다. 뭇 시선을 막으려고 그는 짐승의
배 앞을 가리워 서지 않으면 안되었다.

"늙은 주제에 암샘을 내는 셈야. 저놈의 짐승이."

아이의 웃음소리에 허 생원은 주춤하면서 기어이 견딜 수
없어 채찍을 들더니 아이를 쫓았다.

"쫓으려거든 쫓아보지. 왼손잡이가 사람을 때려."

줄달음에 달아나는 각다귀에는 당하는 재주가 없었다. 왼손
잡이는 아이 하나도 후릴 수 없다. 그만 채찍을 넌졌다. 술기
도 돌아 몸이 유난스럽게 화끈거린다.

"그만 떠나세. 녀석들과 어울리다가는 한이 없어. 장판의 각
다귀들이란 어른보다도 더 무서운 것들인 걸."

조 선달과 동이는 각각 제 나귀에 안장을 얹고 짐을 싣기
시작하였다. 해가 꽤 많이 기울어진 모양이었다.

드팀전 장돌뱅이를 시작한 지 이십이나 되어도 허 생원은 봉평장을 빼논 적은 드물었다. 충주, 제천 등의 이웃 군데도 가고 멀리 영남지방도 헤매이기는 하였으나 강릉 쪽에 물건하러 가는 외에는 처음부터 끝까지 군내를 돌아다녔다. 닷새만큼씩의 장날에는 달보다도 확실하게 면에서 면으로 건너 간다. 고향이 청주라고 자랑삼아 말하였으나 고향에 돌보러간 일도 있는 것 같지는 않았다. 장에서 장으로 가는 길의 아름다운 강산이 그대로 그에게는 그리운 고향이었다.

반날 동안이나 뚜벅뚜벅 걷고 장터 있는 마을에 거의 가까왔을 때, 거친 나귀가 한바탕 우렁차게 울면——더구나 그것이 저녁녘이어서 등불들이 어둠 속에 깜박거릴 무렵이면, 늘 당하는 것이건만 허 생원은 변치 않고 언제든지 가슴이 뛰었다.

젊은 시절에는 알뜰하게 벌어 푼돈이나 모아본 적도 있기는 있었으나, 읍내에 백중이 열린 해 호탕스럽게 놀고 투전을 하여 사흘 동안에 다 털어버렸다. 나귀까지 팔게 된 판이었으나 애끊는 정분에 그것만은 이를 단념하였다. 결국 도로아미타불로 장돌뱅이를 시작할 수 밖에는 없었다. 짐승의 등을 어루만졌던 것이었다. 빚을 지기 시작하니 재산을 모을 염은 당초에 틀리고 간신히 입에 풀칠을 하러 장에서 장으로 돌아다니게 되었다.

호탕스럽게 놀았다고는 하여도 계집 하나 후려 보지는 못하였다. 계집이란 쌀쌀하고 매정한 것이었다. 평생 인연이 없는 것이라고 신세가 서글퍼졌다. 일신에 가까운 것이라고는 언제나 변함없는 한 필의 당나귀였다.

그렇다고는 하여도 꼭 한 번의 첫일을 잊을 수는 없었다. 뒤에도 처음에도 없는 단 한번의 괴이한 인연! 봉평에 다니기 시작한 젊은 시절의 일이었으나 그것을 생각할 적만은 그도 산 보람을 느꼈다.

"달밤이었으나 어떻게 해서 그렇게 됐는지 지금 생각해두 도무지 알 수 없어."

허 생원은 오늘 밤도 또 그 이야기를 끄집어 내려는 것이다. 조 선달은 친구가 된 이래 귀에 못이 박히도록 들어왔다. 그렇다고 싫증을 낼 수도 없었으나 허 생원은 시치미를 떼고 되풀이 할 대로 되풀이하고야 말았다.

"달밤에는 그런 이야기가 격에 맞거든."

조 선달 편을 바라는 보았으나 물론 미안해서가 아니라 달빛에 감동하여서였다. 이지러는 졌으나 보름을 갓 지난 달은 부드러운 빛을 흐뭇이 흘리고 있다. 대화까지는 팔십 리의 밤길, 고개를 둘이나 넘고 개울을 하나 건너고 벌판과 산길을 걸어야 된다. 길은 지금 긴 산허리에 걸려있다. 밤중을 지난 무렵인지 죽은 듯이 고요한 속에서 짐승 같은 달의 숨소리가 손에 잡힐 듯이 들리며, 콩포기와 옥수수 잎새가 한층 달에 푸르게 젖었다. 산허리에 온통 메밀밭이어서 피기 시작한 꽃이 소금을 뿌린 듯이 흐뭇한 달빛에 숨이 막힐 지경이다. 붉은 대궁이 향기같이 애잔하고 나귀늘의 걸음도 시원하다. 길은 좁은 까닭에 세 사람은 나귀를 타고 외줄로 늘어 섰다. 방울소리가 시원스럽게 딸랑딸랑 메밀밭께로 흘러간다. 앞장 선 허 생원의 이야기소리는 꽁무니에 선 동이에게는 확적히는 안 들렸으나, 그는 그대로 개운한 제 멋에 적적하지는 않았다.

"장선, 꼭 이런 날 밤이었네. 객줏집 토방이란 무더서 잠이 들어야지. 밤중이 돼서 혼자 일어나 개울가에 목욕하러 나갔지. 봉평은 지금이나 그제나 마찬가지나 보이는 곳마다 메밀밭이어서 개울가는 어디나 없이 하얀꽃이야. 돌밭에 벗어도 좋을 것이 달이 너무도 밝은 까닭에 옷을 벗으러 물방앗간으로 들어가지 않았나. 이상한 일도 많지. 거기서 난데없는 성 서방네 처녀와 마주쳤단 말이네. 봉평서야 제일 가는 일색이었지——팔자에 있었나부지."

아무렴 하고 응답하면서 말머리를 아끼는 듯이 한참이나 담배를 빨 뿐이었다. 구수한 자줏빛 연기가 밤기운 속에 흘러서는 녹았다.

"날 기다린 것은 아니었으나 그렇다고 달리 기다리는 놈팽이가 있는 것두 아니었는데. 처녀는 울고 있단 말야. 장은 대고 있었으나 성 서방네는 한창 어려워서 들고날 판인 때였네, 한 집안 일이니 딸들에겐들 걱정이 없을 리 있겠나? 좋은 데만 있으면 시집도 보내련만 시집은 죽어도 싫다지—— 그러나 처녀란 울 때같이 정을 끄는 때가 있을까. 처음에는 놀라기도 한 눈치였으나 걱정이 있을 때는 누그러지기도 쉬운 듯해서 이럭저럭 이야기가 되었네——생각하면 무섭고도 기막힌 밤이었어."

"제천인지로 줄행랑을 놓은 건 그 다음 날이었나."

"다음 장도막에는 벌써 온 집안이 사라진 뒤였네. 장판은 소문에 발끈 뒤집혀 오죽해야 술집에 팔려 가기가 상수라고 처녀의 뒷공론이 자자들 하단 말이야. 제천 장판을 몇 번이나 뒤졌겠나. 하나 처녀의 꼴은 꿩 귀먹은 자리야. 첫날밤이 마지막 밤이었지. 그때부터 봉평이 마음에 든 것이 반평생을 두고 다니게 되었네 평생인들 잊을 수 있겠나."

"수 좋았지. 그렇게 신통한 일이란 쉽지 않어. 항용 못난 것 얻어 새끼 낳고 걱정 늘고 생각만 해두 진저리 나지. —— 그러나 늙으막까지 장돌뱅이로 지내기도 힘드는 노릇 아닌 가. 난 가을까지만 하구 이 생애와두 하직하려네. 대화쯤에 전방이나 하나 벌리구 식구들을 부르겠어. 사시장천 뚜벅뚜벅 걷기란 여간이래야지."

산길을 벗어나니 큰길로 틔워졌다. 꽁무니의 동이도 앞으로 나서 나귀들은 가로 늘어섰다.

"총각두 젊겠다, 지금이 한창시절이렸다. 충줏집에서는 그만 실수를 해서 그 일이 되었으나 섧게 생각 말게."

"처 천만에요. 되려 부끄러워요. 계집이란 지금 웬 제격인가요. 자나깨나 어머니 생각뿐인데요."

허 생원의 이야기로 실심해 한 끝이라 동이의 어조는 한풀 수그러진 것이었다.

"아비 어미란 말에 가슴이 터지는 것도 같았으나 제겐 아버지가 없어요. 피붙이라고는 어머니 하나뿐인 걸요."

"돌아가셨나?"

"당초부터 없어요."

"그런 법이 세상에……"

생원과 선달이 야단스럽게 껄껄들 웃으니 동이는 정색하고 우길 수 밖에는 없었다.

"부끄러워서 말하지 않으려고 했으나 정말이예요. 제천 촌에서 달도 차지 않은 아이를 낳고 어머니는 집을 쫓겨났죠. 우스운 이야기나 그러기 때문에 지금까지 아버지 얼굴도 본

적 없고 있는 고장도 모르고 지내와요."

고개가 앞에 놓인 까닭에 세 사람은 나귀를 내렸다. 둔덕은 험하고 입을 벌리기도 대견하여 이야기는 한동안 그쳤다. 나귀는 건등하면 미끄러졌다. 허 생원은 숨이 차 몇 번이고 다리를 쉬지 않으면 안되었다. 고개를 넘을 때마다 나이가 알렸다. 동이 같은 젊은 축이 끝이 없이 부러웠다. 땀이 등을 한바탕 쪽 씻어 내렸다.

고개 너머는 바로 개울이었다. 장마에 흘려버린 널다리가 아직도 걸리지 않은 채로 있는 까닭에 벗고 건너야 되었다. 고의를 벗어 띠로 등에 얽어매고 반 벌거숭이의 우스꽝스런 꼴로 물 속에 뛰어들었다. 금방 땀을 흘린 뒤였으나 밤물은 뼈를 찔렀다.

"그래 대체 기르긴 누가 기르구?"

"어머니는 하는 수 없이 의부를 얻어가서 술장수를 시작했죠. 술이 고주래서 의부라고 개망나니예요. 철 들어서부터 맞기 시작한 것이 하룬들 편할 날 있었을까. 어머니는 말리다가 채이고 맞고 칼부림을 당하고 하니 집꼴이 무어겠소. 열 여덟 살 때 집을 뛰어나와서부터 이짓이죠."

"총각 낫세론 동이 무던하다고 생각했더니 듣고 보니 딱한 신세로군."

물은 깊어 허리까지 채었다. 속 물살도 어지간히 세인데다가 발에 채이는 돌맹이도 미끄러워 금시에 홀칠 듯하였다. 나귀와 조 선달은 재빨리 거의 건넜으나 동이는 허 생원을 붙드느라고 두 사람은 훨씬 떨어졌다.

"모친의 친정은 원래부터 제천이었던가?"

"웬걸요. 시원스리 말을 안 해주나 봉평이라는 것만은 들었
죠."

"봉평? 그래 그 아비 성은 무엇이구?"

"알 수 있나요. 도무지 듣지를 못했으니까"

"그 그렇겠지."

하고 중얼거리며 흐려지는 눈을 까물까물하다가 허 생원은 경
망하게도 발을 빗디디었다. 앞으로 꼬꾸라지기가 바쁘게 몸째
풍덩 빠져버렸다. 허비적거릴수록 몸을 걷잡을 수 없어 동이
가 소리를 치며 가까이 왔을 때에는 벌써 퍽이나 흘렀었다. 옷
째 졸짝 젖으니 물에 젖은 개보다도 참혹한 꼴이었다. 동이는
물 속에서 어른을 해깝게 업을 수 있었다. 젖었다고는 하여도
여윈 몸이라 장정 등에는 오히려 가벼웠다.

"이렇게까지 해서 안됐네 .내 오늘은 정신이 빠진 모양이야."

"염려하실 것 없어요."

"그때 모친은 아비를 찾지는 않는 눈치지?"

"늘 한번 만나고 싶다고 하는데요."

"지금 어디 계신가?"

"의부와도 갈라져서 제천에 있죠. 가을에는 봉평에 모셔 오
려고 생각중인데요. 이를 물고 벌면 이럭저럭 살아갈 수 있
겠죠."

"아무렴 기특한 생각이야. 가을이랬다?"

동이의 탐탁한 등어리가 뼈에 사무쳐 따뜻하다. 물을 다 건
넸을 때에는 도리어 서글픈 생각에 좀 더 업혔으면도 하였다.

"진종일 실수만 하니 웬일이요? 생원."

"나귀야. 나귀 생각하다 실족을 했어. 말 안했던가. 저꼴에

제법 새끼를 얻었단 말이지. 읍내 강릉집 피마에게 말일세. 귀를 쫑긋 세우고 달랑달랑 뛰는 것이 나귀새끼들같이 귀여운 것이 있을까. 그것 보러 나는 일부러 읍내를 도는 때가 있다네.”

“사람을 물에 빠치울 젠 딴은 대단한 나귀새끼군.”

허 생원은 젖은 옷을 웬만큼 짜서 입었다. 이가 덜덜 갈리고 가슴이 떨리며 몹시도 추웠으나 마음은 알 수 없이 둥실둥실 가벼웠다.

“주막까지 부지런히들 가세나. 뜰을 피우고 훗훗이 쉬어. 나귀에겐 더운 물을 끓여주고. 내일 대화장 보고는 제천이다.”

“생원도 제천으로……”

“오래간만에 가 보고 싶어. 동행하려나 동?”

나귀가 걷기 시작하였을 때 동이의 채찍은 왼손에 있었다. 오랫동안 아둑신이같이 눈이 어둡던 허 생원도 요번만은 동이의 왼손잡이가 눈에 띠이지 않을 수 없었다.

걸음도 해깝고 방울 소리가 밤 벌판에 한층 청청하게 울렸다.

달이 어지간히 기울어졌다.

돼 지

옛 성 모퉁이 버드나무 까치둥우리 위에 푸르둥한 하늘이 얇게 드리웠다. 토끼우리에서는 하아얀 양토끼가 고슴도치 모양으로 까칠하게 웅크리고 있다. 능금나무 가지를 간들간들 흔들면서 벌판을 불어오는 바닷바람이 채 녹지 않은 눈 속에 덮인 종묘장(種苗場) 보리밭에 휩쓸려 돼지우리에 모질게 부딪친다.

우리 밖에 귀의 말뚝 안에 얽어매인 암돼지는 바람을 맞으면서 유난히 소리를 친다. 말뚝을 싸고 도는 종묘장 씨돝(種豚)은 시뻘건 입에 기품을 품으면서 말뚝의 뒤를 돌아 그 위에 덥석 앞다리를 걸었다. 시꺼먼 바위 밑에 눌린 자리 모양인 암돼지는 날카로운 비명을 울리며 전신을 요동한다. 미끄러진 씨돝은 게걸덜거리며 다시 말뚝을 싸고 돈다. 앞뒤 우리에서 응하는 돼지들 고함에 오후의 종묘장 안은 들썩했다.

반 시간이 넘어도 여의치 않았다. 둘러싸고 보던 사람들도

홍찌 식어서 주춤주춤 움직인다. 여러 번째 말뚝 위에 덮쳤을
때에 육중한 힘에 말뚝이 와싹 무지러지면서 그 바람에 밑에 깔
렸던 돼지는 말뚝에 테두리로 벗어져서 뛰어났다.

"어려서 안되겠군."

종묘장 기수가 껄껄 웃는다.

"——황소 앞에 암탉 같으니 징그러워서 볼 수 있나."

"겁을 먹고 달아나는데."

농부는 날쌔게 우리 옆을 돌아 뛰어가는 돼지의 앞을 막았
다.

"달포 전에 한 번 왔다 갔으나 씨가 붙지 않아서 또 끌고
왔는데요."

식이는 겸연쩍어서 얼굴이 붉어졌다.

"아무리 짐승이기로 저렇게 어리구야 씨가 붙을 수 있나."

농부의 말에 식이는 다시 얼굴을 붉혔다.

"빌어먹을 놈의 짐승."

무안도 무안이려니와 귀찮게 구는 짐승에 식이는 화를 버럭
내면서 농부의 부축을 하여 달아나는 돼지의 뒤를 쫓는다. 고
무신이 진창에 빠지고 바지춤이 흘러내린다.

돼지의 허리를 매인 바를 붙들었을 때에 그는 홧김에 바를
뒤로 잡아 나꾸며 기운껏 매질한다.

어린 짐승은 바들바들 뛰면서 비명을 울린다. 농가 일년의
생명선——좀 있으면 나올 제 일기 세금과 첫여름 감자가 나
올 때까지의 가족의 양식의 예산의 부담을 맡은 이 어린 짐승
에 대한 측은한 뉘우침이 나중에는 필연코 나련마는 종묘장
사람들 속에서의 무안을 못이겨 식이의 흔드는 매는 자연 가

련한 짐승 위에 잦게 내렸다.

"그만 갖다 매시오."

말뚝을 고쳐 든든히 막고난 농부는 식이에게 손짓한다. 겁과 불안에 떨며 허둥거리는 짐승을 이번에는 한결 더 든든히 말뚝 안에 우겨 넣고 나뭇대를 가로 질러 배까지 떠받쳐 올려 꼼짝 요동하지 못하게 탐탁하게 얽어매었다.

털몸을 근실근실 부딪치며 그의 곁을 궁삿궁삿 굼도는 씨돝은 미처 식이의 손이 떨어지기도 전에 '화차'와도 같이 말뚝 위를 엄습한다. 시뻘건 입이 욕심에 목메어서 풀무같이 요란히 울린다. 깔리운 암놈은 목이 찢어져라 날카롭게 고함친다.

둘러 선 좌중은 일제히 웃음소리를 멈추고 일시 농담조차 잊은 듯하였다.

문득 분이의 자태가 눈앞에 떠오른다. 식이는 말뚝에서 시선을 돌려 딴전을 보았다.

"분이 그것 지금엔 어디 있는구."

제 이 기분은 새려 일 기분 세금조차 밀려오는 농가의 형편에 돼지보다 나은 부업이 없었다. 한 마리를 일 년 동안 충실히 기르면 세금도 세금이려니와 잔돈푼의 가용돈은 훌륭히 우러나왔다. 이 돼지의 공용을 잘 아는 식이다. 푼푼이 모은 돈으로 마을 사람들의 본을 받아 종묘장에서 가주 난 양돼지 한 자웅을 사놓은 것이 지난 여름이었다. 기름이 자르르 흐르는 새까만 자웅을 식이는 사람보다도 더 귀히 여겨 자주 사왔던 무렵에는 우리에 넣기가 아까와 그의 방 한 구석에 짚을 펴고 그 위에 재우기까지 하던 것이 젖이 그리워서인지 한 달도 못 돼서 숫놈이 죽었다. 나머지의 암놈을 식이는 애지중지하여

단 한 벌의 그의 밥기릇에 물을 받아 먹이기까지 하였다. 물도
먹지 않고 꿀꿀 앓을 때에는 그는 나무하러 가는 것도 그만
두고 종일 짐승의 시중을 들었다. 여섯 달을 기르니 겨우 암돼
지 티가 났다. 달포 전에 식이는 첫시험으로 십 리가 넘는 읍
내 종묘장까지 끌고 왔었다. 피돈 오십 전이나 내서 씨를 받은
것이 종시 붙지 않았다. 식이는 화가 났다. 때마침 정을 두고
지내던 이웃집 분이가 어디론지 도망을 갔다. 식이는 속이 상
해서 며칠 동안 일이 손에 잡히지 않았다. 늘 뾰로통해서 쌀쌀
하게 대꾸하더니 그 고운 살을 한번도 허락하지 않고 늙은
아비를 혼자 둔 채 기어이 도망을 가버렸구나 생각하니 분이
가 괘씸하였다. 그러나 속깊은 박초시의 일이니 자기 딸 조처
에 무슨 꿍꿍이 수작을 대었는지 도무지 모를 노릇이었다. 청
진으로 갔느니 서울로 갔느니 며칠 전에 박초시에게 돈 십원
이 왔느니 소문은 갈피갈피였으나 하나도 종잡을 수 없었다.
이래 저래 상할 대로 속이 상했다. 능금꽃 같은 두 볼을 잘강
잘강 씹어먹고 싶던 분이인 만큼 식이는 오늘까지 솟아오는
심화를 억제할 수 없었다.

"다 됐군."

딴전만 보고 섰던 식이는 농부의 목소리에 그쪽을 보았다.
씨돋은 만족한 듯이 여전히 꿀꿀 짖으면서 그곳을 떠나지 않
고 빙빙 돈다.

파장 후의 광경이언만 분이의 그림자가 눈앞에 어른거리는
식이는 몹시도 겸연쩍었다. 잠자코 섰는 까칠한 암돼지와 분이
의 자태가 서로 얽혀서 그의 머리 속에 추근하게 떠올랐다. 음
란한 잡담과 허리꺾는 웃음소리에 얼굴이 더한층 붉어졌다. 환

영을 떨쳐버리려고 애쓰면서 식이는 얽어매었던 돼지를 풀기 시작하였다. 농부는 여전히 게걸덜거리며 어른어른 싸도는 욕심 많은 씨돝을 몰아 우리 속에 가두었다.

"이번에는 틀림없겠지"

장부에 이름을 올리고 오십 전을 치뤄주고 종묘장을 나오니 오후의 해가 느지막하였다. 능금밭 건너편 양옥 관사의 지붕이 흐린 석양에 푸르뎅뎅하게 빛난다. 옛 성 어귀에는 드나드는 장군의 그림자가 어른어른한다. 성안에서 한 채의 뻐스가 나오더니 폭 넓은 이등 도로를 요란히 달아났다. 돼지를 몰고 길 왼편 가으로 피한 식이는 푸뜩 지나는 뻐스 안을 살펴본다. 분이를 잃은 후로부터는 그는 달아나는 뻐스 안까지 조심스럽게 살피게 되었다. 일전에 나남에서 뻐스 차장 시험이 있었다더니 그런 데로나 뽑혀 들어가지 않았을까. 분이의 간 길을 이렇게도 상상하여 보았기 때문이다.

"장이나 한 바퀴 돌아올까."

북문 어귀 성밑 돌틈에 돼지를 매놓고 식이는 성을 들어가 남문 거리로 향하였다.

분이가 없는 이제 장군의 눈을 피하여 으슥한 가게 앞에 서서 겸연쩍은 태도로 매화 분을 살 필요도 없어진 식이는 석유 한 병과 마른 멱태 몇 마리를 사 들고 장판을 오르락 내리락 하였다.

한 동네 사람의 그림자도 눈에 띠이지 않기에 그는 곧게 성 밖으로 나와 마을로 향하였다.

어기죽거리며 돼지의 걸음이 올 때만큼 재지 못하였다. 그러나 이제 매질할 용기는 없었다.

철로를 끼고 올라가 정거장 앞을 지나 오촌포 한길에 나서니 장 보고 돌아가는 사람의 그림자가 드문드문 보인다. 산모퉁이가 바닷바람을 막아 아늑한 저녁빛이 한길 위를 덮었다. 먼산 위에는 전기의 고가선이 솟고 산밑을 물줄기가 돌아내렸다. 온천 가는 넓은 도로와 철로가 나란히 누워서 남쪽으로 줄기차게 뻗쳤다. 저물어가는 강산 속에 아득하게 뻗친 이 두 줄의 길이 새삼스럽게 식이의 마음을 끌었다. 걸어가는 그의 등 뒤에서는 산모퉁이를 돌아오는 기차소리가 아련히 들린다. 별안간 식이에게는 이상한 생각이 들었다.

"이 길로 아무 데로나 달아날까."

장에 가서 돼지를 팔면 노자가 되겠지, 차 타고 노자 자라는 곳까지 달아나면 그곳에 곧 분이가 있지 않을까, 어디서 들었는지 공장에 들어가기가 분이의 소원이더니, 그곳에서 여직공 노릇하는 분이와 만나 나도'노동자'가 되어 같이 살면 오죽 재미있을까. 공장에서 버는 돈을 달마다 고향에 부치면 아버지도 더 고생하실 것 없겠지. 돼지를 방에서 기르지 않아도 좋고 세금 못 냈다고 면 서기들한테 밥솥을 빼앗길 염려도 없을 터이지. 농사같이 초라한 업이 또 있을지. 아무리 부지런히 일해도 못살기는 일반이니…… 분이 있는 곳이 어디인가…… 돼지를 팔면 얼마나 받을까 암돼지 양돼지……

"앗!"

날카로운 소리에 번쩍 정신이 깨었다.

찬바람이 휙 앞을 스치고 불시에 일신이 딴 세상에 뜬 것 같았다. 눈 보이지 않고, 귀 들리지 않고, 잠시간 전신이 죽고 감각이 없어졌다. 캄캄하던 눈앞이 차차 밝아지며 거물거물

움직이는 것이 보이고 귀가 뚫리며 요란한 음향이 전신을 쓸어 없앨 듯이 우렁차게 들렸다. 우뢰소리가…… 바퀴소리가…… 별안간 눈앞이 환해지더니 열차의 마지막 바퀴가 쏜살같이 눈앞을 달아났다.

"앗 기차!"

다 지나간 이제 식이는 정신이 아찔하며 몸이 부르르 떨린다.

진땀이 나는 대신 소름이 똑 돋는다. 전신이 불시에 비인 듯이 거뿐하다. 글자대로 전신을 비었다. 한 쪽 팔에 들었던 석유병도 명태마리도 간 곳이 없고 바른손으로 이끌던 돼지도 종적이 없다.

"아, 돼지"

"돼지구 무어구 미친놈이지. 어디라구 건널목을 막 건너."

따귀를 철썩 맞고 바라보니 철로 망보는 사람이 성난 얼굴로 그를 노리고 섰다.

"돼지는 어찌 됐단 말이오."

"어젯밤 꿈 잘 꾸었지. 네 몸 안 친 것이 다행이다."

"아니 그럼 돼지가 치었단 말요."

"다음부터 차에 주의해!"

독하게 쏘아붙이면서 철로 망군은 식이의 팔을 잡아 나꿔 건널목 밖으로 끌어냈다.

"아 돼지가 치었다니 두 번이나 종묘장에 가서 씨받은 내 돼지 암돼지 양돼지……"

엉겁결에 외치면서 훑어보았으나 피 한 방울 찾아볼 수 없다. 흔적조차 없다니…… 기차가 달룽 들고 간 것 같아서 아득한

철로 위를 바라보았으나 기차는 벌써 그림자조차 없다.

  "한방에서 잠 재우고, 한 그릇에 물 먹여서 기른 돼지 불쌍
  한 돼지……"

  정신이 아찔하고 일신이 허전하여서 식이는 금시에 그자리
에 푹 쓰러질 것도 같았다.

落 葉 記

창기슭에 붉게 물든 담장이 잎새와 푸른 하늘──가을의 가장 아름다운 이 한 폭도 비늘구름과 같이 자취없이 사라져버렸다.

가장 먼저 가을을 자랑하던 창 밖의 한 포기의 벗나무는 또한 가장 먼저 가을을 내버리고 앙클한 회초리만을 남겼다. 아름다운 것이 아 지나가버린──늦가을은 추잡하고 한산하기 짝없다. 담장이로 폭 씌워졌던 집도 초목으로 가득 덮였던 뜰도 모르는 결에 참혹하게도 옷을 벗기어 버리고 앙상한 해골만을 드러내놓게 되었다. 아름다운 꿈의 채색을 여지없이 잃어버렸다.

벽에는 시들어 버린 넝쿨이 거미줄같이 얼기 설기 얽혔고, 마른 머루송이 같은 열매가 함빡 맺혔을 뿐이다. 흙 한 줌 찾아볼 수 없이 푸르던 뜰에서는 지금에는 푸른빛을 찾을 수 없게 되었다.

나는 거의 날마다 뜰의 낙엽을 긁어야 된다. 아무리 공들여
긁어모아도 다음 날에는 새 낙엽이 다시 질볏이 늘어져 거듭
각지를 들지 않으면 안된다. 낙엽이란 세상의 인종같이도 흔
한 것이다. 밑빠진 독에 물을 긷듯 며칠이든지 헛노릇이라 여
기면서도 공들여 긁어모은다. 벚나무 아래 수북히 쌓아놓고
불을 붙이면 속으로 부터 푸슥푸슥 타면서 푸른 연기가 모로
길게 솟아오른다. 연기는 바람 없는 뜰에 아늑히 차서 올같이
고인다. 낙엽연기에는 진한 커피의 향기가 있다. 잘 익은 깨금
의 맛이 있다. 나는 그 귀한 연기를 마음껏 마신다. 욱신한 향
기가 몸의 구석구석에 배어서 깊은 산세에 들어갔을 때와도
같은 풍족한 만족을 느낀다. 낙엽의 연기는 시절의 진미요, 가
을의 마지막 선물이다.

화단의 뒷자리를 깊게 파고 타버린 낙엽의 재를 묻어버림으
로써 가을은 완전히 끝난 듯 싶다. 뜰에는 벌써 회초리만의 나
무들이 섰고 엉성굿한 포도시렁이 남았고, 담장이 넝쿨이 서리
었고 국화포기의 줄거리가 솟았고, 잡초의 시들어버린 양이
있을 뿐이니 말이다. 잎새에 가리웠던 둥근 유리창이 달덩이
같이 드러나고 현관 앞에 조약돌이 지저분하게 흩어졌으니 말
이다.

낙엽을 장사 지내고 가을을 보내니 별안간 생활이 없어진
것도 같고 새 생활이 와야 할 것도 같은 느낌이 생겼다. 적어
도 꿈이 가고 생활의 때가 온 듯 하다. 나는 꿈을 대신할 생활
의 풍만을 위하여 생각하고 설계하여야 한다. 가령 나는 아내
는 대신하여 거의 사흘돌이로 목욕물을 데우게 되었다. 손수
수도에 호오스를 대서 물을 가득 길어 붓고는 아궁에 불을 넣

는다.

음산한 바람으로 아궁이 몹시 연기를 낸다. 나는 그 연기를 괴로이 여기지 않는다. 눈물을 흘릴 지경이요, 숨이 막히면서도 연기의 웅덩이 속에서 정성껏 나무를 지피고 불을 쑤시고 목욕간에 창을 열어 연기를 뽑고 여러 차례나 물을 저어 온도를 맞추고 하면서 그 쓸데없는 행동——적어도 책상에 맞붙어 책을 읽고 글줄을 쓰는 것보다는 비생산적이요, 소비적이라고 늘 생각하여 오던 그 행동을 도리어 귀히 여기게 되고 나날의 생활을 꾸며가는 그런 행동이야말로 가장 생산적이요, 창조적인 것이라고까지 생각하게 되었다.

정리되지 못한 가달 가달의 생활을 머리속에 잡아넣고 살을 깎을 정도로 애쓰고 궁상거리면서 생활에 단 한 시간 허비하기조차 아깝게 여기고 싫어하던 것이 생활에 관한 그런 사소한 잡일을 도리어 귀중히 알게 된 것은 도시 시절의 탓일까.

어두운 아궁 속에서 새빨갛게 타는 불을 보고 목욕통에서 무럭무럭 오르는 김을 바라보며 나는 이것이 생활이다. 이것이 책보다도 원고보다도 더 귀한 일이다. 이것을 귀히 여김이 반드시 필부의 옹졸한 짓은 아닐 것이며 생활을 업신여기는 곳에 필부 이상으로 뛰어날 아무 이유도 없는 것이다. —— 하고 두서없는 긴 생각에 잠겨도 본다.

이윽고 더운 물 속에 몸을 담그고 창으로 날아들어와 물 위에 뜬 마지막 낙엽을 두 손으로 건져내고 안개같이 깊은 무더운 김 속에 몸과 마음을 푸근히 녹일 때, 이 생각은 더욱 절실히 육체 속에 사무쳐든다.

거리의 백화점에 들어가 그 자리에서 커피를 갈아서 손가방에 넣고 그 욱신한 향기를 즐기면서 집으로 돌아오는 것도 물론 이러한 생각으로부터이다. 진한 차를 탁자 위에 놓고 피어오르는 김을 바라보며 나는 그 넓은 냉방에다 난로를 피우고 침대 속에는 더운 물통을 넣고 한겨울 동안을 지내게 할까 어쩔까, 그리고 겨울에는 뒷산을 이용하여 '스키이'를 시작하여 볼까 어쩔까 하고 겨울 설계를 세워도 본다. 크리스마스에는 올해도 또 크리스마스·트리를 세우기를 아내와 의논한다.

시절이 여위어 갈수록 꿈이 멀어 질수록 생활의 의욕이 두터워짐일까. 생활, 생활,초목 없는 푸른빛 없어진 멀숭하게 된 집 속에서 나는 하루의 전부를 생활의 생각으로지내게 되었다. 시절에 대한 반감에서 나온 것일까. 심술궂은 꿈결에서 나온 것일까.

푸른 시절은 일종의 신비였다. 푸른 초목에 싸인 푸른집 속에서 머리 속에 떠오른 제목은 반드시 생활이 아니었다. 그날그날은 토막토막의 흐트러진 생활의 조각이 아니요 물같이 흐른 꿈결이었다.

푸른 널을 비스듬이 달고, 가는 모기둥으로 고인 갸우뚱한 현관 차양에도 담장이가 함빡 피어올라 이른 아침이면 넓은 잎에 맺힌 흔한 이슬방울이 서리서리 모여 아랫잎 위로 뚝뚝 떨어지는 소리를 듣기란 산골짜기 물소리를 듣는 것과도 같아서 금시에 시원한 산의 영기를 느끼게 되었다. 머루 다래의 넝쿨 대신에 드레드레 열매 맺힌 포도 넝쿨이 있고 바람에 포르르 나부끼는 사시나무 대신에는 비슷한 잎새를 가진 대추나무가 있다. 뜰은 그림자 깊은 지름길만을 남겨놓고는 흙 한 줌 보이지 않게 일면 화초에 덮이었다. 장미, 그라디오러스, 해바

라기, 촉규화, 맨드라미, 반금초, 금전화, 제비조, 만수국, 프록
스따리아, 봉선화, 양귀비, 채송화의 꽃밭이 소나무, 벚나무,
버드나무, 황양목, 앵도나무, 대추나무, 능금나무, 배나무의 모
든 나무와 어울려 뜰은 채색과 광채와 그림자의 화려한 동산
이었다.

　유리창에까지 나무 그림자가 깊고 방 안에까지 지천으로 푸
른빛이 흘러들었다. 화단에는 나비와 벌이 날아들고 풀숲에는
가을 벌레들이 일찍부터 울기 시작하였다. 나뭇가지에는 새들
이 몰려오고 집에는 진귀한 손님이 왔다. 아름다운 것은 진실
로 비늘구름과 같이도 쉽게 지나가버렸다. 나뭇잎이 가고 푸른
빛이 없어지고 그늘이 꺼져버렸다. 지금에는 벌써 벌레 울지
않고, 나비 날지 않고, 헐벗은 나뭇가지에는 새들도 드물게 앉
게 되었다. 지난 시절의 기억이 머리 속에 아리숭하게 멀어졌
다. 꿈이 지나고 생활의 때가 왔다. 손수 목욕물을 끓이고 차를
마시게 되었다.

　그러나 나머지의 향기라는 것이 있다. 파도의 물결이 길게
주름잡혀 가듯이 꺼진 음악의 멜로디가 오래도록 귀에 울려 오
듯이 푸른 집과 뜰의 향기가 아련하게 남아서 흘러온다.

　휜출하고 쓸쓸한 뜰에서 한 떨기의 푸른 것을 발견한 것을
나는 더없이 신기하고 아름답게 여겼다. 꿈의 찌꺼기이므로 꿈
보다 한결 더 귀하게 여겨짐인지도 모른다. 화단 한 구석에 남
은 푸른 크로오버의 한 줌의 말함이요, 양편 기둥에 의지하여
창기슭으로 피어올라간 두 포기의 장미를 나는 의미한다. 단
줄의 장미이던 것이 어느 결에 자랐는지 낙지 다리같이 가달
가달 솟아올라 제법 풍성한 포기를 이루었다. 민측한 푸른 일

기에 마디마다 조그만 생생한 잎새를 달고 추위와 마리에도 상하는 법 없이 장하게 뻗어올랐다. 신선한 야채에서 오는 식욕을 느끼어 잘강잘강 먹고 싶은 충동을 금할 수 없다. 창기슭으로 올라와 창에 어리운 맑은 잎새와 줄기, 푸르면서도 붉은 기운을 약간 띤 줄기와 가시, 붉은 가지의 생각이 문득 나에게 한 폭의 환상을 일으킨다. ――깊은 여름 밤, 열어 젖힌 창으로 나의 방에 들어오다 장미줄기에 걸리고 가시에 찔려 하이얀 팔과 다리에 붉은 피를 흘리는 낯모르는 임의의 소녀. 소녀의 피.――이것은 한 폭의 꿈일는지 모른다. 글로 썼거나 머리 속에 생각하여 본 한 폭의 아픈 환영일는지 모른다. ――가시와 소녀와 피!

그러나 꿈 아닌 환영 아닌 피의 기억이 있다. 장미의 붉은 줄기와 가시에서 나는 문득 지난 기억을 선명하게 풀어낼 수 있다. 나머지 꿈의 아픈 물결이다. 무르익은 여름의 하루날 아침 일찌기 가족들과 함께 집을 나와 뒷산으로 소풍을 떠났다. 여름은 짙고 송림 속은 그윽하였다. 드뭇한 소풍객들 속에 섞여 그림자 짙은 길을 걸으면서 동물원에를 들어갈까 강에 나가 배를 타고 하루를 지울까 생각하다 결국 동물원에 들어가기로 하였다. 짐승들의 표정 없는 얼굴을 보고 잠시 동안이라도 근심을 잊어보자는 생각었다. 그러나 그 비위좋은 생각은 여지없이 짓밟히고야 말았다.

동물원이라고는 하여도 이름만의 것이지 운동장과 꽃밭 한 구석에 덧붙이기로 우리 몇 간이 있을 뿐이다. 물새들의 못이 되고 원숭이와 독수리와 곰의 우리가 있을 뿐이다. 비극은 곰의 우리에서 왔다.

드문 사람 속에서 휘적휘적 우리와 우리 사이를 돌아치는 요정의 머슴 비슷한 한 사람의 젊은이가 있었다. 큰 눈이 둥굴둥굴 굴고 입이 반쯤 열린 맺힌 데 없는 허술한 사나이는 번번이 일행의 앞을 서서 우리 안의 짐승을 희롱하곤 하였다. 제 흥도 제 흥이려니와 그 어디인지 그런 철없는 거동을 우리에게 보이고자 하는 듯한 허물 없고 어리석고 주책 없는 생각이 숨어 있음이 눈치에 보였다. 원숭이를 희롱할 때에도 새들을 들여다볼 때에도 너무나 지나쳐 납신거리는 것을 우리는 민망히 여기는 끝에 나중에는 불쾌하기까지 생각하게 되었다.

불쾌한 감정은 곰의 우리 앞에 이르렀을 때에 극도에 달하였다. 철망사이로 손을 널름널름 들여보내면 검은 곰은 육중한 몸을 끌고 와서 앞발을 덥석 들었다. 희롱이 잦을수록 곰은 흥분하여 나중에는 일종의 분에 타오르는 듯한 험상스런 기세를 보였다. 고개를 끄덕이며 우리 안을 대중없이 왔다 갔다 하면서 기회를 노리는 눈치였다.몇 번째인가 사나이의 손이 다시 철망 사이에 들어갔을 때 짐승은 기어이 민첩하게 왈칵 달려들어 앞발로 손을 잡자마자 입을 대었다.

사나이는 문득 꿈틀하며 소리를 치고 손을 빼려 애썼으나 좀체 빠지지 않았다. 겨우 잡아 나꾸었을 때에는 무서웠다. 손가락 끝이 보기에도 무섭게 바른 형상을 잃어버렸다. 손톱이 빠지고 끝이 새빨갛게 으끄러졌다. 사나이는 금시에 얼굴이 파랗게 질리고 두 눈이 휘둥그래지며 넋 잃은 사람같이 한참 동안이나 멍숭하게 섰다가 비로소 피 흐르는 손을 쥐고 어쩔 줄 모르고 쩔쩔 헤매었다.

민망한 생각도 불쾌한 느낌도 잊어버리고 우리는 순간 무서

운 구렁 속에 휩쓸려 들어갔다. 신경을 퉁기는 짜릿한 느낌이
전신에 흘렀다. 살이 부르르 떨렸는지도 모른다. 끔찍한 꼴을
더 보기도 싫어서 주저하고 있는 동안에 사나이는 사람 손에
끌려 문을 나가 나무 그늘 아래 쩔쩔매고 섰는 것이었다.

이윽고 나가 보았을 때에는 근처 집에서 얻어온 석유에 손
가락을 담갔다가 반석 위에 내놓고 피흐르는 손가락을 돌멩이
로 찧는 것이다. 말할 수없이 미련한 그 거동이 도리어 화가
버럭 날 지경으로 측은하였다. 그러나 생각하면 그의 그 어리
석고 철없는 거동이 우리들의 눈을 위한 것임을 생각하면 얼
마간의 허물이 우리 편에 있듯이 짐작되어 마음이 더한층 아
파졌다. 될 수 있는 대로의 것을 그에게 베풀어야 할 것을 느
끼고 나는 속히 집으로 데려가서 응급의 소독을 해줄까 느끼
다가 그보다도 더 떳떳한 방법을 생각하고 급작스러운 어조로
소리를 쳤다.

"얼른 병원으로 뛰어가시오."

소리만 치고 쩔쩔매기만 하는 나보다는 훨씬 침착한 구원자
가 있음을 알았다. 아내였다. 그는 지니고 있던 새 손수건을
내서 붕대삼아 사이의 피 흐르는 손에 감기 시작하였다. 사나
이는 천치 같은 표정에 손을 넌지시 맡기고 있었다. 나는 오래
간만에 아내의 날렵한 자태에 접하여 아름다운 생각을 금할 수
없었다. 지나친 감상이었을까.

병원을 가르쳐 주기는 하였으나 사나이에게 그만한 능력이
있을 수 없음을 깨닫고 주머니속을 들치다가 나는 또한 지갑
을 잊은 것을 알았다. 집에까지 가서 비용을 가지고 그를 병원
에까지 인도하려고 생각할 때에 이번에도 또 아내가 진실한

구원자가 되고 말았다. 지갑 속에서 손쉽게 은화 한 잎을 집어 내어 사나이의 손에 쥐어주는 것이었다. 나는 다만 물끄러미 그의 자태를 바라볼 뿐이었다. 한 사람의 모르는 사나이를 구원함에 공연한 마음의 주저뿐이었고 결국은 두 번 다 앞을 가로채이고 길을 빼앗긴 것을 생각하고 겸연쩍은 마음을 금할수 없었다. 이제 나에게는 마지막의 한 가지의 봉사만이 남았을 뿐이었다. 그 천치 같은 사나이를 근처 병원으로 인도함이었다. 나는 병원을 가르쳐 주는 길로 아울러 집에 들려 지갑을 가지고 반날의 뱃놀이를 떠나기를 계획하여 아이들을 송림 속에 남겨둔 채 사나이를 이끌고 길을 걸어 내려갔다. 아름다운 장면이 머리 속에 쉽사리 꺼지지 않았다. 흰 손수건과 붉은 피가 아름다운 한 폭을 이루었다. 피와 수건의 붉은 것과 흰 것의 조화가 맑고 진하게 오래도록 마음 속에 물결치게 되었다.

수풀 속을 거닐 때마다 기억이 새로와지고 반석 위에 피 흔적을 살필 때마다 지난 때의 광경이 불같이 마음 속에 살아났다. 근처 집에서 사나이의 그 뒷소식을 물어 무사하다는 것을 듣고 일종의 알 수 없는 안심조차 느꼈다. 시절이 갈려 가을이 짙고 수풀 속에 낙엽이 산란하게 날릴 때 오히려 기억은 더 새로왔다.

가을이 다 지난 흙빛만의 뜰에서 잠깐 잊었던 피의 기억을 장미의 붉은 가시로 말미암아 다시 추억해 낸 것이다. 마음을 빛나게 하는 생생한 추억——늦게까지 남아 있는 장미 포기와 함께 늦가을의 귀한 마지막 선물이다.

푸른 집 속에 남은 철 늦은 꿈의 물결이다.

생활의 시절이, 단란한 때가 왔다.

어린 것을 데리고 목욕물 속에 담그는 것도 한 기쁨이 되었다.

크리스마스 트리에 오색 전기를 장식하고 많은 선물을 달아 맬 것도 한 즐거운 기대다. 책상 위에는 그림책을 펴 놓고 허물없는 꿈에도 잠길 수 있는 것이다.

가난한 재료로 될 수 있는 대로의 풍성한 꿈이 이 시절에 맡겨진 과제이다. 생활의 재주이다.

낙엽의 암시이다.

천사와 산문시

잠깐만에 보는 서울에는——표면에 드러난 인상에 관한 한 도 안에서는——그다지 신기한 변화는 보이지 않는다.

그러기 때문에 반드시 처음으로 여행하는 사람같이 새로 선 건축물에 놀랄 필요도 없고 백화점에 들어가 정신을 빼앗는 것도 없고, 상품의 무지쯤은 지릅떠 볼 것 없이 냉정하게 무시할 수도 있다.

도회를 대수롭게 여기지 않는 무례하고 거만한 여행자이라고 책하여도 할 수 없는 노릇이다. 그러나 단 한 가지 눈이 가는 것은 솔직히게 말히면 여인 풍경이니 이렇게 실토를 하면 그만한 여행자도 결국 투구를 벗고 흰 기를 든 셈이 되나, 사실 잠깐만에 보는 장안에 무엇보다도 변하고 있는 것은 여인의 자태인 것이다. 변하여 가는 용모, 철에 맞는 치장이 늘 새로운 풍경을 지어 불과 한철만이면서도 자연 괄목상대하게 된다. 결국 도회 문화의 앞장이를 서는 것은 여인 풍경이요, 색

정 문화의 발달이 곧 건전한 도회를 걸어간다——말함은 일종
의 역설일까. 거리에서 만나는 모르는 여인의 표정을 살피고
나부끼는 마후라에 주의를 보내는 마음은 건전치 못한 것일까.
여행을 하는 마음은 그 무엇을 찾는 마음이니 그 무엇이 바로
그것이 아닐까. 「절대의 탐구」를 쓴 발작크 자신이 찾은 절대
는 우주의 마지막 원수도 아니요, 그렇다고 인간 희극의 진리
도 아니요, 실로 몇 사람의 여인이 아니었던가. 그는 예술의
지팡이를 짚고 여인을 찾은 한 사람의 평범한 나그네였다. 세
상의 많은 사람도 결국 그런 여행자가 아닐까.

  도서관에 들어가 손때 묻은 인간희극의 진리를 찾기보다 하
숙방에 틀어박혀 추운 밤을 보내는 것보다 목적 없이 거리를
거니는 것이 한결 여정을 북돋는다. 세상에서 제일 떨어지는
음악이라도 쓰린 고독보다는 낫고, 거리에서 제일 아랫길 가
는 술이라도 추위를 덜어줄 수는 있는 까닭이다.

  하숙의 이층은 춥고 을씨년스럽다. 방바닥에는 숯불이 있고
이 방 속에는 식은 물통이 있을 뿐이요, 호텔이 바라보이는 외
겹 유리창으로는 먼지와 바람이 새어들어 가방과 책상만이 있
는 방 안을 한층 더 스산하게 휘덮어놓는다. 얇은 벽 하나를
격한 이웃방에서는 하급 회사원인 홀아비가 어미 없는 사남매
를 데리고 쓰린 아침 저녁을 보내는 눈치다. 숙성한 맏딸에게
서 유행가를 배우며 한 구절 한구절 서투르게 받는 중년 사나
이의 재치없는 목소리가 밤이면 처량하고 측은하게 흘러온다.
아랫층에서는 몇 호실에선지 회사에 다니는 여사무원이 해산
한 지 삼칠일도 못 되었다. 유성기 회사에 다니는 아이 아비의
꼴을 볼 수 없이 밤중이면 어린 것만이 목에 불이 다리게 우는

것이다. 그 안타까운 아우성이 이웃방 홀아비의 유행가와 우연히 이부합창이 될 때가 있다. 주인 노파는 식당에서 이러쿵 저러쿵 간난애 어미의 흉을 보다가도 그가 들어오면 슬쩍 다른 사람의 흉을 드러내곤 한다. 이 모든 옆방의 사람들은 맞은편 큰 호텔의 모양을 하염없이 바라보면서 각자의 초라한 생활을 좁은방 속에 꾸깃꾸깃 움츠려버리는 것이다. 잘났든 못났든 제 생활이다. 하숙의 층위와 층층 아래는 인생의 수술대와 같이 앙상한 뼈대를 감출 바 없다. 수술이 익숙한 이층 끝방 치과 전문에 다니는 친구는 수술대의 현실을 피하여 때만 먹으면 거리로 나가버린다. 젊은 마음은 일반인 모양이다. 방의 생활이 주접들 때 거리는 확실히 일종의 유혹인 것 같다.

수많은 찻집——그것은 벌써 한가한 젊은 사람들과는 떼려야 뗄 수 없는 거의 운명적인 인연을 가지게 되었다. 천차 만별의 술집——어느 집에서든지 밖에서는 사람을 푸대접하는 법이 없다. 스치는 여인의 눈동자에 은근한 위안을 발견함은 시인만의 특권은 아닐 법 하다. 옆 박스에서 흘러오는 회화에 귀 기울임도 흥미있는 일이니 여자들의 말 재주는 나날이 늘어가는 듯하다.

맵시와 함께 재주도 더하여 가는 모양이다. 잘된 회화의 단편을 바람결에 얼핏 듣기란 서투른 소설을 읽기보다도, 지리한 각본을 듣기보다도 정신이 번쩍 뜨이는 유쾌한 일이다. 간결하고 윤택 있고 넘겨짚어가는 회화의 구절구절을 줍기란 식탁 위에 풍성한 과실을 찾은 때와도 같은 기쁨을 준다.

회화의 매력! 두 사람의 교섭은 거기서부터 시작되는 것이니, 하룻동안 생활의 중요한 부분은 실로 회화인 것이다 이것

을 아는 도회의 여자들은 소설을 착실히 읽어 회화술을 공부하
는 모양인가.

　술집을 몇 번 거치는 동안에 곤드레만드레 취하였다.
　취중에는 마음이 쓸데 없이 흥분되고 처량하여지는 것 같다.
　그 위에 밤은 용기를 주어 사람을 개판으로 만드는 까닭일
까.
　혼몽한 정신에 허둥지둥 걸어간 곳이 그런 곳이었다.
　앞장선 동무는 한 사람의 가장 선량한 시민이요 얌전한 신
사인 것이다.
아침이 천사의 것이라면 밤은 악마의 것이라고 할까. 악마는
가장 착한 사람의 마음도 여반장으로 빼앗는 것이다.
　지옥의 문을 들어서 마의 소굴인 으슥한 홀을 거쳐 한 쪽의
방에 이르기까지에는 거의 바른 정신이 없이 온전히 취중의
기동이었다. 동무의 모양은 보이지 않고 조촐한 방 부드러운
의자에 홀로 앉아 있는 자신의 꼴을 문득 깨닫고 정신이 들기
는 들었으나 그렇다고 완전히 현실 세상으로 돌아온 것은 아
니었다. 이 집에는 꿈에 취한 마음으로 방 안을 다시 살피게
되었다.
　조촐한 한 평의 방——그것은 지옥의 것이 아니요, 확실히
하늘에 속하는 것이 아니었을까, 적어도 동화속의 세상같이
아름답다. 지저분한 거리 속에 연속된 부분이 아니요, 공중에
홀연히 솟은 듯한 세상이다. 방을 장식한 가지가지의 세상이
거뭇하면서도 찬란한 색채 속에 침착하게 잠겨있는 위로 일종
의 향기가 그윽하게 어려있는 것이다.

은근히 타는 난로이며 탁자와 의자까지도 현실의 것이 아니고, 방 안의 운치를 좋아하기 위하여 놓인 이야기 속에 것 같다. 스크린 저편으로 넓은 침대가 놓이고, 그 위에 화려한 금침이 목단같이 피었다. 머리맡 벽에서는 액자 속에 넣은 한 폭의 그림이 침대를 굽어보고 있다. 그 이상한 그림은 고요한 방 안에 한 줄기의 기괴한 느낌을 주고 있다. 그림은 한 사람의 나체를 나타낸 것이나 그것은 아담도 아니요, 이브도 아니다. 아니, 아담이며 동시에 이브인 것이다. 한 몸에 한꺼번에 두 가지 성을 갖춘──신화 속에 나오는 태고 적의 완전한 일원적 인간과도 같은──피차 애써 안타깝게 대상의 성을 찾지 않아도 좋은 기괴한 인생의 동화의 세상에 속하는 것이니, 방 안은 그것으로 말미암아 한층 신비로운 기색을 띠었다.

그 신비로운 무대 뒤에 이윽고 여주인공이 등장하게 되었다. 그는 물론 지옥의 악마가 아니요, 천사인 것이다. 그렇다. 확실히 거리의 천사임에는 틀림없다.

그러나 거리의 천사라느니보다 동화속의 천사요, 마음의 천사인 것이다.

홀에서 볼 때와 다른 맵시 다른 의상으로 나타난 그의 자태는 마음을 쥐어 흔들어 끌어당기는 것이다. 흔한 한 사람의 거리의 천사로 보기는 너무도 가혹하고 아까운 사내이나. 나는 보배나 발견한 듯한 커다란 감격과 놀람을 가지고 그를 바라보았다. 어느덧 다시 밝은 정신도 들었으나 그렇다고 가혹한 현실로 돌아와 자신의 꼴과 처지를 반성하는 것이 아니요, 다시 그의 아름다운 자태에 취하여 그밤의 운명을 한없이 행복스럽게 여기는 것이었다.

짧은 머리를 풀어 헤뜨린 천사는 사뿐이 날아와서 맞은편
의자에 앉았다. 날개 소리도 내지 않는 고요한 거동이었다.

그림자 깊은 얼굴에 그윽한 미소를 띠웠을 뿐이지 한 마디
말도 없다.그러나 그의 표정을 번역하면 '나는 걱정이 많아요.
그러나 지금은 행복스러워요.'하고 역력히 말하고 있는 것이
다.

회화의 매력을 잘 알면서도 말 없는 그 장면은 도리어 즐거
운 것이었다. 무대의 말을 잊은 등장 인물같이 두 사람은 한
참 잠자코 있었으나 그것은 한 토막의 무언극이 되어서 한층
정서 있는 것이었다.

침묵을 깨뜨린 것은 불의에 나타난 노파였으나 그는 이야기
속에 등장한 침입자는 아니요, 사람에게 차를 가지고 온 것이
다. 탁자 위에 옮겨 놓은 찻잔에서는 향기는 빠졌을망정 부드
러운 김이 피어올랐다. 김 너머로 천사의 표정이 한층 부드럽
게 녹아졌다. 차는 별수 없이 천사의 입을 열게 되었다. 사람
은 꿈을 빚어내기에 필요한 물건이다. 될 수 있는 대로 차를
달게 하여 마시면서 나는 풀려 나오는 천사의 토막 말을 혀끝으
로 곰곰이 맛보았다.

"눈이 움푹 빠지고 눈썹이 길고——무섭지 않으셔요? 아—
—우."

오도깝스럽게 굵은 눈알을 굴리며 흘기는 표정이 말할 수
없이 마음을 당긴다. 두 귀를 꽉 붙들고 눈을 홉뜨고 내가 무
섭다는 것을 알리려다가 나는 즉시 그런 무의미한 거동을 단
념하였다.

"제게는 드레스가 맞아요."

하며 나비 날개와도 같은 잠자리 옷의 소매를 휘날려 보이는
그의 양자는 바로 천사의 모양 그것이다.

"드레스를 입고 해 나는 날 바다를 구경하였으면요. ──겨
울 바다는 검고 탄탄하고 차고 맑고──눈오는 날이면 검은
파도 사이에 송이송이 떨어져선 금시에 녹아버리죠. 항구에
뜬 배는 얼어붙은 듯이 고요히 서서 기적도 잊어버리고 흰
치장을 자랑하구요……"

그의 말은 야릇한 마술과도 같고, 향기 높은 술과도 같아서
일종의 맑은 환영을 일으키게 한다. 검은 드레스를 입고 붉은
마후라를 날리면서 고요한 겨울 항구를 거니는 그의 자태가
눈앞에 완연히 떠오른다. 희끗희끗 눈이 날려서 뱃전을 스치
고 검은 바다 속에 녹아버린다. 떨어져서 사라져버린다. 그러
나 쉴 새 없이 눈이 날리고 날린다……
환상에 잠겨있는 동안에 문득 창 밖에 눈이 오는 듯한 착각이
들었다. 굵은 눈송이가 무대 밖을 뽀얗게 둘러싸고 부슬부슬
쉴 새 없이 퍼부어 어느덧 방 안은 허옇게 쌓인 눈 위에 덩실
뜬 듯 하다.

방 안은 더 한층 이야기 속 세상으로 변할 뿐이다.

"약혼자가 있었으나 한 번도 정을 주어 본 일이 없이 이런
세상에 빠져들게 되었어요."

현실의 실토로 그 분위기 속에서는 꿈의 거죽을 쓰고 이야
기 속의 사실로만 변하는 것이었다.

나는 노파를 시켜서 가져온 한 잔의 양주를 그에게 권하였
다. 금시에 얼굴이 붉어진 그는 거동이 재고 말이 많아졌다.
정서가 새로와진 것이다. 눈 속의 불꽃같이 곱게 타오른다. 휠

훨 불 붙는다.

보고 있는 동안의 나의 마음도 어느덧 불 붙어 푸슥——펄
펄——훨훨——타오르기 시작하였다. 두 눈으로 들어온 독한
술에 취한 것이다. 사랑은 눈으로 들어와서 몸을 새빨갛게 불
달아놓고는 그것으로 끌 줄을 모르는 영물이다. 외곬통이요,
심술궂은 영물이다.

이윽고 그는 일어나서 춤추는 듯이 날아와 나의 팔을 붙들
었다. 더워서 괴로와하는 눈치다.

"일어나 춤추시지 않겠어요. 몸이 타서 쓰러질 때까지 밤새
도록……"

더운 입김에 목덜미를 엄습한다.

끌려 일어나기는 하였으나 나는 한 걸음의 스텝도 밟을 줄
을 모른다.휘적휘적 끌리며 그의 발등만 밟다가 기어이 다리
에 걸려 그 자리에 그대로 풀썩 넘어져버렸다. 그의 가벼운 작
은 몸이 팔 안에 나긋나긋 휘었다. 한 마리의 나비를 손바닥으
로 쳐서 단숨에 눌러버린 듯이 하잘것 없이 그의 몸은 고요하
게 침묵하였다.

두 몸은 갑자기 뜨겁게 타올랐다. 심장의 고동도 갑자기 높
게 치련만 거친 숨결에 꺼져버려 들리지는 않았다. 애잔한 천
사! 그는 거리의 천사가 아니요, 마음의 천사였다.

엄숙한 표정을 지니고 사랑과 욕심의 구별을 세우려고 골살
을 찌푸림은 칼날로 바닷물을 가르려는 것과도 같아 거의 무
의미한 헛수고인 듯하다.

사랑과 욕심은 서로 뗄 수 없는 것이니 사랑이 있으면 반드
시 욕심이 생기고 욕심이 솟는 곳에 자연 사랑도 붙는 것이다.

즉 사랑없는 곳에는 욕심도 없는 것이며 욕심 없는 곳에 사랑
이 있을 리 더욱 만무하다. 사랑과 욕심을 가릴 수 없음은 술에
서 향취를 가릴 수 없음과 같으며 꽃에서 향기를 없앨 수 없음
과 일반이다. 다시 말하면 욕심은 책이요, 사랑은 내용이다. 책
없는 내용이 없으며 내용 없는 책이 없다. 내용을 담는 것이
책인 것과 같이 사랑을 담는 것은 욕심이다. 찬란한 내용은
책부터 찬란하듯이 찬란한 사랑이면 욕심도 찬란하여야 한다.
이것을 뒤집어 말하면 욕심이 찬란해야 사랑도 찬란하여지는
것이다.

　문제는 사랑과 욕심이 전후 관계이나 욕심은 반드시 사랑으
로부터만 시작되어야 할 법은 없다. 욕심으로부터 시작되는
사랑도 있는 것이니, 이렇거든 사랑이 한층 향기롭고 진득할
수가 있는 것이다.

　봄이 한 번만 있는 것이 아닌 것과 같이 평생에 사랑도 단
한 번 있기는 드물 듯하다. 사랑으로부터 드는 사랑도 있을 것
이며, 욕심으로부터 드는 사랑도 있어서 화려하고 찬란한 날
과 씨로 일생은 꾸며지는 것이 아닐까. 첫사람이자 마지막 사
람이요 하늘이 무너지고 바다가 잦아져도 세상에 영원히 그
한 사람뿐이라고 울고 불며 설렘은 감상 시대의 한때 열병이
며, 그 시대를 벗어나서 활달히 생각하게 된 때 진짜 사랑이
오는 것이 아닐까. 그때의 사랑은 붉은 한 빛이 아니요, 무지
개와 같은 색채인 것이다.

　거리의 천사라고 반드시 욕심의 대상만이 되는 법은 아닌듯
하다. 거리의 천사도 마음의 천사가 될 수 있다. 욕심으로부터
들어와서 마음을 흔든다. 그런 사랑도 있는 것이다.

그 밤의 천사는 마음 속에 새겨져서 좀체 잊혀지지 않는다. 선문의 밤이 아니요, 꿈속의 밤이요, 이야기속의 밤이었다.

그가 준 명함은 그의 마음의 표시와도 같이 조그맣고 탄탄하고 꿋꿋하다.

새겨진 글자는 그의 눈망울같이 청청하고 또렷하다.

"정초가 지나면 한가해요. 맑은 정신으로 아침부터 와 주시겠다고 약속해 주시지 않겠어요? 디이트릿이 가보 셔어러의 프로마이드를 선물로 갖다 주시겠죠."

옷섶을 붙들고 신신당부하던 약을 끝내 밟을 시간을 가지지 못하게 되었음이 미안하고 송구스럽다. 그 미안한 생각이 그의 마음 속에 대한 대답이 되었으면 다행이라고 생각한다.

여행은 즐겁다.

하숙의 살림살이, 거리의 여인 풍경, 잔애한 천사의 자태――가지가지 기억이 마음의 경험 위에 차례차례로 쌓여 즐거운 추억이 되는 것이다.

산문의 경험도 마음 속에 적히우면 아름다운 노래가 되는 모양이다.

일 기

    며칠 전부터 거리에 유숙하고 있는 순회극단의 단장의 딸인 여배우가 지난날 아침 여관방에서 돌연히 해산을 하였으나 달이 차지 못한 산아는 산후 즉시 목숨이 꺼져버렸다는——근래의 진기한 소식을 우연히 아내에게서 듣고 나는 마침내는 그 생각에 잠겼다.

    여배우는 그 전날 밤까지도 무대에 섰다 하니 오랫동안의 불여의한 지방 순회에 끌려다니느라고 기차에 흔들리고 무대에 피곤한 끝에 그 참경을 하였음이 확실하다. 어린 시체를 동무들과 함께 근처 산에 묻고 온 산아의 아비인 남배우는 울적한 심사를 못 이기면서도 저녁 연극이 시작되려 할 때 '낯설은 곳에 핏덩어리를 묻은 오늘은 오히려 무대에 나서지 않으면 안되누나.' 탄식하고 그의 역편인 아리랑의 주연의 화장으로 힘없는 얼굴의 표정을 감추었다고 전한다.

    열 일곱밖에는 안된 영락의 여배우와 그의 애인인 낙백의

남배우——나는 웬일인지 '루놀망'의 「낙오자의 무리」를 문득
생각하며 두 사람을 그 작품 속의 '그 여자'와 '그'에게 비겨도
보았다. 학교에서는 훈화가 있어 학생들에게 판극을 금하였다.
나는 두 사람의 처지를 생각할수록에 그 조그만 극단의 생활
을 위협하는 결과가 되는 나의 교육의 직무를 슬퍼하지 않을
수 없었다.

하필 이날에 시작된 것은 아니나 이런 생각에서 오는 우울
도 덮쳐서 나는 이날 유심히도 출근의 길이 울가망하고 싫은
것이다.

기어이 좋은 일은 없었다. 나는 이날을 '흉일'로 기억하게
되었다.마침 수업이 막 시작되려 할 무렵에 사동이 놀라운 소
식을 가지고 직원실로 뛰어들어왔다.

"열차가 전복했어요."

영문을 몰라 눈이 멀뚱했다.

"——남행 첫차가 지금 망간 성견다리목에서 쓰러지는 것을
보았어요. 연기가 새까맣게 피어오르겠나요."

그 차에는 북쪽 극촌에서 오는 통학생이 많았다. 그러나 그
들의 신변을 염려함보다도 먼저 거의 본능적으로 황급한 충동
에 끌려 모두들 직원실을 뛰어나갔다.

운동장에서는 다릿께가 멀리 바라보였다. 분명치는 못하나
엇비슷이 삐뚜러진 열차의 모습도 보이거니와 무엇보다도 새
까만 연기 어느 구석에서 그 많은 연기가 나왔는지 하늘을 구
름장같이 폭 덮었다. 까마귀의 떼 같은 그 불길한 연기의 덕지
가 우거진 나뭇잎 사이 사이로 벌써 흉측한 변의 그림자를 엿
보이고 있는 듯도 하였다. 고요하고 섬뜩한 한 폭의 그림이었

다.

　겨우 통학생들의 안부가 머릿속에 떠오르자 머리들을 모으고 불안스럽게 웅절웅절 지껄이기 시작하였다. 꾀바르게 자전거로 현장에 달려가는 동관도 벌써 몇 사람 나섰다. 이들이 가져올 정보를 기다리면서 한참 동안이나 여전히 웅절웅절하고 있는 동안에 난을 당한 통학생이 한두 사람씩 학교에 다다랐다.

　물에 빠져 양복이 폭 젖은 이, 이마에 피묻은 이, 턱에 혹을 붙인 이. ──전쟁의 부상병같이 이들은 각각 그 무슨 상처와 흔적을 가지고 한없이 허둥허둥 교문을 들어왔다. 운동장을 이르기가 바쁘게 궁금히 기다리고 있는 동무들에게 포위를 당하여버렸다.

　"──철교 위에 걸리자 날카로운 기적을 연해 울면서 차가 두어 번 주춤주춤 서대니 한쪽으로 넌지시 휘어 떨어진단말야. 섬뜩하여 눈을 꼭 감고 몸을 웅크리고 있노라니 어느덧 차창이 발밑에 놓였고 철렁철렁 찬단 말일세. 정신없이 창을 깨트리고 나와 보니 개천가 돌밭에는 벌써 쓰러진 사람, 정신없이 어릿어릿하는 사람, 난장판이야"

　흥분에 끌려 정신없이 지껄이던 학생은 문득 어딘가 거북하였는지 몸을 요동하기 시작하였다.

　"──자세히 볼 여유도 없이 뛰어왔으나 아마 죽은 사람도 여럿 될거야."

하고 어릿어릿하더니 그 자신 그 자리에 주저앉아버렸다. 이먼저 달려온 패들은 흥분된 판에 생기도 있고 겉에는 그 다친 상처도 보이지는 않았으나 기실 각각 그 어디인지를 크게 다쳐 나중에는 결국 모두 병원에 수용된 것이었다.

남았던 직원들과 학생들은 일제히 학교를 나와 현장을 향하여 급히 달렸다. 한길에는 어느덧 같은 방향으로 달리는 마을 사람들이 많았다. 모두들 알 수 없이 수군거리고 수물거렸다.

도중에는 군데군데 조난자의 그림자가 보였다. 막대를 짚고 의관을 정제한 노인의 얼굴과 두루마기 자락은 피투성이었다. 길가에 누워서 정신없는 학생도 있었다. 눈을 흡뜨고 헛소리를 하는 사람도 있었다.

두 대의 객차는 완전히 다리 밑에 떨어졌고 한 대는 다리를 건너 길 옆에, 한 대는 다리 어귀에 삐뚜름히 걸려 있었다. 떨어진 차체는 장난감같이도 무르게 땅에 닿은 편이 와싹 부서져 있다. 다리 위 철로는 휘어서 튀이고 나무토막은 조각이 되어 산산이 흩어졌다. 좁은 개천 양편 돌밭에는 수십 명의 부상자가 마른풀위에 물건같이 되는 대로 놓여있다. 조난의 현장——무시무시 엿보이는 한 폭의 지옥이다. 얼굴이 전면 피투성이인 것도 보기에 괴로운 것임을, 머리가 찢어져 뼈가 엿보이고 가슴이 찢어져 피가 솟는 것이다. 피는 귀한 것이면서도 가장 흔하고 천한 것 같았다. 유리 조각으로 입에서 코밑까지를 뚫리운 사람. 이마가 혹같이 부어와서 얼굴이 이그러진 사람. ——육체가 물건의 취급을 받아 상자같이 비틀어지고 흙같이 으끄러졌다. '하나님'은 사람을 물건 이상으로 귀여워하시는가.

의사가 오기까지에 학생들이 동원되어 응급 시중에 분주 하였다. 중상자를 마른풀 위에 눕히고 한 자리에 사오 인씩 붙어 저고리를 벗어서 덮어도 주고 햇빛을 가리워도 주었다. 저고리가 피에 젖건 말건 그런 것쯤은 관심이외의 일이었다. 초자연의 도움을 빌기 전에 사람들끼리 먼저 피차에 구원하여아 할 것이다. 나는 이 위급한 자리에서 아름다운 사람의 마음을 보았다.

한편 부상자를 일시 수용할 천막을 치고 있는 동안에 공의가 달려왔다. 뒤를 이어 도립병원에서 원장 이하 간호부 수십 명이 달려왔다. 개천에는 다리가 놓이고 돌밭에 약그릇 주사도구 탈지면 등 속이 널리고 소독약 냄새가 흐른다. 들 복판에 별안간 사람의 살림이 시작되고 과학과 자연의 싸움이 열린 것이다. 열린 호박을 바늘로 장난치듯 팔과 가슴에 대중없이 주사 바늘이 나들었다. 굳은 살에는 바늘이 휘어지다가 부러도 졌다. 그러나 그 바늘과 약이 신기하게도 꺼지는 목숨을 돌리는 것이었다. 금시에 꺼질 목숨이 확실히 주사로 말미암아 연장되고——구원되는 것이다.

제복을 입은 철도역원은 얼굴이 샛노래지면서 눈을 감은 채
"의사왔소? 의사왔소?"
하고 구원을 청했다. 곁에 상처가 없는 까닭에 분주히 돌아치는 의사의 눈에 걸리지 않았던 것이다.

한 사람이 발견하고
"'하, 이거 안됐소 얼굴빛이 글렀소."
하고 서두를 때에야 의사가 달려와서 침을 놓았다. 그러나 이미 때가 늦었다. 그는 벌써 외치지도 않고 얼굴을 괴롭게 찡그린 채 몸이 식기 시작하였다. 불과 몇 초 동안에 기회를 놓쳤으므로 말미암아 과학도 그를 구하지는 못하였다. 좀더 빨랐던들 건졌을는지 몰랐을 것을——이런 것을 '운명'이라고 할까. 그는 무엇보다도 '의사'를 외쳤으나 기어이 의사의 눈에 속히

띠이지 못하고 푸른 하늘 밑에서 식어진 것이다. ——내일의 푸른 하늘을 더 보려야 볼 수도 없이. 뱀에게 물린 '라아콘'과도 같은 괴로운 얼굴——그의 지난날이 아름다왔다 한들 얼마나 아름다왔으랴 그에게 더도 말고 아름다운 하늘을 하루만이라도 더 보였더라면!

중상을 입은 사람들은 눈을 감고 말 한 마디 없이 고요히 누워 있을 뿐이다. 맥박이 어지럽고 가슴에서는 내출혈의 피가 골골 끓었다. 대개 얼굴 모습이 이지러져 누가 누구인지 분간할 수 없었다. 철도와 경찰서원이 주소 성명을 물으러 돌아다닐 때에 물론 거기에 바로 대답할 능력 있는 사람이 없었다. 어린 생도는 아우성을 치면서 상처보다 도리어 주사를 무서워하였다.

부상이 대단치 않은 의사는 증거라고 다음 사람에게로 옮아갔다.

머리는 없었으나 얼굴이 어린 여자는 괴로운 듯이 몸을 여러 번 뒤쳤다. 들린 두 다리 사이로는 속옷과 넓적다리께가 사정없이 들여다보였다. 그러나 물론 그것을 여밀 여유도 없었다. 생명의 괴로움 앞에서는 그런 것도 사치한 생각에 지나지 못하였다. 그는——나어린 신부였다. 바로 간밤에 신방을 치르고 이날 아침 급한 첫 근친의 길을 떠난 것이었다. 몸에 감은 새옷——그것은 신혼의 치장이었던 것이다. 머리맡에는 조그만 봇짐이 놓여있었다.

그럭저럭 하는 동안에 그곳 일대는 장바닥 같은 혼잡을 이루었다. 근 천 명에 가까운 사람들이 개천을 중심으로 하고 웅성거렸다. 마을과 근읍에서 달려온 정거장 경철병원의 수많은

인원과 신문 기자단이 현장에서 와글와글 수군거리고 개천 건
너편 둑에는 구경하는 마을 사람들이 첩첩이 담을 쌓았다. 다
리 위와 아래서는 경찰서원이 호탕을 하며 지휘와 장내 정리
를 하였다.

사진반 기자의 카메라가 군데군데 머물러 섰다. 한 편 철교
위에서는 검사 이하 십여 명의 긴 행렬이 탈선된 지점을 임검
하였다.

천막 속에 모조리 수용하는 한편 중상자로부터 차례차례로
도립병원까지 실어날랐다. 얼굴을 심히 다친 노인과 중국인
한 사람은 기어이 그 운반자동차 속에서 병원에 다다르기 전
에 운명하여버렸다.

복작거리고 있는 동안에 한낮이 훨씬 넘었다. 학생들의 정
리를 대강 마친 후 직원의 일부분은 학교로 돌아왔다. 한길에
서는 빡빡히 들어선 사람의 틈을 비집고 걷지 않으면 안되었
다. 큰일을 치르고 난 뒤와도 같은 피곤이 한꺼번에 왔다. 지
긋지긋한 기억에 얼굴의 표정이 무착스러워지고 심신이 나른
하였다.

"한치 앞이 어둠이라더니 이것을 보고 한 말이야."

검은 얼굴에 굳은 표정을 지니고 한 사람의 직원이 탄식하
었다.

"그러니 갑자기 닫쳐오는 천변을——사람의 운명을 헤아릴
수 있나."

다른 한 사람은 얼마간 깨달은 듯한 어조였다.

"세상에 '마'라는 것이 있기는 있는 모양이지?"
좌중을 돌아보면서,

"——일전에 노파가 치인 바로 그 자리에서 하필 오늘의 변이 생기다니 ——"

나는 며칠 전 일을 생각하였다. 마을에 노파가 밭으로 아침밥을 이고 가노라고 가까운 길을 취한다는 것이 그 철교 위를 걷다가 차에 깔리운 것이었다. 노파는 눈이 어둡고 귀가 잘 안 들렸다. 산모퉁이를 돌아오는 기차소리를 듣지 못하였던 것이다. 별안간 앞에 닥쳐오는 기차를 보고 기겁을 하고 뒤로 돌아섰으나 물론 다리를 채 건너지 못한 채 중간에서 참사를 당한 것이었다. 다리 아래 산산이 흩어진 살과 뼈 중에는 잃어진 것이 많아서 대강 추릴 수밖에는 없었다. ——동관은 그것을 말하는 것이었다. 그날의 변과 이날의 변이 말하자면 일종의 암합이었다.

공교롭다면 이같이 공교로운 일도 드물 것이다.

"무꾸리라도 해두었던들 오늘의 변은 없었을지도 몰랐을 것을."

신교도다운 동관의 걱정이었다. (이들의 이 방면의 신념은 전통적으로 깊은 것이 있었다. 며칠 후 현장에는 천리교의 중이 와서 짜장 무꾸리를 하고 불의의 죽음을 당한 떠도는 넋을 위안하여 물리치는 행사가 있었던 것이다.)

때 지난 점심들을 먹었다. 표정은 검으면서도 식욕들은 여전하였다. 평일의 식욕으로 평일과 같이 먹었다. 살아있는 사람의 식욕은 참혹한 변과는 아무 관련도 없는 것인 듯하였다.

관련이 없다면——임검이 끝난 오후, 철교 위에서는 즉시 새 토막나무와 레일을 실어다가 파손된 개소의 회복공사가 시작되었으니 이것도 철교 아래 참경과는 관련이 없는 것이었다. 불

행한 주관을 본 체 만 체하고 현실의 객관은 언제나 쌀쌀하고
엄격하게 진행되는 것 같다.

근처 신문사의 호외가 돌았다. '마의철교'라는 커다란 제목
이 어마어마하게 전하였다.

그럭저럭 해가 기울었다. 입원한 학생 중의 수명이 위독하
다는 소식이 왔다.

나는 나른한 신경을 가지고 집에 돌아왔다. 전신이 톱날에
슬렁슬렁 긁히운 듯이 맥이 없었다. 평소에 잊은적 없던 여러
가지의 욕망과 야심조차도 간 곳 없이 곱게 사라졌다. 물질이
니 사랑이니 목적이니——생명 이외의 욕망은 모두 사치한 야
욕 같았다. 현재 살아있다는 기쁨이 여러 가지의 욕망을 일시
해소 시켜버린 것이었다. 생명의 기쁨——그것이 새삼스럽게
도 끔찍한 행복이었다. 그러므로 평소에 극도로 괴로움을 받
아오는 부채에 대한 걱정도 잠시 꺼져버린 듯하였다. ——입원
한 학생을 보러 가야 할 차비조차 없어 아내를 이웃에 보내는
형편이면서도.

나갔던 아내는 잠깐있다 눈물을 담뿍 머금고 돌아왔다. 방에
들어오자 목소리를 놓고 엉엉 우는 것이었다.

"젖달라는 어린애도 아니고——울기는 왜 울어."

그렇지 않아도 우울한 심사였으므로 나는 신경을 날카롭게
일으키며 목소리를 높였다.

"빚장이에게 망신을 당했어요."

"욕먹은 것이 무엇이 원통해. ——불의의 변에 없어지는 사
람도 있는데."

"욕뿐인가요. 손찌검까지 한단 말예요."

이자도 차근차근히 못 갚는 빚장이 여인에게 욕을 당한 것이었다. 빚장이——그것은 글자 그대로 채귀였다. 채귀에게 괴로움을 받는 것 쯤은 '수양'을 쌓는 나에게는 벌써 예사였으나 미흡한 아내에게는 두통거리였고, 더구나 어버이에게도 맞아 본 일이 없었을 아내가 남에게 손찌검을 당한 것은 기막힌 봉변인 것이었다.

"어머니에게라도 맞은 셈 치지."

유하게 아내를 위로는 하였으나 마음은 물론 아팠다. 빚 걱정도 새삼스럽게 났다. 여기 몇백 원 저기 몇백 원…… 찬찬히 생각하면 관계를 맺은 채권자의 수효만 해도 다섯 손가락은 꼽고도 오히려 남았다. 병이 잦기는 하였으나 생활이 대중 없이 사치한 것도 아니었다. 이태 동안의 생활의 결과에 몸서리가 났다. 여러 상점에 진 숫자까지 합하면 부채의 금액은 실로 놀라운 수에 올랐다. 매년 연말이 되면 일 년 동안에 상점과 거래한 계산서의 수가 수백 장의 커다란 한 묶음을 이루는 것이었다. 그 많은 소비의 액이 어디로 사라졌는지 물론 알 바 없다. 고리로 낸 빚은 갚을 도리가 없이 항상 그대로 남아가는 것이다. 계산서의 묶음을 태워버릴 때 세상의 고리대금업자도 한 단에 묶어 함께 태워버렸으면 하는 생각이 났댔자 할 수 없는 노릇이었다. 귀찮은 관계에서 속히 벗어나야 시원히 일도 하게 될 터인데 하고 나는 기적이라도 기다리는 듯한 마음으로 그날을 기다릴 수 밖에는 없는 것이다.

"염려없어 펴일 날이 있겠지. ——돈이 생기거든 궐녀에게 가지고 가서 대거리로 보기좋게 볼을 갈겨주거든!"

허울좋게 아내에게 말은 하였으나 이날은 몹시도 울가망하였다.

밖에서는 기차사변, 안에서는 부채사변, 이날은 마치 사변의 날 같았다. 현실이 몹시도 가혹한 날이었다.

"흉일이다. 흉일이다."

입밖에 내서까지 지껄여보았다. 문득 아침에 소문들은 순희극단 일행의 사변이 또 한번 생각났다.

鄕 愁

찔레순이 퍼지고 화초 포기가 살아났다고 해도 원채가 고양이 상판 만큼 밖에 안되는 뜰안이라 자복히 깔아놓은 조약돌을 가리면 푸른 것 돋아나는 흙이라고는 대체 몇 줌이나 될것인가. 늦여름에 해바라기가 솟아나고 국화나 우거지면 돌밭까지 가리워버려 좁은 뜰안은 오종종하게 더욱 협착해 보인다. 우러러보이는 하늘과 지붕과 판장에 가리워 쪽보 만큼 작고, 언덕 아래 대동강을 굽어 보려면 복도에서 제기를 디디고 서야만 된다. 이 소꿉질 장난과 같은 배이비 하우스에서 짐을 다스리고 아이를 돌보고 몸을 건사해야 하는 아내의 처지라는 것을 생각하면 별 수 없이 새장 안의 신세밖에는 안되어 보이면서 반날을 그래도 밖에서 지울 수 있는 남편의 자리에서 보면 측은히도 여겨진다.

제 스스로 즐겨서 장안에 갇히워진 '죄수'라면 이역하는 수없는 노릇, 누구를 탓하려면 남편된 입장으로서 나는 사실 갈

은 처지의 세상의 수많은 아내들에게 한 조각의 미안한 생각
이 없지 않다. 기껏해야 한 달에 몇 번씩 영화구경을 동행하거
나 거리의 식당에서 점심을 먹거나 하는 것쯤으로 목이 흐뭇
이 축여질 리는 없는 것이요, 서양영화에 나오는 넓은 집안과
사치한 일광실 속에서 환상에 잠기다가 일단 협착한 현실의
집으로 돌아올때 차지 않는 속에 감질이 안 날 리가 없다. 현대
의 무수한 소시민의 생활의 탄식은 참으로 부질없는 감질 속에
숨어 있는 듯싶다.

　아내의 건강이 어느때부턴지 축나기 시작해서 눈에 띄게 되
었을 때 나는 놀라며 그 원인을 역시 이 감질에 구하는 수 밖
에는 없었다. 구미가 떨어지고 불면증이 생기고 그 어딘지 없
이 몸이 졸아들면서 하루 세 때 약 그릇을 극진히 대한대야
하루 이틀에 되돌아서지도 않는 것이다. 의사도 이렇다 할 증
세를 집어내지 못하는 것으로 보아서 나는 그 원인을 감질로
돌려서 도시 도회생활에서 오는 일종의 피곤증이라고 볼 수
밖에는 없었다. 삼십 평짜리 배이비 하우스에 피곤해진 것이
다. 협착한 뜰에 숨어박히고 살림살이에 지친 것이다. 그 위에
그의 심경을 한층 피곤하게 만든 것은 남편의 욕심이라고 할
까. 세상의 남편들과 같이 고집스럽고 자유로운 욕심장이는
없다. 아내의 알뜰한 애정을 받으면시도 그 밖에 또 무엇을 자
꾸만 구하는 것이다. 집에 들어서는 범사에 봉건왕이요, 폭군
노릇을 하면서 마음 속에는 항상 한없는 꿈과 욕망을 준비해
가지고는 새로운 밖의 세상을 구해 마지 않는다. 참으로 그리
마의 발보다도 많은 열 가닥 백 가닥의 마음의 촉수를 꾸미고
그 은실 금실의 끝끝마다 한 개의 세상을 생각하고 손 닿지 않

는 먼 데 것을 그리워하고 화려한 무지개를 틀어본다. 그 자기
의 마음 세상 속에 아내는 한 발자국도 못 들어 서게 하고 엄
격하게 파수보면서 완전히 독립된 왕국을 몰래 다스려 간다.

일생에 있어서 가장 가까운 아내가 그 왕국에서는 가장 먼
것이다. 이것이 세상 남편들의 어쩔 수 없는 타고난 천성머리
니 나 역시 그런 부류에서 빠진다고는 생각하기 어려우며 세
상에서 꼭 한 사람밖에는 없다고 생각해 주는 아내의 정성의
백의 하나도 갚지 못하게 됨을 부끄러워하지 않을 수 없다.

남자의 특권인 듯이 부질없이 마음의 왕국을 세우면서 그것
이 아내를 얼마나 상하게 하고 달게 하나를 눈으로 볼 때 날
카로운 반성이 솟으며 불행한 것이 여자요, 약한 것이 남편이
라는 생각만이 난다. 삼십 평 속에서 속을 달리고 신경을 일으
켜 세우고 하는 동안에 아내는 몸이 어느때부턴지도 모르게
피곤해진 것 같다. 나는 남편된 책임을 느끼고 과반의 허물을
깨달으면서 평화와 건강의 일을 생각하는 것이다. ──아뭏든
도회의 삼십 평은 숨을 쉬기에는 너무도 촉박한 것이다. 이 촉
박감이 마음을 한층 협착하게 하는 것이 사실이어서 어느 결
엔지 막연히 그 무슨 넓은 것, 활발한 것을 생각하게 되었을
때,

아내는 하루 아침 문득 계획을 말하는 것이었다.

"잠깐 시골이나 다녀오겠어요."

새삼스런 뚱단지 같은 소리는 아니었다. 해마다 한 번 쯤은
다녀오는 고향이었고 이번 일도 착상한지는 벌써 오랫동안에
현안 중에 걸려 있었던 문제이다.

"몸두 쉬이구 집안 형편도 살필 겸……"

그러나 막상 이렇게 현실의 문제로써 눈앞에 나타나고 보니
선뜻 작정하기도 어려워서
"글쎄."
하고 얼뺑뺑하게 대답하는 수 밖에는 없었다.
"제가 지금 제일 보고 싶은 게 무언데요. ──울밑의 호박
꽃, 강낭콩, 과수원의 꽈리, 바다로 열린 벌판을 흐르는 안
개, 안개 속의 완두꽃……"
"남까지 유혹하려는 셈인가."
"제일 먹구 싶은 건 무어구요. 옥수수라나요, 옥수수. 바알
간 수염에 토실토실한 옥수수 이삭, 그걸 삐꺽하구 비틀어
뜯을 때 그 소리 그 냄새──생각나세요. 시골 것으로 그렇
게 좋은 게 또 있어요? 치마폭에 그득이 뜯어가지고 그걸
깔 때 삶을 때 먹을 때──우유 맛이요, 어머니의 젖맛이요,
그보다 웃길 가는 맛이 세상에 또 있어요? 지금 제일 먹구
싶은 게 옥수수에요. 바다에서 한창 잡힐 숭어보다두 뒤주
속의 엿 보다두 무엇보다도……"
"혼자 내빼구 집안은 어떻게 하라구."
그러나 마침 일가 아이가 와 있던 중이었고 아내의 시골행
의 결심도 사실은 거기에서 생겼던 까닭에 이것을 하기는 헛
긱징이기는 했다.
"나 혼자 남겨두구 맘이 저렇게 열렸던구. 진작……"
장담은 해도 어린 아내의 마음이다. 두 마디째가 벌써 그의
마음을 호비는 것을 나는 안다. 눈썹을 찌푸리면서 그 말을 그
만 그것으로 덮어버리고 천연스럽게 말머리를 돌리는 아내의
눈치를 나는 더 상해서는 안된다.

"또 한 가지 이번 길의 이유는——"

다 듣지 않아도 나는 뜻을 짐작한다. 늘 말하는 일만 원 건인 것이다. 그의 어머니보다도 오빠가 용돈을 일만 원을 약속한 것이다. 그것을 얻으러 가겠다는 말이다.

"만 원은 갖다 무얼하게. 그까짓 남의 돈 누가 좋아할 줄 아나. 사람의 맘을 괜히 얽어놓을까 해서."

"아따 큰소리 그만 둬요. 돈 보고 침만 흘렸단 봐라."

"지금 내게 그리울 게 무어게."

"그까짓 피아노 한 대 사놓고 장담 말아요."

"방 안에 몇 권의 책이 있구 뜰안에 몇 포기 꽃이 있으면 그만이지, 또 무어가 필요한데."

반드시 시인을 본받아 그들의 시의 구절을 외인 것이 아니라 사실 이런 청빈의 성벽이 마음 속에 없는 바가 아니다. 때때로 사치를 원할 때가 없는 것도 아니나 뒤를 이어 청빈에 대한 결벽이 자랑스럽게 솟군 한다. 이 두 마음 중에 어느 것이 더 바른지는 헤아릴 수 없으나 두 가지 다 한몫씩 자리를 잡고 있는 것은 사실이며 지금에 있어서는 사치에 대해서 일종의 경멸과 반감을 가지고 있는 것도 속임없는 사실인 것이다. 하나 아내의 말이 바른 것이라면 그가 또 내 마음을 곁에서 한층 날카롭고 정직하게 관찰하고 있는 것도 모르는 것이기도 하다.

"만 원에 한 장도 어김없이 가져올께 어서 이리같이 악탈이나 하지는 마세요."

"내 마음 제발 이리 되지 마소서!"

합장하는 나의 시늉을 흘겨보고는 아내는 그날부터는 행장을 꾸리기에 정신이 없다. 행장이라야 지극히 간단한 것이나 잘고 빈틈없는 여자의 마음씨라 간 뒤의 집안 살림살이의 요령과 질서까지를 일가 아이에게 트여주고 거기에 맞도록 집안이 온통 한바탕 치우고 정돈하기에 여러날이 걸리는 모양이었다. 눈에 띄우리만큼 말끔하게 거두어진 것을 나는 신기하게 바라보았다. 그러나 집안이 정돈된 것보다도 더 신기한 일이 생겼다. 떠나는 그날 저녁 거리에서 돌아온 아내의 자태에 일대 변혁이 생겼던 것이니 머리를 자르고 퍼머넨트를 한 것이다. 집안이 정리된 이상의 정리이었다. 멀끔하게 추려서는 고슬고슬 지져놓은 머리는 용모를 일변시켜 총명하고 개운한 자태로 만들어 놓았다. 굳이 펄쩍 뛰며 놀랄 것은 없었던 것이퍼머넨트에 대한 의논도 오래 전부터 있었던 것으로 충충대고 권한 장본인 것은 결국 나 자신이었던 까닭이다.

여자의 머리로써 퍼머넨트를 나는 오래 전부터 모든 비판을 떠나 아름다운 것으로 생각해 왔다. 모방이니 한다면 이 땅에 그럼 현재 모방이 아니고 무엇이 있단 말인가. 살로메가 요카나안의 머리를 형용해서 에돔 나라의 포도송이 같다고 한 머리, 그것을 나는 남녀간의 머리의 미의 극치라고 생각해 왔던 까닭에 아내의 머리에 그 운치를 베풀자는 것이었다. 내가 놀란 것은 도리어 아내의 그 결단성인 것이다.

그러나 기기에 또 아내의 동무들의 실물교육이 직접 도와 힘이 된 모양도 같다. 집에 놀러오는 그들이 하나도 그 풍습을 벗어난 사람이 없다. 그들이 보이는 모범에서 용기를 얻었을 것은 사실——어떻든 그 날 저녁 그 변모로 나타난 아내의 자태에 비록 놀라지는 않았다고 해도 일종의 신기하고 청신한 느낌을 금할 수 없었던 것은 사실이다. 피곤하던 종래의 인상을 다소간이라도 떨쳐버린 셈이요——그 모든 아내의 행사는 결국 고달픈 피곤 중에서 벗어나자는 일종의 회복책이었던 것이다. 도회의 피곤에서 향수를 느끼고 잠깐 전원으로 돌아가기로 결심한 그의 회복책이었던 것이다. 도회의 피곤에서 향수를 느끼고 잠깐 전원으로 돌아가기로 결심한 그의 해방의 의욕의 표시이었던 것이다. 머리를 시원스럽게 자르고 삼십 평을 떠나 넓은 전원의 천지에서 숨을 쉬자는 것이다. 내 자신 도회에 지쳐 밤낮으로 그것을 그리워하고 향수를 느끼고 하던 판에 원래부터 찬성하는 바이다. 아내의 전원행은 어느 결엔지 자연스럽게 응낙되었다. 같이 떠나지 못하는 것이 한될 뿐 별수 없이 나는 서리우는 향수를 가슴 속에 포개 넣은 채 마음 속으로 시골을 그리는 수 밖에는 없게 되었다.

이튿날로 아내는 짙은 옥색으로 단장하고 퍼머넨트를 날리고 홀가분한 몸으로 길을 떠나는 것이었으나 차창에서는 금시 눈물을 머금고 쉬이 돌아올 것을 거듭 말한다. 차가 굽이를 돌때까지도 작아지는 얼굴을 창으로 내놓고 손수건을 흔드는 것을 보고는 그럴 것을 그럼 왜 떠나는구 하는 동정도 솟았으나 한 편 이왕 떠나는 것이니 어서 실컷 시골 맛이나 맡고 몸이나 튼튼해져서 오라고 축수하는 나였다. 호박꽃, 강낭콩 실컷 보고 옥수수 숭어 실컷 먹고 좀 거무잡잡한 얼굴로 돌아오기를 원하는 것이다. 아내가 간 후 집안이 텅 비인 것 같고 삼십 평이 좁기는 커녕 넓게만 여겨지면서 휑휑한 느낌을 금할 수 없었으나 그가 돌아오기를 기다리는 것도 또한 기쁨이 되었다.

일만 원이니 무어니 도시 아내의 꿈이란 것이 좁은 삼십 평의 세계 속에 묻혀 있게 된 까닭에 모태된 것인데 그의 꿈의 실마리도 이 집과 함께 시작된 것이다. 넓은 집을 바라는 곳에서 일만 원의 발설을 알뜰히 명심하게 되었고 그것이 은연중에 여행의 계획으로 된 모양이었다. 행인지 불행인지 아내의 동무들이라는 것이 어찌 어찌 모이다나니 거개 수십 만 대 급에 가는 유한부인들로서 퍼머넨트의 실물교육을 하듯이 이들이 어린 아내에게 사치의 맛과 속세의 철학을 흠뻑 암시해 준 모양도 같다.

이웃에서는 며느리를 가진 안 늙은이들 입에 오르리만큼 소문이 나서 모범 주부로 첫손을 꼽게 된 아내라고는 해도 아직 스물을 조금 밖에는 넘지않은 어린 나이인 것이라 속세의 철학에 구미가 안 돌리가 없다. 물욕에 대한 완전한 초월 해탈이라는 것은 산속에 숨어있는 도승에게나 지당할는지 속세에 살면서 그것을 무시하기는 어려운 노릇이어서 적어도 사치 아닌 것보다는 사치에 마음이 기우는 것은 여자——병이 아니겠지만——의 본성인 듯도 싶다.

그러나 사치의 한도란 대체 얼마인 것인가. 천에서 만족할 수 있으면 백에서도 만족할 수 있으려니와 천에서 못할 때 만에선들 만족할 수 있을까, 필요한 것은 만이나 십만의 한계가 아니요, 천에서라도 만족할 수 있는 심정이 아닐까. 십 만 대 급의 유한부인늘의 철학을 나는 속으로 비웃으면서 아내의 일만 원의 일건을 위태하게 여기며 하회를 기다리는 것이었다.

아내의 친가는 결혼 당시만 해도 몇 십만 대의 호농으로 시골서는 뽐내는 편이었으나 그 시기에 농가의 몰락이란 헐어지는 돌담을 보는 것같이 빠르고 가엾은 것이었다. 재산이라는 것이 대개는 농토나 산림인 것을 무엇을 하노라고인지 은행과

회사에 모조리 넣은 것이 좀체 빠지지 않아서 우물쭈물하는
동안에 한몫이 패어나가기만 했다. 낙엽송의 묘포를 하느니
자동차 회사를 경영하는 동안에 불끈 솟아 오르지는 못하고
점점 쓸어만 가는 것이다. 일찍 아버지를 여의고 어머니와 두
남매——아내와 오빠, 즉 이 오빠의 손에서 가산은 기우는 형
세를 당했다. 눈에 보이지 않는 속에서 문득 문득 나가기 시작
한 것이 불과 몇 해가 안 지난 것 같은데 집안은 후출하게 줄
어들고 말았다. 도무지 때와 곳의 이를 얻지 못한 것이 보기에
딱할 지경이나 생각하면 등 뒤에 그 무슨 조화의 실이 이리
당기고 저리 끌면서 농간을 부리는 것만 같아 어쩌는 수 없다
는 느낌도 난다. 부근에 제지회사가 되면서부터 벌목이 성하
게 된 까닭에 한 고장의 산이 유망하다고 그것을 잔뜩 바라고
있는 것이나 그것은 십만 원에 팔릴 희망도 지금 같아서는 먼
듯하다. 아내는 오빠에게 이 산에서의 오만 원의 약속을 받은
것이나 어쩌랴, 아내의 꿈은 오빠의 운명과 발을 맞추지 않으
면 안 되게 되었다. 지금 당장의 일만 원이란 것도 필연코 읍
부근의 토지의 매매에서 솟을 것인 듯하나 이 역운이 대단히
이로와야 차례질 몫일 듯 골패쪽의 장난 같이도 허황한 것이
다.

　일만 원이나 오만 원의 꿈은 어서 천천히 꾸기로 하고 시급
한 건강이나 회복해 가지고 오라고 마음 속으로 축원하고 있
을 때 대망을 품고 고향으로 내려간 아내에게서는 며칠만에
간단한 편가 왔다. 대망을 품은 폭으로는 홍분도 감격도 없는
담담한 서면이었다. 어머니 흰 머리칼이 더 늘었다는 것과 둘
째 조카딸이 예쁘게 자란다는 것을 적어보낸 것이다. 호박꽃

이야기도, 과수원 이야기도 한 마디 없는 것이요, 도리어 놀란 것은 진찰한 결과 신경쇠약의 증세로 판명되었다는 것이다. 도회의 병원에서는 증세를 바로 잡지 못하는 것이 왜 하필 시골 병원에서 판명된단 말인가. 신경쇠약의 선언을 받으려고 일부러 시골을 찾은 셈이던가. 만약 말과 같이 신경쇠약이라면 그 원인을 만든 내 허물이 한두 가지가 아닐 듯해서 애처로운 생각조차 났으나 어떻든 병인만큼 일부러 전지 요양도 하는 판에 시골을 찾은 것만은 잘 되었다.

살림 걱정도 잊어버리고 활달한 자연과 벗하고 지내는 동안에 차차 회복될 것으로 생각한 까닭이다. 될 수 있는 대로 오랫동안 지니고 간 약이나 먹으면서 마음 편히 지내기를 나는 회답하면서 마음 속으로는 과수원도 거닐고, 풋콩도 까고, 조카 아이들과 놀고, 거리의 부인들과도 휩쓸리면서 모든 것 잊어버리고 유유히 지내고 있을 그의 사태를 상상해보는 것이었다.

뒤를 이어 사흘돌이로 편지가 오는 것이 어느 한 고패를 변하는 법이 없이──한가한 전원의 풍경을 그려보내느냐 하면 그렇지도 않고 멀리 이곳 집안의 걱정과 살림살이의 주의를 편지마다 세밀히 적어 보낸다. 생선을 소포로 보내온다. 편지 봉투 속에 돈을 넣어 보낸다. 하면서 면밀한 주의는 가려운 데 손이 닿을 지성이다. 그리고는 이곳에 대한 끊임없는 걱정과 조바심인 것이다. 향수를 못 잊어 고향을 찾는 그의 마음이니 응당 누그러지고 풀리고 놓여야 할 것임을 그같이 걱정이 자심하고야 누그러지기는 커녕 도리어 안타깝게 조여드는 판이니 그러다가는 병을 고치기 새려 도리어 더 치기가 첩경일 듯 싶었다. 혹을 떼러 갔다 붙여올 것 같다.

하기는 걱정이라면 내게도 걱정이 없는 것이 아니었고 무엇보다도 그를 보내고 나니 일상의 불편이 이루 한두 가지가 아님을 당면하게 되었다. 아침 저녁으로 대하는 음식상으로부터 주머니 속에 드는 손수건 하나에 이르기까지가 손이 달라지는 불편하고 맛같지 않은 것이다. 아내란 상 위의 찌개 그릇이요, 책상 위의 옥편이라고 할까. 무시로 눈에 띄일 때에는 심드렁해서 대수롭게 여기지도 않으나 일단 그것이 그 자리에 비인 때에는 가지가지의 불편이 뼈에 사무치게 알려지면서 그 값을 비로소 깨닫게 된다. 아내 없는 불편을 더구나 집안을 거느리고 있을 때의 그 불편을 절실히 느껴가면서 웬만큼 정양하고 그만 돌아왔으면 하고 내 편에서도 느끼게 된다.

대체 세상에서 마지막으로 편안하고 마음 놓을 곳이 어디인지 아무도 모르는 것일까. 그립고 안심을 얻을 마지막 안식처가 어디요 고향이 어디임을 말해주는 이 없을 듯싶다. 내가 아내 없는 불편으로 해서 그렇게 안달을 하고 갈망을 하지 않아도 아내 편에서 도리어 조바심을 하고 제 스스로 또다시 돌아온 것이다. 별안간 전보를 치고는 그날로 떠난 것이었다. 불과 한 달도 못 되어서 협착하다가 버리고 간 도회를 다시 찾아왔다. 그리 천하던 옥수수 시절도 채 못 맞이하고 우유 맛이요, 어머니의 젖맛 같다던 그 즐기는 옥수수 한 이삭 먹어보지 못한 채 도회에서는 좀 있으면 피서들을 떠난다고 법석들을 할 무더운 도회로 다시 돌아온 것이다. 향수에 복받쳐 고향을 찾은 그에게 그리운 것이 또 무엇이었던가. 향수란 결국 마지막 만족이 없는 영원한 마음의 장난인 것인가. 말할 것도 없이 아내는 고향에서 두 번째의 향수——도회에 대한 향수를 느낀 것이다. 도회가 요번에는 고향같이만 보였을 것이 사실이다. 시골로 떠날 때와 똑같은 설레고 분주한 심정으로 집을 떠나 삼십 평을 찾아든 것이다. 안타깝고 감질이 나던 삼십 평이 조촐하고 알맞은 안식처로 보였을 것이다. 모든 것이——뜰의 꽃 한 포기까지가 새롭고 귀하고 신기한 것으로 보였을 것이다. 집안의 구석구석 시골보다도 나은 곳으로 물론 한 해를 살아가는 동안에 피곤해지면 또 시골이 그리워질 것이요, 시골로 갔다가는 다시 또 이곳을 찾을 것이요, 향수는 차례 차례로 나무를 찾은 나룻배 같이 평생 동안 그칠 바를 모르는 것이다.

차에서 내리는 아내의 신색은 떠날 때보다 조금 나아진 것도 같고 도리어 못해진 것도 같다. 퍼머넨트를 날리고 옷맵시가 개운하게 보이는 것은 떠날 때와 일반이나——어쨋든 올 곳에 왔다는 듯 얼굴에는 안도의 빛이 떠오른 것은 사실이다.

"그렇게 푸지게 있을 걸 왜 그리 설레긴 했던구."

"어때요. 이만하면 얼굴 좀 그스렸죠——군것질 너무 할까봐 걱정이 돼서 뛰어왔죠."

"그래 옥수수 먹을 동안은 못 참았어"

"수염이 빠알게지는걸 보고 왔어요. ——익거던 철도 편으로 두어 푸대 뜯어보내라구 일러는 두었지만."

"이 가방 속에는 이게 모두 지전으로——만 원이 들어 찼으렸다."

"찰 뻔했어요."

아내는 조금 겸연쩍은 듯이 빙그레 웃으면서 재게 걷는다.

"일만 원의 꿈 깨뜨려지도다. 아멘!"

"노상에서 자세한 이야기를 드릴 수는 없지만——거리에는 군대가 들어와 양식고가 선다구 땅 시세가 갑자기 올라 발끈들 뒤집혔는데 철도를 가운데 두구 바른편 터가 군용지로 작정되구 왼편 땅이 미끄러질 줄을 몰라 수물거리다가 그 지경이 되구 보니 한 편에서는 좋아라구 뛰는 사람, 한편에서는 낙심해서 우는 사람──오빠는 사흘이나 조석을 굶구 헤매이는 꼴, 차마 볼 수 있어야죠. ──"

"아멘!"

"운이 박할 때는 할 수 없는 노릇 같아요──다음 기회를 노릴 수 밖에 어쩌는 수 있나요."

"안되기를 잘했지. 옳게 떨어졌다간 그 만 원 때문에 무슨 걱정이 생겼게. 그저 없는 것이 제일 편하다나."

사실 당치 않은 꿈 깨어진 것이 도리어 마음 편하고 다행한 노릇이라고 생각한 것은 물질이 가져오는 자질구레한 근심을 잘 아는 까닭이었다. 현재 굳이 만 원이 없어도 좋은 것이다. 아내가 돌아온 것만으로도 불편하던 집이 펴일 것 같아서 반가왔다. 고기를 놓친 것이 아까울 것도 애틋할 것도, 없이 빈손으로 간 아내가 빈손으로 온 것이 얼마나 시원한 노릇인지 모른다.

"두구 보세요. 다음 기회는 영락없을 테니, 사람의 운이 한 번은 이로울 날 있겠지요."

"암, 꿈이란 자꾸 멀리 다가갈수록 좋은 것이라나."

"그렇게 수월하게 잡혀선 값이 없거든."

집에 이르렀을 때 아내는 좁은 뜰안에 한 걸음 들어서자 만면 회색을 띠우고 우거진 꽃숲를 바라보는 것이었다.

"어느새 이렇게 만발이야──카카랴, 살비야, 프록스, 애스

터, 다알리아, 국화, 해바라기——온통 한창이니"

무지개 보는 아이와도 같다. 조금 오도깝스럽게 수다스럽게
——기쁨이란 그렇게 표현하는 것이 가장 정당한 듯도 싶다.
카카랴의 꽃망울 하나를 뜯어가지고는 손가락으로 문질러 물
을 들이고 향기를 맡고 하는 것이다.

"호박꽃보다 못하지 않지."

"호박꽃두 늘 보니까 싫증이 났어요. 흡사 새 집 새 세상에
처음으로 온 것만 같아요."

복도로 뛰어올라서는 공연히 방 안을 서성거리며 부엌을 기
웃거리며, 마루방을 쿵쿵거리며, 현관문을 열어보며, 제기를
디니고 언덕 아래 강을 굽어보며,——흡사 새 집으로 처음 들어
온 신부의 날뛰는 양이다. 집을 한 바퀴 휑하니 살펴보고야 비
로소 안심한 듯이 방에 와 앉으면서 놓이는 마음에 잠시는 어
쩔 줄을 모르고 멍하니 뜰을 내다본다.

"다시는 시골을 간다구 발설을 하구 법석을 않으렸다."

"시골을 다녀왔으니까 오늘의 이 기쁨이죠. ——맘이 이렇게
편하구 기쁠 데는 없어요."

그 즉시로 신경쇠약증이 떨어져버린 듯이도 건강한 신색에
기쁨을 담고는 새로운 감동의 발견에 마음이 흐뭇이 차있는
모양이있다. 그가 그날 찾아온 네는 삼십 평의 집이 아니라 삼
만 평의 집이었는지도 모른다. 그날의 그보다 더 기쁜 사람이
또 있었을까.

異性間의 友情

……와일드의 여드름 청년……

이성간에는 순수한 우정이 있을 수 없다는 와일드의 말을 한 번은 수긍한 적이 있었으나 요새 와서는 반드시 옳다고만도 생각할 수 없게 되었다.

이성은 언제나 애욕의 대상만이 되는 것이 아니라 깨끗한 우정의 대상이 됨을 점점 깨닫게 되었다. 풋청년기에는 이성은 온전히 애욕의 권화로 보이고 욕망의 덩어리로 어리우나 청춘기를 지남에 따라 그런 유물적인 이유를 떠나 때로는 완전히 순결한 마음의 대상으로 비치게 되는 듯하다. 이런 때 위의 와일드의 말은 빈드시 진리가 아니며 여드름 청년의 하소연으로 밖에는 들리지 않는다

이성이란 이성이 모두 다 아름다와 보이고 욕심이 나 보이고, 연애의 대상으로 족해 보이고, 결혼의 의욕을 북돋우고 하는

때가 있다. 뚱뚱하거나, 가냘프거나, 박색이거나, 미모이거나,
교양이 풍만하거나, 무지거나 간에 다 같이 어느 정도로 일색
으로 보이고 욕망을 가지게 한다.

첫사랑의 대상이 대개 그다지 훌륭하지 못하고 그와의 벼락
결혼의 결과가 흔히 신통하지 못함은 이런 실망적 초조감과
맹목적 무폭(無暴)에서 기인함이 큰 듯하다. 이런 시대에는
이성간에는 동성간에서와 같은 순수한 우정이 성립될 수 없으
며 와일드의 말을 그대로 수긍할 수 있는 것이다.

그러나 청춘의 소모기를 지나서 생리의 안전감이 오는 때부
터 초조감이 없어지는 대신 침착한 반성이 생기면서 이성에
대한 정확한 비평안이 서고 자기류의 표준율이 작정된다. 이
성이라면 다 아름답거나 다 좋은 것이 아니라, 냉정한 단정과
기악(嗜惡)의 구별이 엄연히 갈라진다. 자기의 감식 안에 비
추어 아름다운 것만이 이성이고, 아름답지 않은 것은 벌써 이
성이되 이성이 아니다.

일종의 물건이요, 목석일 뿐이지 따뜻한 체온으로 정감을
끄는 유기체가 못 된다. 아무리 의상이 놀라워도, 아무리 화장
이 사치해도, 목석으로 밖에는 비치지 않는다. 이런 때 이 아름
다운 편에서는 연정과 때로는 우정을 느낄 수 있으나 아름답
지 않은 편에서는 벌써 연정을 느낄 수 없으며 경우에 따라서
우정의 싹틈이 있다면 있을 것이다.

물론 아름답다는 것은 순전히 주관한 색채인 까닭에 사람의
눈이 여러 가지인 만큼 소위 박색도 그 어느 목에서 연정을
차지해 보기도 한다. 자연의 섭리는 이런 때 조금 공평한 척
해 보인다.

사실 30줄을 넘어서면 생리의 욕망은 퍽 담박해져서 늦은 봄의 야수같이 그렇게 욕심장이는 안된다. 기호가 까다롭고 표준이 엄격해져서 거기에서 만나는 이성의 아무나가 미인으로는 보이지 않으며 술집에도 그렇게 흔히 눈을 끄는 사람이 있는 것이 아니다. 대개는 다시 거들떠보고도 싶지 않은 목석들이 많다.

그러기 때문에 벌써 사족을 못 쓰고 열병을 앓으려 술집 출입을 않해도 좋으며 가로에서 우연히 난데없는 베아트리체를 만나 지옥 연옥(煉獄) 천국으로 고생 고생 순례를 하지 않아도 좋은 것이다.

굳이 뽐내는 이성은 이를 도리어 경멸의 시선으로 물리칠 수 있으며 간곡히 청을 보내오는 이성에게는 한 줌의 맑은 우정을 보임으로써 자기를 억제할 수 있다.

이런 경향을 가리켜 반드시 육체적 피곤이라고만 말할 수 없을듯 하다. 피곤이라기보다는 차라리 격정의 졸업이라고 함이 어떨까. 하기야 격정이 그렇게 하루 아침에 사라져버리는 것도 아닐 것이요, 목숨을 마칠 때까지 완전히 육체를 졸업할 수도 없을 것이기는 하나 적어도 초조감의 청산은 연륜을 따라 천연적으로 되는 것이 아닐까.

이 연대가 일생 중에 있어서 행복스런 때인지 불행스런 때인지도 일률로 말할 수도 없으나 어떻든 안정의 때요, 우정의 때임은 사실이다.

이 여드름 시기를 벗어난 때부터 동성간에서와 같은 맑은 우정이라는 것도 생각할 수 있다. 야심과 욕망이 없는 깨끗한 정신적 거래의 예가 세상 그 어느 구석에 반드시 있을 것이다.

샘물같이 탓기 없는 마음의 교섭이 소설에서 만이 아니라 참
으로 있을 법하다.

　나는 지금 그런 예를 설정해서 생각해 봄이 기쁘다. 가령,
현대적 로테가 있어서 불쌍한 베르테르에게 마음만의 깨끗한
교섭을 오래도록 지속함이 피차를 구하는 도리라고 눈물로 역
설할 때 베르테르는 반드시 자살하지 않고도 자기를 건질 수
있지 않을까. 알리사와 제롬의 경우도 이와 같다. 와일드를 불
러 외람히 여드름 청년이라고 하는 소리이다.

풀 잎

詩人 월트 휘트먼을 가졌음은 인류의 행복이다

1

"세상에 기적이라는 게 있다면 요 며칠 동안에 제 생활의 변화를 두고 한 말 같아요. 이 끔찍한 ·변화를 기적이라구밖엔 뭐라구 하겠어요?"

부드러운 목소리가 어딘지 먼 하늘에서나 흘러 오는 듯 삼라 만상과 구별되어 귓속에 스며든다.

준보는 고개를 돌리니 먹 같은 어둠 속에서는 그의 표정조차 분간할 수 없다. 얼굴이 달덩어리 같이 흰하고 쌍거풀진 눈이 포도알같이 맑은 것은 며칠 동안의 인상으로 그러려니 짐작할 뿐이다. 실과 사귄 지 불과 한 주일이 넘을락말락 할 때다.

"그건 꼭 내가 하고 싶은 말이오. 지금 신비 속에 살고 있는
것만 같아요. 이런 날이 있을 줄을 생각이나 해보았겠수. 행
복은 불행이 그렇듯 아무 예고도 없이 벼락으로 닥쳐오는
모양이죠.

"도리어 걱정돼요. 불행이 뒤를 잇지 않을까 하는──그만큼
행복스러워요."

"행복이구 불행이구 사람의 뜻 하나에 달렸지 누가 무엇이
우리들을 어떻게 할 수 있단 말이요. 사람의 의지같이 무서
운 게 세상에 없는데."

"그 말이 제게 안심과 용기를 줘요. 웬 일인지 자꾸만 겁이
났어요. 낮과 밤이 너무도 아름다워요. 모든 게 요새는 꼭
우리 둘 만을 위해서 마련돼 있는 것만 같구먼요."

방공 연습이 시작된 지 여러 날이 거듭되어 밤이면 거리는
등화관제로 어둠 속에 닫쳐졌다. 몇 날의 밤의 소요를 계속하
는 두 사람은 외딴 골목을 골라 걸으면서 단원들의 고함을 들
을 때 마음의 거슬리는 것이 없지는 않았으나 평생의 중대한
시기에 서 있는 준보에게는 그 정도의 사생활의 특권쯤은 그
다지 망발이 아니라고 생각되었다. 하물며 낮 동안에 일터에
서 백성으로서의 직책과 의무를 다했다면야 그만큼의 밤의 시
간은 자유로워도 좋을 법 했다.

아내를 잃은 지 채 일 년을 채우지 못했으나 그 한 해 동안
의 적막이 준보에게는 지난 반생의 어느때보다도 크고 쓰라
린 것이었다. 사랑 속에 있으면서 때때로 느끼는 적막감은 오
히려 사치한 감정이요, 사랑을 잃었을 때 비로소 사람은 사랑
이라는 것이 단순한 추상적인 용어가 아님을 절실히 느끼게

된다. 야심이 희망이며 청춘의 모든 욕망을 가리고 바치고 걸러서 마지막으로 쳇바퀴 속에 남는 것이 역시 사랑임을 새삼스럽게 느낀 듯도 했다.

준보에게 사랑이 없는 것은 아니었다. 쉴새없이 뒤를 이어 그 무엇이 앞에 나타나고 생활 속에 스며들기는 했으나 그 전부가 반드시 사랑이라고만도 할 수는 없었다. 사랑으로까지 발전하기에 선채로 끝나버린 적도 있었고, 단순한 감상적인 경우도 있었고, 또 일시의 허물에 지나지 않는 때도 있었다. 동무들이 그를 염복가라고 부러워하는 그런 의미의 행복감의 연못 속에서 살아왔다고는 생각되지 않았다. 아내를 잃은 후만 해도 지난날의 어느때보다도 인물들은 가장 많이 나타나서 그 짧은 일 년이 다른 때의 십 년 맞잡이는 되게 풍성풍성은 했으나 마음 속을 파고 드는 한줄기 쇠사슬 같은 심사는 어쩌는 수 없었다. 현재의 만족감 이상으로 가버린 아내에 대한 슬픔과 뉘우침이 큰 까닭이었다. 결국 준보는 그를 둘러싼 화려하고 다채롭게 장식된 분위기 속에서 단 한 사람 아내를 사랑해 왔다고 할까.

비늘구름 같은 자질구레한 꿈의 조각들을 허다하게 가슴 속에 가지면서도 단 하나 아내에게 사랑을 길러오고 북돋아 왔음을 아내를 잃은 후에야 비로소 자각하게 된 셈이다. 아내의 추억 속에서 남은 반생을 살아야 되겠다는 순교자다운 경건한 마음을 먹어 본 적도 없지는 않았으나 준보의 체질과 기질로는 필경은 당치 않은 일만 같아서 역시 다음 숙명을 기다리는 희망이 그 어디인지 마음 한 구퉁이를 흐르고 있었다. 사랑을 얻는 것도 잃은 것도 다 같이 하나의 숙명적인 인연이다. 아내

를 대신할 만한 정성과 열정이 아무 때나 작정된 때에 반드시
차례져 오려니하는 기대가 없다면 사실 살인적인 그 한해의
고독은 견디어올 수 없었을지도 모른다. 헐어진 가정을 쌓아
서 새로운 생활을 설계해야 하고 고독을 다스려서 보다 높은
사업을 이루어야 함이 인간경영에 주어진 영원한 과제인 까닭
이다. 자멸의 길을 버리고 창조의 길을 찾아야 함이 인류의 행
복을 가져오는 까닭이다.

　다음 숙명을 준보는 실에게서 발견했다. 너무도 빠르고 이
른 발견인지는 모르나 발견이란 원래 그렇게 당돌하고 돌발적
인 것이다.실 이전에 나타난 뭇 인물 중에서 숙명의 대상을 보
지 못하고 뛰엄뛰엄 몇 고비를 넘어가서 하필 실에게서 그것
을 찾아낸 것도 숙명의 숙명된 까닭인 듯 싶었다. 애써 말한다
면 간 아내가 가졌던 인상의 그 어떤 향기를 그에게서 맡은
까닭이라고나 할까. 그 어디인지 구석구석 방불한 곳이 있어
서 그것이 모르는 결에 준보의 마음을 끌어당긴 모양이었다.
불과 며칠에 감정이 통하고, 정서가 합하고, 생각과 취미가 맞
음을 알았다. 걸어드는 피차의 걸음이 무섭게도 빨랐다. 술래
잡기의 술래같이 왈칵 서로 부딪혀서 이마가 맞닿았을 때 깜
짝들 놀라면서 그 며칠동안의 순식간의 변화를 기적이니 신비
니 하고들 느끼는 수 밖에는 없었던 것이다. 두 사람에게 다
기적이요, 신비요, 꿈이요. ──사랑이란 그런 것인지도 모른
다.

　"세상에서 꼭 한 사람 제일 존경할 수 있는 이를 찾자는 것
　이 오늘까지의 저의 노력이었어요. 복잡하자면 복잡할까 지
　난 날은 제겐 오늘 이 목표에 이르기까지의 오랜 방랑생활

이었다구 할 수 있어요, 그 방랑이 오늘 끝났어요. 선생을 만나자 생애가 새로 시작됐어요."

"당신같이 나를 존경하는 사람두 난 드물게 봤소. 세상 사람들은 흔히 서로 좋다는 말들만을 하는데 그 위에 존경할 수 있다는 것은 사랑에 한층 빛을 다하는 것이라구 생각해요."

공회당 앞 언덕길을 몇 차례나 오르내리며 지척을 분간할 수 없는 어두운 거리를 눈앞에 짐작만 하면서 두 사람의 마음속은 점점 밝아가고 빛나갔다. 사랑의 길은 의논하지 않아도 제물에 옳게 찾아진다. 그렇게 해서 두 사람이 며칠 동안에 찾아낸 길은 지도에도 오르지 않았을 지금까지 걸어본 적도 없는 여러 갈래의 숨은 길이었다. 좁은 골목을 들어서 주택지대를 올라서니 바로 서기 선 뒷턱이었다. 아직 낙엽지지 않은 나무들이 지름길 양편에 늘어서 어두운 속에서 한층 으슥하고 깊은 느낌을 준다. 산 위 주택에서 새어나오는 한 줄기의 창의 등불이 두 사람의 마음을 상징하는 듯 따뜻하고 포근하다.

"커다란 한이 있어요. 왜 선생을 더 일찌기 못 만났던가 하는, 제일 처음 만난 어른이 선생이었다면 얼마나 더 행복스러웠겠어요. 지난날의 상처를 생각하면 몸에 소름이 돋군 해요."

나무 그늘 아래에 이르자 실은 준보에게서 팔을 뽑고 몸을 떼면서 가늘게 한숨을 쉬는 것이 들렸다. 준보도 대강 말의 뜻을 짐작할 수 있어서 그 역시 자기의 상처에 손이 닿는 것도 같은 일종의 야릇한 감정이 솟았다.

"난 그런 소리 듣기를 좋아하지 않는데. 괜히 다 아는 허물을 다시 따짝거릴 필요가 있을까.”

“좋아하시든 안하시든 한번은 모든 것 다 들어주셔야죠. 무지의 행복을 저두 잘 알아요. 그러나 정작 필요한 건 지식을 거친 이해와 달관이 아닐까요.”

“과거를 말하면 피차 일반이지 누군 샘 속에서 솟아나온 동잔가요.”

“선생이 그렇게 이해하시는 것과 똑같이야 어디 세상이 봐요? 항상 오해와 악의를 더 많이 준비해 가지고 있는 세상인데요.”

“무엇이 귀에 들리는 지금의 내 열정을 지울 힘이 없음을 장담해두 좋아요. 난 그저 이 열정만을 가지구 모든 것과 항거해 볼라구요.”

그러나 실은 조심조심한 꺼풀씩 자기의 과거를 벗기기 시작했다. 시련이나 받는 선량한 교도와도 같이 준보는 마음을 다구지게 먹고 굳은 몸을 약간 떨고 있었다.

실은 열 아홉 살까지의 명예롭지 못한 직업시대의 사정을 말하고 다음 세 사람의 이름을 들면서 각각 세 경우를 이야기했다. 대략 거리의 소문으로 스쳐들은 재료를 좀더 자세히 고백한 것이었으나 준보는 침착한 태도에도 불구하고 그것을 듣는 농안 커다란 용기가 필요했다. 실업가와 문학청년과 사회주의자와의 세 사람이 다 같이 실의 애정을 요구한 것은 인간으로서의 특권인 것이니 누가 만류할 수 있으랴만 다만 슬프다면 준보가 그들보다 뒤져서 실을 알게 된 사실이었을까. 깊은 원시림 속에 아무 것도 모르게 맺은 한 송이의 과실을 누가 원하지 않으랴만 세상은 도대체 복잡하고 번거로운 것이다.

원시림 속에 과실이 어느 때까지나 눈에 안띄이고 몸을 마칠
리는 없는 것이다. 준보에게 필요한 것은 열정과 용기였다. 용
기──지금까지 그는 사랑에 이것이 필요한 것임을 모르고 지
내왔다.오늘 그것을 알아야 할 날이 온 것이다. 그의 인생은 한
테두리 몫을 더한 셈이다.

"생각하면 울고만 싶어요. 왜 하필 인생이 그렇게 시작됐을
까요."

실은 짜장 울려는 듯 나무 그늘 속으로 뛰어 들더니 나무에
등을 기대고 조용히 섰다. 준보가 가까이 갔을 때 왈칵 몸을
던져오면서 코를 만졌다. 쥐이는 손이 몹시 차다.

"불쾌하셨으면 용서하세요. ──그러나 실상 지난 그런 것들
은 아무 것도 아니었어요. 사랑이 이렇다는 것은 오늘이야
처음 알았어요. 전 아무도 사랑하진 않아요. 오늘와서 처음
으로 사랑을 알았어요. 이 말을 믿어주세요."

"걱정할 게 없어요. 오늘의 당신을 사랑했지 누가 지난 경
력을 사랑했나요. 오늘의 그 얼굴과 교양과 취미를 사랑하
고, 인격을 존중히 하는 것이지 누가 지난날을 캐자는 것인
가요."

"언제 세상이 둘의 사이를 알고 펄쩍들 뛰고 와글와글 끓으
면 어떻게 하시겠어요. 그땐 제가 싫어지겠죠."

"사랑도 세상 눈치 봐 가면서 해야 되나.세상을 좀 멸시하
면서 살아가나, 남의 비위만 맞추면서 사는 사람이 못되는
데."

실은 슬픈 속에서도 얼마간 마음이 놓이고 용기를 회복했는
지 준보의 뜻대로 다시 팔을 걸고 길을 더듬어 내렸다. 거리는

여전히 어두우나 공습해제의 틈을 타서 등불이 군데군데 비치어 약간 훤해졌다가는 다시 어두워지곤 했다. 흡사 두 사람의 마음속 같이 한결같지 못한 밤이었다.

"내가 지금 사랑하는 게 음악가 이외의 무엇이란 말이요. 동경가서 공부하는 음악 학도를 사랑하는 것이지 지난 이력이 내게 아랑곳이란 말이요? 원래 당신이 내 앞에 나타날 때 그런 자격 이외의 무엇으로 나타났겠소."

여학교가 있고, 기숙사가 있고, 교회당이 있고, 병원이 있는 조용한 둔덕 골목길을 들어섰을 때 준보는 실의 심정을 좀더 즐겁게 낚우어 보고 싶었다.

"이 알량한 음악가. 괜히 온전한 음악가로 여기셨다가 되려 실망이나 마셔요."

"날 처음 유혹해 낼 때 음악의 이름을 빌지 않구 어쨌소? 토스카를 들으러 오라구 전화가 왔을 때 내가 얼마나 놀란 줄 아우?"

준보가 웃는 바람에 실도 따라서 웃게 되어 그 웃음으로 말미암아 웅졌던 마음이 활짝 풀려지는 것도 같았다. 여학교 기숙사에서인지 문득 피아노소리가 들려온 것도 그 한때의 호흡을 맞추어주는 셈이 되어서 걸어가는 두 사람의 감정의 반주인 양 싶었다. 마음의 서리와 같이 놈의 거리도 밤의 힘을 빌어 가까울 대로 가까왔다.

토스카와 라·보엠과 마담·버터플라이 등의 가극의 신파를 새로 구했으니 들으러 오지 않겠느냐는 뜻의 전화를 실에게서 받던 날 준보는 의외의 소식에 당황해서 반날 동안 그 생각으로 머리 속이 가득 차 있었다. 그때까지 실을 만난 것이 서너

번, 그의 부드럽게 밝은 인상을 가슴 속에 간직해 두었을 뿐이던 준보에게는 문득 한 줄기의 당돌한 지각이 솟으면서 그것이 마음을 억세게 지배하게 되었다. 전화를 건 것은 아무편이라도 좋은 것이다. 두 사람의 준비된 감정에 불을 지른 것이 실이었다는 것이 조금 잔결한 준보에게 되려 용기를 주는 결과가 되었던 것이다.

실의 형이 경영해 나가는 찻집 한 구석에서 그날 밤 두 사람은 가극의 신판을 듣는 것이 아니라 음악과는 먼 이야기에 정신이 없었다.

"자다가 전화를 걸어서 놀라셨죠. 동료들은 뭐라고 그러지들 않아요? 학교래서 그런지 전화 걸기가 거북했어요. 여자가 먼저 덜렁덜렁 나서는 걸 두렵다고 생각지 않았어요?"

"기뻤죠. 제가 못 거는 걸 먼저 걸어주셔서. 물론 놀라기두 하구요."

"어쩌면 그렇게 한 번도 가게에 안 내려오셨어요? 속으로 얼마나 은근히 기다렸게요. 뵌 지 한 달이 넘었거든요. 전 그래두 행여나 먼저 전화해 주시지나 않나 하구 생각하구 있었죠. 그 바람에 동경두 이렇게 늦었어요. 내일 떠난다 모래 떠난다 이렇게 별러만 오면서 여름휴가로 왔다가 늦은 가을까지 이게 무슨 꼴인지 모르겠어요."

"오라 참, 동경 가서 공부하는 학생이죠. 음악공부쯤 아무데선 못하나요?"

"음악공부쯤 그만 두면 어떤가요——하구는 못 물으셔요?"

"그런 용기와 결심이 준비됐다면야."

"경우에 따라선요."

　다음 날 호텔에서 만찬을 같이 한 것을 기초로 이곳 저곳에서 식사를 함께 하는 날이 늘어갔다. 하루저녁 실은 처음 선사로 책 한 권을 가지고 왔다. 토스토엑스카야 부인이 기록한「남편 토스토엑스카의 회상」이었다. 준보는 아직 읽지 못한 그 책에 뜻을 여러가지로 짐작하다가 그들 부부의 사이의 이해가 컸고 남편에게 대한 부인의 사랑이 깊었다는 실의 설명을 들으면서 그 선물의 의미를 대강 알아야 했다. 한 편 실의 문학적 교양에 준보는 차차 눈을 굴리기 시작했다.

　"선생님의 소설 대개 다 읽었어요. 제 마음의 세상이 얼마나 넓어졌는지 모르겠어요. 생활 감정두 꼭 제 비위에 맞구요. 유레리 관야니, 미란,세란, 단추, 현마, 나아자, 운파, 애라 인물들의 모습이 지금 눈앞에 선히 떠올라요.

　"그런 변변하지 못한 인물들을 기억하지 말고 좀더 고전 속에 중요한 인물들을 알아두는 편이 뜻있지 않을까요."

　"중요한 인물이라는 게 뭐예요. 베아뜨리채니, 헤렌이니 햄릿이니 그레챌이니……왜 하필 그런 인물들만이 중요한가요. 제게는 어쩐지 현마니 미란이니 운파니 하는 이름들이 더 가깝고 친밀하게 들려 오는데."

　"어쩌면 그렇게 고전 문학에 환하단 말요. 음악가가 아니고 문학가인 것처럼——그럼 하나 물어볼까요. 알리사, 알리사는 어때요. 비위에 맞아요, 안 맞아요?"

　"멘탈 테스튼가요? 알리사——난 매운 여자는 좋아하지 않아요. 아마도 지이드의 인물들 중에서 제일 싫은 것이 알리사일까봐."

　"그럼 쇼오샤는. 마담·쇼오샤."

"토라스·민 말이죠? 마담·쇼오샤는 아마두 알리사와는 대치적인 인물일 거예요. 좀 허랑한 데가 있기는 하나 알리사보다야 훨씬 인간적이죠. ──그럼 문학시험은 이만하세요. 그러다 내 짧은 밑천이 뽕이 빠지겠어요."

"나를 점점 놀라게만 하자는 셈이지 고전에서 현대문학까지 그렇게 통달할 줄이야 어찌 알았겠수. 문학을 안다는 게 인간으로서 얼마나 중요한 일인지 모르는데. 문학을 알구 모르는 건 하늘과 땅만큼이나 차가 있는데."

"너무 지나치게 평가하셨다 괜히 점점 실망이나 마세요. 그저 애써 공부할 작정이에요. 제겐 욕심이 많답니다. 뭐든지 알고 싶어요. 선생님과 어울릴 수 있을 정도의 교양을 가지구 싶어요."

실의 결심을 장하다 생각하며 그의 철저한 마음의 준비에 준보는 짜장 놀라는 수 밖에는 없었다.

2

아내를 잃었을 뿐이 아니라 가지가지의 불행을 겪은 묵은 집을 떠나려고 벼른 지 오랜이던 준보는 마침 이때를 전후해서 교외의 새집으로 이사를 하게 되었다. 새집에서는 마음도 갈아지고 생활도 새로와지리라는 기대가 모르는 결에 그를 재촉했던 것이다.

대충 정돈이 되고 마음을 잡기 시작했을 때 비로소 실은 카네이션의 꽃묶음을 들고 찾아왔다.

층계로 된 포오취를 올라서 도어를 열고 마루방에 들어왔을

때 코오트를 벗어서 의자에 걸치더니,

"꼭 아파트의 방 같아요. 이렇게 넓고 높은 게——"

벽에 걸린 액자 속의 댓쌍을 쳐다보고 책장의 책들을 훑어
보면서 속히 의자에 걸터앉을 염은 안하고 책상 위 화병을 찾
아서는 서슴치 않고 새 풀과 단풍가지를 뽑아내더니 대신 파리
편지에 싸 가지고 온 카네이션을 꽂았다

"꽃 가게에 새로 나와서 사 가지구 왔어요. 좋아하세요? 전
이 흰 것과 붉은 것과 분홍빛의 각각 그 뜻을 안답니다. 흰
것은——난 애정에 살구 있어요구, 붉은 것은——난 당신의
사랑을 믿어요. 분홍은——난 당신을 열렬히 사랑해요."

준보가 부엌에 나가 포트에 커피를 다려 들고 들어오려니
실은 피아노 앞에 앉아 악보 없이 쇼팡의 야곡인지를 울리고
있는 중이었다. 오랫동안 적막하던 검은 기계체가 오래간만에
우렁찬 음향으로 방 안을 화려하게 장식했다. 음악 속에서 비
로소 책들도 그림자도 그림도 꽃도 생기를 띄우고 기쁨에 젖
어있는 듯싶었다. 그러나 실은 음악에서도 곧 물러나서 의자
를 갈아 앉으면서,

"황송해요. 손수 이렇게 끓여 가지구 오실 법이 있나요? 내
일부터라도 와서 거들어드리구 싶어요. 그럴 수만 있다면
얼마나 좋겠어요."

"불편은 하나 독신자의 특권을 좀더 향락해 보는 것두 좋을
것 같아서요."

"애기들은 다 어쩌구 있어요. 주미와——수미와 언제인가 부
인 잡지에 실린 가족 사진으로 기억했어요. 얼마나 쓸쓸들
하겠어요."

"저쪽 방에서 잘들 놀구 공부하구 하죠. 쓸쓸한 속에서 그
애들두 배우는 게 많을 거예요. 자라서 독립할 때 누구보다
두 굳센 사람들 되겠죠."

"아버지의 사랑도 크시겠지만 얼른 따뜻한 어머니의 애정
속에서 어항 속의 금붕어같이 흐뭇하게 젖어 살아야죠. 남의
일 같지만 않게 가엾어서 못 견디겠어요."

유리잔에 그득 담은 커피를 마시면서 실의 커다란 눈동자는
다시 희망에 빛나기 시작했다.

"다음번에 올 적엔 빠터를 갖다 드릴께요. 미국 선교사들이
들어갈 때 팔고 가는 걸 여남은 폰드 사 둔 게 있어요. 두 폰
드들이 커다란 통이 아직두 대여섯 개 언니의 집 냉장고 속
에 있다나요. 갖다 드릴께 문덕문덕 많이 발라 잡수셔요. 얼
른 저만큼 살이 붙게요."

"난 원래 살이 붙지 말라는 마련인 것 같은데."

"두고 보세요. 제가 꼭 살찌게 해드릴께. 치밀한 일과표를
짜구 합리적인 생활 설계를 세우거든요. 음식과 운동과 오
락과 공부와——과학적인 방법 아래에서 성공하지 않을 리
가 없어요. 불과 일 년이 못 가 이렇게 되게 해드릴께요."

두 손으로 커다란 테두리를 짜면서 과장된 형용을 하는 것
이 준보에게는 더없이 씩씩하게 들려서 마음을 울렸다. 진
심으로 건강을 걱정해준 것 같이 알뜰한 사랑의 표현이 없다.
실의 정성을 준보는 말끝마다 잡으면서 거기에 정비례해서 깊
어가는 스스로의 애정을 느끼는 것이었다.

준보가 피아노 앞에 앉아서 바이엘 교측본을 펴놓고 간단한
곡조를 울릴 때 실이 뒤쪽으로 돌아와서 등 너머로 고음부를

짚으니 곡조는 뚜엣을 이루워서 갑절의 우렁찬 화음으로 울렸다.

간단한 곡조의 뚜엣은 아름다운 것이다. 간단하므로 서두르므로 아름다운지도 모른다. 준보의 목덜미에 실은 따뜻한 숨을 부으면서 준보가 밟는 폐달에 맞추어 행복감을 호흡하였다.

"절 왜 좋아하세요? 어디가 좋아서 사랑하세요?"

사랑하는 사람끼리는 으례 어리석은 질문을 되풀이하는 법인가보다.

"음악을 하니까! 문학을 공부하므로? 왜 좋으세요. 말씀하세요."

"그저 좋은 것이지 사랑에 이유와 조건이 무에 있겠수. 실례의 말이지만 누가 그리 알량한 음악가구 끔직한 문학가라구 여기는데요. 그런 모든 것을 떠나서 단지 인간으로서 사랑할 수 있는 것이죠."

"물론 저두 그 말이 듣구 싶어요. 문학을 좋아하지 않는다구 절 좋아하지 않으셨다면——생각만 해두 무서운 일예요."

"나를 사랑하는덴 그런 조건이 있었수? 글줄이나 쓴다구? 학교에서 어학마디나 가르친다구?"

"제게두 마찬가지로 소설가가 아니라두 좋았고, 교수가 아니라두 상관 없고——아니 들에서 밭가는 지아비였던들 제 마음이 움직이지 않았겠어요? 그야 서로 교수구 소설가구 음악가구 문학소녀구 한 것이 보다 좋기는 하지만 그렇지 않다한들 왜 사랑이 없었겠어요. 조건두 이유도 없구 그저 맹목적인 것——그런 것만이 참사랑이라구 생각해요 조금 낡은 투지만요. 조건은 사랑이 있은 후에 천천히 오는 문제가 아닐까요."

"또 한 가지 알아두어야 할 것은——난 가난하다는 것. 지금
두 가나하지만 앞으로두 커다란 유산이 굴러들 가망이 지금
같아서는 없다는 것. 따라서 세속적인 뜻으로 당신을 행복
하게 하기는 어려우리라는 것."

"제가 사치와 호사를 원한다면 벌써 제 한 몸 처치했지 왜
이날까지 기다리구 있었겠어요. 제 나이가 벌써 사분지 일
세기를 잡아 먹었는데요. 이래 뵈두 제게두 이상두 있고 안
목도 보통 사람과는 다르답니다. 조건 조건 하시니 선생께
요구하는 조건이 꼭 한 가지 있다면 그건——언제까지든지
절 사랑해 줍소사 하는 것. 결코 한눈을 파시지 말구 평생 저
만을 생각해 주셔야 할 것예요."

"그야 물론이지 그까짓 게 다 조건인가.——한눈을 팔다니
누가 그렇게 장난군이랍디까."

"말 마세요. 거리의 소문으로 죄다 알구 있어요, 대단한 염
복가시라구요. 그러나 전 그걸 그리 슬퍼하지 않아요. 이왕
이면 여자에게두 인기가 있는 것이 좋지요. 출출거리구 평
생에 연애 한번두 못 차례지는 그런 사내라는 건 생각만 해
두 진저리가 나요. ——실례지만 한 가지 물을께 노여워 마
시구 대답해 주세요."

악보의 페이지를 넘기니 다음 곡조는 알레그로다. 그 빠른
멜로디를 내기에 분주해서 두 사람은 반은 음악 속에 뺏기어
들어갔다.

"——로테와의 관계는 어떻게 하겠어요? 그 유명한 병오생
의 로테말예요. 말끔히 청산되셨나요?"

이미 거리에 소문까지 흘리게 된 사건이라면 준보도 반드시 뜨끔해 할 것은 없었다. 사실 그 일건을 생각할 때나 말할 때 준보는 벌써 충분히 침착한 태도를 지닐 수 있었던 것이다.

"로테라면 내가 베르테르인 셈이게요. 그러나 실상은 그와 반대리다. 차라리 내가 베르테르의 불행을 가질 수 있었다면 더 행복스러웠으리라구 생각해요. 너무도 어려운 경우였어요. 그렇다구 골주스의 마디를 끊을 알렉산더의 장검두 가지지 못했었구 그러는 동안에 차차 그의 성격의 결함을 발견하게 된 것은 차라리 다행이죠. 사람이 너무 거세구 사교라면 조석두 잊어버리구 정신 없이 허둥거린다 말예요. 슬퍼서 울었다면 날 금시 뻘겋게 화장을 하구 옷을 갈아입구 사내들과 마주앉아 노닥거리는 걸 예의라고 생각하는 버릇——그 한 가지 경우로 나는 그를 철저히 멸시할 수 있어요. 한국의 가난한 집에 태어났으면서두 마치 구라파의 복판에나 살고 있는 듯이 착각하구 그걸 교양이요 예의라구 생각하는 그 그릇된 태도 그것이 내 맘을 차차 식혀 주었어요. 대단한 행복스런 결말이라구 할 수 있죠. 짜장 베르테르의 설움을 가졌더라면 어떡할 뻔 했겠어요?"

"제발 전 그렇지 않았으면요. 병오생이 아니니까 염려는 없어두요. ——그러나 성격두 사랑으로 정복할 수 있는 것이 아닐까요?"

"그러길 잘 했죠. 안그랬더라면 제 존재가 말살을 당했게요."

질투의 감정을 아직은 차곡차곡 포개서 가슴 속에 간직해 두었는지 어쨌는지 비교적 담박한 실의 태도였다.

"또 하나 묻겠어요.——동경에 있는 여류화가 그에게선 요새

두 편지가 오나요? 이것두 거리에서 소문으로 들었읍니다만."

흡사 하나씩 하나씩 대답을 밝혀가는 학동의 방법과도 같다. 준보에게는 교사로서의 엄정한 태도를 요구하는 셈이었다.

간 아내의 후배인 그 화가는 준보가 불행을 당하자 우연히 편지를 띄우기 시작한 것이 드디어 대단한 정성과 애정을 먹과 종이에 부탁해서 보내오게 된 것이었다. 같은 여학교에 선배인 아내에게 대한 흠모와 존경이 그대로 준보에게로 고삐를 돌린 셈이었다. 준보는 편지와 사진만을 받았을 뿐 아직 접해 보지 못한 그 새로운 인격을 머리 속에 그려보면서 일종 야릇하고 안타까운 심사였다. 편지에 나타난 인품과 교양과 열정으로만은 전 인격의 인상을 옳게 잡기 어려웠던 까닭이다. 한 줄기 어렴풋한 꿈과 희망을 주고 받으면서 이상스런 사귐이 근 반년 동안 계속해 왔건만 직접 감각의문을 통하지 못한 그 가상적인 사랑은 두 사람 사이에 바다와 강산의 먼 거리를 두고는 종시 활활 타오르지 못한 채 조금의 발전도 없이 침체되고 있었던 것이다. 한여름 동안 공을 들여 제작한 작품을 가을의 제전 (帝展)에 출품했다가 낙선은 됐으나 그다지 낙담은 하고 있지 않는다는 소식을 전해 온 것을 일기로 하고 웬일인지 편지가 금시 딸꾹질을 시작한 것처럼 끊어지기 시작했다. 준보가 실과의 교섭을 가지게 된 것이 바로 이 무렵을 전후해서였다.

"우리들의 소문을 들었는지 어쨌는지 요새는 도무지 소식이 없에요. 하긴 하나씩 하나씩 제물에 해결되어 가는 것이 편한 노릇이긴 하지만."

"어떤 분예요. 사진과 편지 언제 한번 보여주세요. 고으시겠지. 저보담 젊구 지저분한 과거도 없을 테구."

"언젠가는 편지엔 고향과 가정과 현재의 형편 이야기를 하
군 반생 동안 적어온 일기가 참회의 연속이라고 했었으니
원 무슨 뜻이었던지, 남의 지내온 날을 자기가 아니고야 누
가 똑바로 알겠수. 사람의 가슴속 같이 복잡하구 신비로운
것이 없는데."

"제가 만약 나타나지 않았더라면 그이와 맺게 됐겠죠. 똑바
로 말씀하세요.──그러구 보면 모든 게 그저 인연만 같아요."

"결말이 어떻게 됐을지를 누가 알겠수. 사람은 앞일을 아무
것두 헤아릴 수는 없는데 사랑에 먼 거리같이 금물은 없다
구 생각해요. 모르는 동안에 금시 눈앞에 무엇이 일어나 있
는지 알 길이 있어야죠. 가을에 이곳까지 스케치 여행을 나
오겠다구 벼르던 그에게 행여나 불길한 변이나 일어나지 않
았으면 하구 원해요."

"그림과 음악과──어느 편을 더 좋아하세요? 음악을 좋아
하시는 건 알아두 그림두 좋아하시죠? 그렇죠?"

"뭐요? 그건. 게정이란 말요? 실이두 게정을 부릴 줄 아나?
실이 ──실이──바보. 바보두 그런 쓸데없는 감정의 노예
가 되나?"

실은 문득 피아노를 멈추더니 그 자세대로 준보의 등에 왈
칵 전신을 의지해 버리고 말았다. 준보는 앞으로 쓰러지려는
몸을 바로 세우고 어깨너머로 넘어온 실의 두 손을 잡았다.

"다 잊어버려 주세요. 저 이외의 것은 죄다 이 머리 속에서
지워 주세요. 저의 꼭 하나 바라는 조건이 그것예요. 자 약
속하세요. ── 앞으로 평생 한눈을 팔지 않겠다. 저만을 생
각하겠다구."

3

사랑은 왜 두 사람만의 뜻과 주장으로서 족한 것이 못 될까. 두 사람 사이에 세상이라는 쓸데없고 귀찮은 협잡물이 끼어들어 옴을 알았을 때 준보는 움칫해지며 불쾌한 느낌이 전신을 스쳐 흘렀다.

실과 약속을 한 지 불과 며칠을 넘지 않아 준보는 친구 윤벽도의 방문을 받는 순간 직각적으로 신경을 건드리는 것이 있었다.

"자네 요새 무엇을 하구 있었나? 거리는 자네들 소문으로 온통 발끈 뒤집혔으니."

기쁜 때나 신변에서 가장 가까이 돌면서 허물없는 사귐을 맺어 오는 그 친우의 말이라면 대개는 귀를 기울여오는 사이였건만 이런 경우만은 웬일인지 그 첫마디가 벌써 준보의 마음에 섬찟하게 울려오는 것이었다.

"뭐 말인가. 우리들의 사랑 말인가."

"사랑은 다 뭐야. 신중하게 사람을 가려 가면서 사랑을 하든지 어쩌든지 하지, 사람이 왜 그리 자기 몸을 아낄 줄을 모르나. 옥실씨 집안이 어떻구 과거가 어떤 줄이나 알구서 그러나?"

"알구 말구. 아니까 더욱 사랑하게 됐네. 자넨 집안과 과거만을 알았지 본인의 인격과 교양과 기품은 모르는 모양이지. 나는 과거를 사랑하는 것이 아니라 현재의 인격을 사랑하는 것이네. 풍부한 교양과 접하면 자네쯤은 땅을 치구 부끄러워 해야 하리."

준보는 웬일인지 버럭 항거하고 싶은 생각이 솟아 어세를 높여 보았다.

"말하는 꼴이 벌써 사이가 깊어진 모양 같네만 자네 생각만 옳다고 하지 말구 세상의 의견에두 한번은 귀를 기울여 봐야 하지 않겠나. 결혼까지 간다는 말을 듣고 나두 놀랐네만 거리에서 만나는 동무마다 한 사람이나 찬성하는 이가 있는 줄 아나? 다들 입들만 벌리구 입맛을 다실 뿐이지. 자네는 예술가니까 독창정신을 실생활에두 살려서 상식을 무시하구 남 안하는 괴이한 짓두 해보구 때로는 괜히 속세에 반항두 하구 싶은 충동을 느끼는 줄을 짐작하네만 평생의 중대한 일을 그렇게 경솔히 작정해서야 쓰겠나."

"소태를 먹어두 제 멋인데 왜 남의 일을 가지구 걱정들을 하라나. 도대체 난 세상의 말이라는 걸 일종의 저어널리즘이라구밖엔 생각하지않네. 자넨 진정으로 나를 위해서 걱정하는 줄을 아네마는 자네가 거리에서 만나는 열 사람이면 열 사람이 다 결국은 경박한 까십장이 밖에는 못 된단말야. 부질없이 남에 말하기 좋아하구 농하기 좋아하구 헐기 좋아하는 저어널티스트 이상의 무엇인 줄 아나? 실없는 그것들의 말은 일일이 들어선 할수있나. 파리떼같이 와글와글 끓게 내버려두는 수 밖엔 아무 밀이 귀에 들어와두 뜨끔하지 않네."

"자네들이 그만큼 유명하다는 걸 알아야 되네. 자네나 옥실씨가 구석장이에 숨어 있는 사람이라면 세상에서 문제나 삼겠나? 화제거리가 될 만하니까 화제를 삼는 것이 아닌가? 따라서 자네의 책임두 성립되는 것이네. 사회에 이름이 있다는 건 벌써 개인의 자유 행동에 그만큼 구속을 받구 책임을 져야 한다는 것이야. 개인만의 개인이 아니구 사회를 위한 개인이야. 사실 자네를 아끼는 건 나 혼자만이 아니네. 어떤 동무는 심지어 흉계를 써서 자네들의 연애를 방해하자구까지 하네만 야속하다고 느끼지 말구 그런 우정을 고맙게 받아보게."

벽도는 준보에게 입을 열 기회와 여유를 주지 않고 혼자만 앞을 이어갔다.

"자네네 학교 학생들에게 자네 인기를 떠보지 않았겠나? 어학만의 강의를 받기가 아까와서 자네에게 수시의 교수까지를 청하겠다구 교장이 교섭중이라네. 그렇듯 자네를 존경하는 제자들의 기대두 저버려서야 되겠나. 여러 가지로 자네 책임은 크단 말이야."

"자네두 문학을 한다는 사람이 생각이 왜 그리두 범용하구 옹색한가. 사랑엔 인물차별과 지경이 없다는 걸 선물로 교육할 수 있다면 얼마나 더 인간적인 교육이 될 수 있다는 건 생각해 보지 못하나? 한 사람의 인물에 대한 소문과 진실이 얼마나 다르다는 것, 사람은 누구나 일반이라는 것, 사랑은 자유롭다는 것, 행복은 주위 사람들의 시비에도 불구하구 당사자들의 의지로 창조할 수 있다는 것——이 많은 교훈을 난 말없이 다만 한 번의 행동으로써 많은 사람에게 가르칠 수 있는 것이네. 학생들은 혼연히 이 교육을 받을 것이요, 그 인간적인 영향과 효과두 백 권의 수신서를 읽는 것보다 나으리. 자네들의 상식 이상으로 이것은 참으로 건전한 생각이라는 걸 알아두게. 그리구 자네 내일부터 문학 그

만두게나. 문학은 인간되자구 하는 것이지 심심파적으로 숭
상하는 건 아니니까."

"자네의 귀에 아무리 경을 읽어야 소용 있겠나. 벌써 굴레
를 씌울 수 없는 뒤란 말이지.——그럼 어서 행복될 도리나
설계하게나, 행여나 장래라두 내게 와 왜 그때 더 말려주지
않았던가 하구 뉘우치지나 말구."

준보의 굳은 결의에는 벽도도 하는 수 없이 한 수 꿀려 활
을 거두는 것이었다. 충고는커녕 되려 톡톡히 설교를 받은 셈
이 되어 얼떨떨한 심사를 금할 수 없는 모양이었다.

"다시 이 일엔 더 참견 말구 거리에서 쓸데없이 번설을 하
구 노닥거리는 녀석이 있거든 그 비굴한 얼굴을 바라보면서
자네두 행여나 그런 유가 아닐까 하구 반성하구 슬퍼해 보
겠나?"

그러나 벽도가 그 자리에서 그렇게 만만히 굴었다고 생각한
것은 준보의 오산이었다. 다음날 밤 준보가 가게 이층에서 실
을 만났을 때 웃음을 잃은 얼굴에 커다란 눈이 깜박거리지도
않고 동그랗게 노염을 품고 있었다.

"아이 분해!

혀를 차면서 윗입술이 갸웃이 삐뚤어지는 것이었다.

"이제 벽도 씨가 제게 와서 무어란 줄 아세요."

"벽도가? 적극적 활동을 시작한 모양이군."

"이 땅의 예술가 준보 죽이지 말라구요. 준보는 한 사람의
차지가 아니구 사회에 소속한 사람이라구요. 어이구 무서운
소리. 누가 선생을 후려내 가지고 먼 세상으로 내뺐단 말인
가요? 제게루 오신다구 글 한줄 못 쓰게 되구 세상에서 매

장을 당한단 말인가요? 모든 책임을 제게만 씌운단 말예요. 대체 그이가 무엇이게 우리들 일에 발 벗고 나서는 것일까요?"

"근본은 착하고 정직한 사람인데 진정으로 생각해 준다는 것이 말이 원체 투박스러워 그런 인상을 주게 되나보우. 그래 뭐라고 대답했수?"

"다짜고짜로 그 말인데 답을 어떻게 해요. 그저 멍하니 입만 벌리고 있었죠. 선생의 건강이 염려되는데 각별히 내조의 공을 이룰 자신이 있느냐는 둥 제가 편지를 전문학교 교수보다도 잘 쓴다구 선생이 칭찬을 하셨다는데 그 정도의 교양에 안심해서는 안된다는 둥 별별 말이 많았어요. 그저 저하나 죽일 사람 됐죠. 거리에서 빈둥거리는 보통 여자로밖엔 알아주지 않는 것이 분해 못 견디겠어요."

"편지 잘 쓰는 건 잘 쓰는 거지 실력에두 에누리가 있을까. 이름만 전문학교 선생이랍시구 사실 편지 한 장 옳게 못쓰는 위인이 얼마나 많게. 웬일인지 난 그런 떳떳지 못한 조그만 사회적 사실에 대해서두 노여워지면서 항의하구 싶은 생각이 솟군 해요. 편지의 실력뿐이 아니라 당신이 일상 쓰는 말에 대해서두 그 아름다운 용어와 발음을 효과있게 살리려구 비상한 주의와 노력을 하는 것을 난 무엇보다도 높게 평가하려구 해요. 내가 간혹 이상스런 형용사를 쓸 때 그것을 곧되물어 가지구 기억하려고 하는 기특한 생각——세상 사람이 소홀히 여기구 주의할 줄 모르는 그런 조그만 각오에서부터 나날이 아름다운 생활은 창조되어 나간다구 생각해요. 벽도가 무어라고 하든지 간에 충분한 자신을 갖어두 좋아요."

"일들도 없지. 왜들 남의 일에 간섭인지 모르겠어요. 그 보
세요. 세상이 시끄러우리라고 걱정했더니 아니나 다를까요."

준보의 위로로 실은 자신과 용기를 회복해 우울한 속에서
다시 웃음을 머금고 어느날보다도 도리어 즐거운 밤이었으나
외부의 간섭은 그것으로 끝난 것은 아니었다. 거리의 소문은
해와 악의 테두리를 겹겹으로 더 해서 두 사람을 둘러싸고 시
끄러운 포위진을 각각으로 좁여들었다.

몇날이 건너지 못해 실은 한층 흥분된 표정으로 준보의 방
문을 두드렸다. 커다란 눈이 깜박거리지 않고 조그만 입이 침
묵하면서 잠시는 갓 시집온 신부같이 의자에 잠자코만 있었다.

"……오늘 길에서 옛날 동무 명주를 만났더니 또 그 소리를
하지 않겠나요? 남편에게서 들었다는데 자기를 총중에서 죄
다를 알고 화제거리가 됐대요. 그 남편은 벽도씨에게서 들
었다나요. 왜 그리 번설들일까요."

"놀랄 것두 없잖우. 세상이 한꺼번에 발끈 뒤집힌대두 이제
야 겁날 것이 없는데."

"말이 우습잖아요?──제가 일반에게 그런 인상을 줘뵈는지
너무 사치하니까 가정생활에 부적당하리라고요.오래오래 원
만하기를 기대하기가 어려우리라고요. 자기들보다 못한 사
람인 줄 아나보죠."

"이 기회에 애매하게 남을 발가벗겨 놓고 멋대로들 난도질
을 하는 모양이지."

"외딴 섬에나 가 살구 싶어요. 이렇게 시끄러울 줄 몰랐어
요."

"불유쾌한 세상이구 귀찮은 인심이야. ──우리 시나 한줄
읽을까."

준보는 뒤숭숭한 잡념을 떨쳐버리려는 듯 쇄락하게 자리를 일어서서 실의 손을 이끌고 책상 앞으로 갔다.

"마음이 성가실 때는 시를 읽는 게 첫째라우. 난 벌써 여러 해째 그 습관을 지켜오는데 세상에 시인같이 정직하구 착한 종족이 있을까. 그 외엔 모두 악한이요, 도둑인 것만 같애요. 시인의 목소리만이 성경과 같이 삶을 바로 인도하구 위로해 주거던요. ──무얼 읽을까. 하이네? 쉘리? 예에츠?"

책꽂이를 한층 손가락으로 더듬더니 두둑한 책 한권을 뽑아

"휘트먼은 어때요. 오래간만에 휘트먼을 읽어볼까요. 예에 츠들과는 다른 의미로 좋은 시인이지요. 그는 한 계급의 시 인이 아니라 전 인류의 시인이에요. 아무와도 친하게 이야 기하구 똑같이 사랑하는 가장 허물없는 스승이에요. 월트· 휘트먼 ──인류가 아마두 예수 다음에 영원히 기억해야 할 꼭 하나의 이름이 이것에요. 나는 그를 읽을 때 용기가 솟구 희망이 회복되군 해요."

"고요한 목소리로 한 귀절 읽으세요. 눈을 감고 들어볼께요."

준보가 앉은 의자 발밑에 실은 그대로 주저앉으면서 준보의 무릎에 손바닥을 놓고 그 위에 사뿐히 얼굴을 얹었다. 준보가 얇으막한 소리로 천천히 임의의 귀절귀절을 낭독하기 시작할 때 실은 짜장 눈을 감고 시의 세상 속으로 이끌려 들어가는 것이었다.

태양이 그대를 버리지 않는 한 나는 그대를 버리지 않겠노라.

파도가 그대를 위해서 춤추기를 거절하고 나뭇잎이 그대를 위해서 속살거리기를 거절하지 않는 동안,

내 노래도 그대를 위해서 춤추고 속살거리기를 거절하지 않
겠노라.

나는 그대에게 한 가지 약속을 하노라——그대가 나를 만났
기에 적당한 준비를 하기를 나는 요구하노라.

내가 올 때까지 성한 사람되어 있기를 요구하노라.

그때까지 그대가 나를 잊지 않도록 나는 뜻깊은 눈초리로
그대에게 인사하노라

"좋아요. 참 좋아요. 저를 위해서 쓴 것만 같아요, 어머니보
다두 인자해요. ——태양이 그대를 버리지 않는 한 나는 그
대를 버리지 않겠노라. 저두 휘트먼을 좀더 일찍 알았더면
행복스러웠을 걸요."

실은 얼굴을 벙긋이 들고 준보는 실의 머리 위에 한 손을
얹고 페이지를 들척거렸다.

"휘트먼을 가지게 된 것은 인류의 행복이에요. 가십만을 일
삼는 거리의 소소리패들에게 휘트먼을 읽혀드렸으면 얼마
나 좋을까요."

여인, 앉은 여인 걷는 여인——혹은 늙고 혹은 젊다.

젊음이는 아름다우나——늙은이는 젊흔이보다 아름다와라.

"그의 눈에는 모든 것이 다 아름답구 고루구 평등하구 사랑
스럽지, 하나의 추하구 밉구 차별진 것이 있나요. 예수같이
인자하구 바다같이 관대해요. 또 한 수 여자를 노래한 것—
—"

나는 여성의 시인이며 동시에 남성의 시인이니라.

나는 말하노라. 여자됨은 남자됨과 같이 위대한 것이라고.

또 말하노라. 남자의 어머님과 같이 위대한 것은 없노라고.

"더 읽으셔요. 자꾸자꾸 읽으셔요. 종일 들어도 싫지 않겠어요. 밥같이 암만 먹어두 싫지 않겠어요. 속세의 번거러움을 떨쳐버리구 휘트먼 한 권만을 가지고 단 둘이 어딘지 모를 먼 고장에 가서 살 수 있다면 오죽이나 좋을까요."

하면서 한숨 짓는 실의 목소리는 그대로가 한 귀절의 시를 읽는 것과도 흡사했다.

영웅이 이름을 날린대도 장군이 승전을 한 대도 나는 그들을 부러워하지 않았노라.

대통령이 의자에 앉은 것도, 부호가 큰 저택에 있는 것도, 내게는 부럽지 않았노라.

그러나 사랑하는 사람들의 우정을 들을 때 평생 동안 곤란과 비방 속에서도 오래오래 변함없이,

젊을 때에나 늙을 때에나 절조를 지키고 애정에 넘치고 충실했다는 것을 들을 때 그때 나는 머리를 숙이고 생각하노라.

부러워서 못 견디면서 황급히 그 자리를 떠나노라.

낭독이 끝난 후까지도 실은 얼굴을 들려고 하지 않고 같은 자세로 무릎 위에 엎드리고 있는 것을 준보는 감동에 젖어있는 것이거니만 생각한 것이 문득 머리를 드는 서슬에 눈에 어리운 눈물자국을 보고 가슴이 짜릿해졌다.

"왜 운단 말이오?"

책을 놓고 두 손으로 무릎 사이에 그의 얼굴을 받들어 끄니 실은 아이와도 같은 무심한 눈동자로 멍하니 준보를 쳐다본다.

"너무나 행복스러워서요. 휘트먼의 시두 좋거니와 이렇게 선생님과 마주앉아 시를 읽게 된 것이 얼마나 행복스러운지 아마두 한평생의 추억거리가 될 거예요. 세상에 가지가지

행복두 많겠지만 여기에 지나는 행복이 또 있을 것 같지는
않아요. 자꾸 울구만 싶어요.”
하면서 다시 글썽글썽 눈물이 새로와지는 것을 보고는 준보는
거의 충동적으로 그의 얼굴을 가까이 잡아 끌었다.
 “이 행복감을 고이고이 길러서 언제까지든지 끌고 나갑시
 다. 세상의 장해가 아무리 크다구 하더라도 용감스럽게 그것
 을 뛰어 넘어갑시다. 그것이 또 하나 우리의 작정된 길이니
 까요.
 손등으로 눈물을 훔치는 사랑하는 사람의 자태란 얼마나 아
름다운 것이었던가.

4

 민 주빈의 등장은 윤 벽도의 그것과는 스스로 성질이 달라
서 준보들의 마음속에 한줄기의 빛을 던졌다고 하면 던졌을까.
 신문의 지방판의 가사를 맡아 쓰고 있는 주빈은 그 직책의
성질상 준보들의 일건을 누구보다도 먼저 알고 있을 처지에
있으면서도 까딱 그 눈치를 보이지 않는 것은 은근한 그의 성
격의 탓이라고 할까.
 “하긴 나두 사실 처음엔 놀랐어요. 형이 그렇게 대남한 줄
 은 몰랐거던요. 그야 문학을 일삼으시니까 생각이 남보다는
 다르시겠지만 결혼을 한대두 그저 무난하구 순결한 경우를
 택하실 줄 알았지 이렇게 문제의 파도 속에 즐겨서 뛰어드
 실 줄은 몰랐어요.”
 주빈은 준보의 눈치를 보면서 신중하게 입을 열었다.

" 순결이란 대체 무어요. 마음을 떠나서 순결만의 순결을
찾음은 듯없는 일이라구 생각해요. 참으로 훌륭한 마음 앞
에는 몸의 회생쯤 문제가 아닐 거에요. ——벽도의 말을 들
으면 모두들 반대라는데."

"전 반드시 그렇지도 않습니다만. 모든 문제 다 깔아버리구
아름다운 이와 결혼한다는 다만 그 조건만으로두 좋지 않아
요? 사람에겐 기질의 타입이 있다구 생각하는데 가령 벽도
군과 나와는 전연 대조적인 입장에 있는 것 같구 가깝다면
아마 내가 형과는 제일 근사한 타입일 것예요. 연애니 결혼
이니 하는 것두 결국은 그의 그 성격의 타입이 작정하는 것
이 아닐까요. 옥실씨만한 인물과 미모라면 다른 조건 다 회
생해두 좋구 말구요. 그 점에서 난 찬성이구 형의 그 자유로
운 심정과 태도에 여러 가지로 반성되고 줏대 없는 마음에
매질해 보군 했어요. 막상 내가 그런 경우에 처했다면 혹시
주저했을는지두 모르니까요. 마음의 자유대로 행동할 수 있
구 행동해서 조금두 꺼리지 않는다는 것이 여간 장하구 존
경할 만한 일이 아니예요."

"형은 그렇게 말해두 대부분의 세상 사람들은 존경은커녕
얼마나 비웃는지 몰라요. 결국 난 세상을 아직두 퍽 야만스
런 곳이라구 생각해요. 참으로 정직한 판단 없이 편견과 말
썽으로 부하뇌동하구 경솔하게 떠들썩하는 그런 버릇이 있
어요. 세상이 그렇게 우매하다는 것과 내가 내뜻을 존중하
는 것과는 물론 별 문제이지만."

준보는 주빈의 이해에 대해서 이렇게 대답하고 바로 며칠
전에 겪은 조그만 변을 문득 생각해 내면서 그것을 붙여 말하

고 싶었다.

——준보는 벌써 꺼리낄 것 없이 실과 함께 거리를 걷고 교
외로 산보도 나가는 것이었으나 그날 늦은 오후의 영화를 보
고 관을 나오는 때였다. 빽빽히 쏟아지는 인총 사이에 피곤한
몸을 맡기고 제물에 한길로 밀려나와 골목을 벗어났을 즈음
두 사람은 어느 결엔지 뭇 시선의 대상이 되어 있음을 알았다.
그 많은 총중에서 왜 하필 유독 그들만이 무대 위에 배우같이
사람들의 눈을 끌었을까를 생각하면 불쾌하기 짝이 없는 것이
었으나 문득 귀익은 발음 소리를 듣고 비로소 정신을 차린 두
사람이었다. 뒷편에서 웅얼웅얼 자기들의 이름을 외이는 것임
을 알았다.

목소리는 점점 커지더니 드디어 또렷이 들릴 정도로 가까와
졌다.

"아나? 저게 준보와 옥실이라네."

확실히 그렇게 들렸다. 그러나 그 자리로 경망하게 고개를
돌릴 수 없어 모르는 체하고 걸어가는 동안에 그들의 회화는
두 사람을 둘러쌀 지경으로 요란해졌다.

"이젠 제법 대담들하지. 내노라구 보라는 듯이 끼구들 다니
니."

"대담한지 칠면핀지 모르겠네. 허구 많은 경우 다 두고 왜
들 하필 세상을 이렇게 떠들썩하게 해놀꼬."

"남이야 아무렇거나 말거나 왜들 떠들썩하라니? 떠들썩하
는 편이 어리석지 남이야 아무 멋을 부리건 말건."

두 사람을 옹호하는 듯하면서도 기실 악질의 야유인 것을
쉽사리 느낄 수 있었다.

"옥실이와 준보가 결혼을 할테면 하렸지 뭐가 어떻게 됐단
말인가.음악가와 소설가이기로서니 그렇게 법석들을 할 법
이야 있나."

두 사람의 이름을 커다랗게 외치면서 옆을 스치는 후리후리
한 청년을 옆눈으로 보았을 때 준보는 문득 피가 용솟음치면
서 눈이 화끈 달았다. 청년도 힐끗 두 사람을 곁눈질하더니 즉
시 자기들끼리만의 의미를 가진 복잡한 미소를 띄었다.

"다정다감한 남녀들이라 미상불 부럽기두 해.세상을 한번
요란하게 하는 것두 자랑스러운 일이 아닌가."

조롱과 야유에 넘치는 그 말에 준보는 드디어 견딜 수 없어
서,

"버릇 없는 것들."

하고 몸을 불끈 솟구었으나 실이 민첩하게 팔을 붙들어 끌면
서,

"참으세요. 그들에게두 말의 자유 있잖아요. 우리에게 행동
의 자유가 있듯이."

하고 도리어 길 옆으로 피해서는 동안에 소소리패는 여전히
고개를 힐끗들거리면서 두 사람을 스쳐 지내고 말았다.

이상스런 것은 준보는 순간 눈앞에 화끈 다는 듯하더니 웬
일인지 금시 노염이 풀리면서 실의 손목을 꼭 쥐게 된 것이었
다. 그의 유유한 마음씨에 감동하고 냉정한 이지에 경의를 표
하고 싶었던 것이다. 실의 원만한 성격으로 말미암아 그 시각
으로 외부의 수난쯤은 솔곳이 잊어버리게 된 것을 준보는 더없
이 행복스런 것으로 여겼다. 실과의 행복 앞에서는 버릇없는
후리후리한 청년도 세상의 야유도 조롱도 그림자가 흐려지면

서 먼 곳으로 비슬비슬 멀어지는 것이었다.

주빈은 가느다란 눈 가장자리에 주름을 잡으면서 그 조그만 에피소드를 듣고 나더니,

"그러나 세상이란 완고한 것 같다가두 실상은 의외로 무른 것예요. 결국 가장 센 것은 개인의 의지라구 생각해요. 그저 내 뜻대로 나가는 것——그것이 제일 좋은 방법이요, 훌륭한 태도죠. 청년들에게 야유를 당한 후에 즉시 사랑의 행복을 느낀 것을 생각해 봐요. 그 행복 이상으로 값나갈 무엇이 세상에 있겠나를."

"의논한 법두 없고 내 일 나혼자 처리하려구 하는데 모두 괜히 한몫씩 참례하려구들 드는구료. 끝까지 세상과 싸워볼 작정이예요. 필경 누가 못배겨나나 보게."

"하긴 벽도 군은 서울로 원병을 청하러 갔다나요. 혼자 힘으론 부치니까 서울의 동무를 죄다 역설해서 일대 반대 운동을 일으키겠다구. 사빠끈을 단단히 졸라매셔요. 괜히 까딱하다 넘어지지 말게요."

또 새로운 소식에 준보는 귀가 띄이면서 주빈의 괴덕스런 목소리로 자연 웃음이 터져나왔다.

"벽도두 열정가야. 동무를 진정으로 위한다면 그만한 밸은 있어야지.   세상은 재미있는 걸 짐짐 새미있어 가는 설. 사람들은 이 맛에 사는 것이 아닐까."

주빈이 전한 말이 헛소리가 아님은 그가 다녀간 지 이틀만에 준보는 서울서 온 의외의 편지 한 장을 받게 된 것이었다. 준보가 기왕부터 알고 있는 한 사람의 직업 여성으로부터 온 충고의 편지였으니 그것이 벽도가 술을 먹으로 가서 비분한 장

광설을 한 결과 사연을 듣게 된 그가 동감 찬성하고 드디어 편지를 띄운 것이라고 추측되었다. 서면은 대단한 달필로 여러 장을 들여서 준보의 생각이 미흡하고 행동이 그릇되었음을 지적한 것이었다——

현재의 쓸쓸한 심정을 살필 수 있지만 평생의 중대사를 어떻게 그렇게 소홀히 작정하느냐——소중한 몸을 아낄 줄 모르구 왜 그리 천하게 굴리느냐——당신 마음을 그토록 당긴 그 여자의 매력을 미워해야 할는지 존경해야 할는지 모르겠다. 동무들이 대단히 걱정하는 걸 민망해서 볼 수 없다. ——그 자리로라두 뛰어가서 만류를 하구 싶으나 먼 길에 그럴 수도 없으니 두 번 세 번 신중히 생각해서 처리해라……

대강 이런 뜻의 걱정을 적는데 웬일인지 허겁지겁 설렌듯한 그의 자태가 눈앞에 보여오는 것 같아서 준보는 픽 웃어 버렸다.

"괜히들 설레누나. 공연히 필요 이상으로 안달들이구나. 세상이 금시 뒤집힐거나 같이."

준보야말로 그 원래의 간섭을 미워해야 할는지 존경해야 할는지 모르면서 반 천리 길이나 일부러 가서 겨우 그런 졸병을 통해서 첫 화살을 보내게 한 벽도의 수고가 또 한번 생각났다. 편지를 그대로 꾸깃꾸깃해서 휴지통에 넣으려다가 준보는 문득 돌려 생각하고 다시 편지를 곱게 펴들었다.

"이대로 두었다가 실에게 보이자. 그의 감회가 어떤지 누구의 태도가 더 의젓한지 알아나 보자."

편지를 보고 실은 그다지 분개도 하지 않고 도리어 허물없
는 웃음을 띄웠다.

"글두 명문이구 글씨도 잘 썼구. 그러나 웬 아랑곳일까 주
제 넘게. 그여자의 매력이라니 다 무어야 망칙하게."

웃는 것은 마음으로부터 웃는 것은 아니었다. 역시 한줄기
섭섭한 감정이 그의 눈썹 위에 흐르고 있음을 보고 준보는 그
런 것을 보인 것이 뉘우쳐도 졌다.

"자꾸만 이렇게 반대들이 일어나면 필경은 곰곰이 반성하
시구 제가 싫어지겠죠. 아무리 굳은 마음인들 왜 주위의 지
배를 안 받겠어요?"

"쓸데없는 소리 또 한다. 그러라구 편지를 뵈었던가. 그 자리
로 찢어버리구 안 보일 수도 있었는데."

"이대루 솔곳이 죽고만 싶어요. 행복스런 동안에 죽어버리
는 것이 제일 아름다울 것 같아요. 앞으로 또 무엇이 올까를
생각하면 진저리가 나요."

"되려 고소해 하는 것들 많게. 그것들 보기 싫어서두 오래
살아야 하잖우. 소문두 한때지 언제까지나 남을 쫓아오겠
수? 마음을 크게 당차게 먹어요."

준보도 사실 가끔 마음의 평온함을 잃곤 했으나 실의 앞에
서는 또 의젓하게 그를 격려하고 위로하는 입장에 서지 않으
면 안되었다. 휘트먼의 시집을 찾아내서 다시 읽기도 하고, 서
투른 피아노의 합주를 하기도 하고, 말없이 의자에 앉고 실은
그 무릎 아래에 앉아서 손을 마주잡고 어느 때까지나 그 소박
한 행복감에 잠기기도 했다.

거리의 소문은 언제면 완전히 꺼져버리려는지 주일이 거듭

되고 달이 넘어도 조그만 도전과 걱정거리는 빠지지 않았다. 준보가 학교에서 별안간 요란스럽게 울리는 수화기를 잡으면 면목은 있으나 그다지 귀익지 않은 여자의 목소리가 두 사람의 사건을 비웃는 듯 야유해 왔고 거리에서 간혹 동무들과 술좌석을 같이 하면 입술을 삐죽거리면서 누구나 한 쪽의 화살을 준보에게 던지려고 대기하고 있는 것이었다. 그들을 둘러싸고 있는 그런 험악하고 적의에 넘치고 있는 분위기 속에서 마음은 도리어 단련되고 굳어져 가는 것도 사실이다. 누가 못견디나 보자 하는 앙심이 생기면서 사면초가의 외로운 속에서 끝까지 항거해 보려는 결의가 솟을 뿐이었다.

　보라는 듯이 떳떳이 거리를 다니고 교외를 소요하는 심정 속에도 그런 대항 의식이 숨어 있다고도 하지않을 수 없었다. 고집스럽게 바라들 보고 빈정거리는 사람들의 시선들을 목석같이 무시해 버리고 두 사람만의 길을 꼿꼿이 걸었다. 두 사람만의 세계를 그렇게 성벽같이 주위와 구별해서 지키면서 그것으로서 도리어 밖의 세상까지도 지배하려고 함은 행복스러운 일이었다. 그 성벽 속에서는 단 두 사람만의 세계이므로 사랑과 이해는 한층 굳어져 가고 밖의 세상을 지배하려 함에는 커다란 자랑과 교만이 상반하는 까닭이었다. 내 몸의 실력이 충실할 때 대한 교만함은 유쾌한 일이다. 그 내면에서 솟아나오는 유쾌한 느낌을 지우고 보충하려는 것이었다.

　산속 길을 걸으며 낙엽을 밟고 강을 굽어보고 짙어가는 가을을 감상할 때 실은 다시 장래의 생활설계를 치밀하게 세웠다. 하루의 몇 시간씩 책 읽고 음악 연습하고 아이들을 지도하겠다는 것, 찻그릇은 어떤 것을 쓰고 요리는 어떻게 만들겠다는 것까지를 찬찬히 계획했다.

그렇게 희망에 넘치는 실의 얼굴은 또 어느 때보다도 빛나고 아름다운 것이었다.

"세상이 정 시끄럽구 말썽이거든 우리 촌에 나가 염소나 기르고 닭이나 쳐요, 네?"

실의 이런 제의도 또한 기특하고 아름다운 것이다. 여자의 포부와 각오가 항상 더 위대하고 굳은 것 일까.

"좋구 말구. 속세에 그렇게 연연해 할 것두 없는데 남은 반생을 차라리 전원의 목가 속에서 살 수 있다면 그 역시 좋구 말구요."

"소와 돼지까지를 기를 수 있다면 더욱 좋겠어요. 일년 먹을 햄을 만들어 두구 소는 젖을 짜구요. 소가 잘 되면 뻐터 제조업을 시작해두 좋죠. 집에서 손수 뻐터를 만들어 먹을 수 있는 처지――전 이걸 인간생활의 최대의 이상이라구 생각하구 있어요."

"어디 이상을 실현해 봅시다그려. 가히 어렵지 않다면야."
가랑잎이 발 아래로 요란스럽게 울리는 수풀 사이에서 훤칠한 나뭇가지 너머로 푸르른 강물을 내려다보고 그 너머 마을의 인가들을 헤면서 전원의 명상에 잠김은 그것이 실현되든 안 되든 단지 그것만으로도 행복스러웠다.

초가을부터 시작된 두 사람의 사이는 두어 달을 지내는 동안에 모든 장애를 넘어 더욱 깊어가서 흡사 시절의 걸음과 발을 맞추려는 듯도 했다. 시절이 깊어가면 갈수록에 영혼들도 맑아가고 그 열정은 가다듬어 갔다. 날이 으슬으슬해 가고 공기가 차짐에 따라 산속을 거니는 날이 적어지고 방 속에서

꿈과 설계에 빠지는 날이 늘어갔다. 첫서리가 하얗게 내려 땅
을 덮는 날 실은 조금 조급하게 설렛다.

"정신 없이 늦장을 대구 있노라고 이웃 주제 좀 보세요. 거
리에선 벌써들 겨울 옷들을 입기 시작했는데 아직도 이게
첫가을의 차림아네요? 옷벌이란 옷벌은 전부 동경에 두었
거든요? 얼른 가서 첫째 옷을 가져와야겠어요."

"그렇소. 지금 남은 일은 꼭 한 가지밖엔 없소. ──얼른 동
경 들어가서 짐을 가지고 나올 것."

"참으로 우스운 변화예요. 다시 들어가 공부를 계속할 줄
알았지, 누가 짐을 꾸리게 될 줄 알았던가요. 여름 휴가로
나왔던지 꼭 두 달 동안에 이 기적이 오구 말았어요."

"되려 섭섭한 것두 같죠. 커다란 변화란 아무리 그것이 행
복된 것이래두 한줄기 섭섭한 느낌을 주는 법인데."

"짐이 좀 많아요. 피아노, 축음기, 의자, 침대, 옷, 레코드,
책. 옳게 꾸려서 부치려면 아마두 두 주일은 걸릴 것예요.
두 주일 동안 안녕하시구 그리고──한눈 파시지 마세요."

언제나 그것이 걱정인 모양이었다. 준보는 번번이 그것을
대답하기가 실없어서 눈에 웃음을 머금고 실의 귀뿔을 지긋이
끌어 당겼다.

"이 걱정장이 같으니 누굴 칠면조나 카메레온으로 아나부
다."

"저 없는 동안에 모두들 충동대서 마음을 변하게 하면 어떻
게 해요. 정말 걱정예요. ──전 그렇게 되면 죽을 걸요 뭘."

"어서 내 염려 말구 당신 마음에 고삐나 든든히 잡아둬요.
행여나 대중없이 노여나지 말게."

"인젠 그만둬요 그런 소리. 듣기만 해도 소름이 끼쳐요."

지난 두달 동안의 변화의 수많은 굴곡을——행복과 불행의 가지가지를 반성하면서 벌써 그것이 과거가 되고 추억이 된 것이 신기해서 견딜 수 없었다. 뭇 인물들의 왕래와 미묘한 인심까지를 아울러 생각할 때두 사람이 꾸며놓은 그 조그만 한 폭의 역사가 또한 인간생활의 장한 페이지로 여겨졌다. 그 한 폭을 주초로 하고 앞날의 발전이 훤하게 내다보이는 것이 두 사람의 마음을 한량없이 밝게 해주었다. 스스로의 운명을 스스로들 개척해 가는 용기 앞에는 하나의 확고한 결정이 있을 뿐이었다. 미래에 속하되 미래가 아닌 결정이었다.

삼한이 풀리고 사온이 시작되는 날 드디어 실은 동경으로 떠나게 되었다.

날마다 학교로 오는 전화가 그날은 특별히 아침 일찌기 왔다.

"오늘 떠나게 될는지두 모르겠어요. 안녕히 계셔요."

실은 역에서 보냄을 받기를 좋아하지 않는 성질에 떠나는 날짜의 결정을 언제나 확실히 작정하지 않고 흐려오던 것이었다. 세상에 작별같이 마음 성가신 일이 없어서 역에서 마주보고 눈들을 붉히면 도저히 떠날 용기가 생기지 않는다는 것이었다. 언젠가 떠나게 되면 말 없이 가만히 떠나겠다고 하던 것을 생각하고 그날 아침 전화로 준보는 혹시 이날이 아닌가 설레면서 물었다.

"몇 시에 떠난단 말요. 몇 시에."

"모르겠어요. 떠날지 안 떠날지 모르겠어요. 아이들 데리고 얼마나 고생하시겠어요. 제발 몸 주의하세요. 병원에 자주 다니시구 많이 잡수시구요. 제발 제발 건강하세요.”

열 번 백 번 듣는 이 몸에 대한 주의가 번번이 마음을 울리
는 것이었다. 조급하게 차 시간을 거듭 묻고 되물었으나 종시
대답이 없어 전화는 끊어졌다.

떠나도 필연코 밤이려니 생각하고 준보는 학교를 일찍 나와
그를 보낼 약간의 준비를 갖추어 가지고 저녁 무렵이 되어 가
게로 전화를 거니 그의 언니의 대답이 이미 세시 차로 떠났다
는 것이었다. 준보는 한참이나 우두커니 서서 실망이 컸으나
생각하면 실의 말마따나 그 편이 도리어 성가시지 않고 개운
하거니 하고 마음을 녹여 보았다.

밤에 가게로 내려가니 언니는 금시 장난을 하고 난 아이같
이 빙그레 웃으면서 말했다.

“기어코 가만히 떠나고 말았어요. 그 애 성질이 원래 그래
요. 여럿이 나가면 결국 울구 불구해서 못 떠나구 만답니다.
잠시 적적은 하시겠으나 그 동안 건강하실 테니 되려 안심
이라구 기뻐두 해요. 서울 가서 세 심부름을 보군 바로 동경
으로 돌아가기로 했어요. 서울서나 동경서 장거리 전화를
걸겠다구요.”

“이젠 전화나 기다리는 수밖엔요. 무사하게나 다녀온다면
더 바랄 것이 없죠. 날짜의 길흉을 몹시 가리더니 오늘이 그
럼 대안 날인가요?”

“그렇답니다. 삼벽대안이예요. 이것 보셔요.”

하면서 가리키는 벽의 괴력을 바라보니 조그만 글자가 그렇게
짐작되었다.

“떠나두 대안, 돌아와두 대안, 대안날 제발 무사태평하구 만

사형통하소서."

축원의 말을 마음 속에 외우면서 준보는 두 주일 동안 만나지 못할 실의 자태를 머리 속에 떠올려 보았다. 달덩어리같이 훤한 얼굴과 포도알같이 맑은 눈이 분명하게 뚜렷이 떠올랐다. 맑은 목소리가 아울러 귀에 울려왔다.

"……제발 좀 주의 하세요. 병원에 자주 다니시구 많이 잡수시구요. 제발 제발 건강하세요."

실은 육체와 영혼의 한 방울 한 방울이 한 점 빈틈없이 준보의 속에 그대로 살아 있었다. 준보는 그것을 마음과 육체를 가지고 역력히 느끼는 것이었다.

薔薇 病들다

싸움이라는 것을 허다하게 보았나 그렇게도 짧고 어처구니 없고——그러면서도 싸움의 진리를 여실하게 드러내인 것은 드물었다. 받고 차고 찢고 고함치고 욕하고 발악하다가 나중에는 피차에 지쳐서 쓰러져버리는——그런 싸움이 아니라 맞고 넘어지고 항복하고 그뿐이다. 처음도 뒤도 없이 깨끗하고 선명하여 마치 긴 이야기의 앞뒤를 잘라버린 필름의 몇 토막과도 같이 신선한 인상을 주는 것이었다. 그 신선한 인상이 마치 영화관을 나와 그 길을 지나던 현보와 남죽 두 사람의 발을 문득 머무르게 하였는지도 모른다. 그러나 두 사람이 사람들 속에 한몫 끼어 섰을 때에는 싸움은 벌써 끝물이었다.

영화관, 음식점, 카페, 매약점 등이 어수선하게 즐비하여 있는 뒷거리 저녁 때, 바로 주렴을 드리운 식당 문 앞이었다.

그 식당의 쿡으로 보이는 흰 옷에 주발모자를 얹은 두 사람의 싸움이었으나 한 사람은 육중한 장골이요, 한 사람은 까무

잡잡한 약질이어서, 하기는 그 체질에 벌써 승패가 달렸던지
도 모른다. 대체 무엇이 싸움의 원인이며 원한의 근거였는지
는 모르나 하루 아침에 문득 생긴 분김이 아니요, 오래 두고 두
고 엉켰던 불만의 화풀이임은 두 사람의 태도로서 족히 추측
할 수 있었다. 말로 겨르다 못해 마지막 수단으로 주먹다짐에
맡기게 된 것임은 부락스런 두 사람의 주먹살에 나타났으니
약질의 살기를 띤 암팡진 공격에 한번 주춤하였던 장골은 갑절
의 힘을 주먹에 다져 쥐고 그의 면상을 오돌하게 욱 박았다.

소리를 치며 뒤로 쓰러지는 바람에 문앞에 세웠던 나무분이
넘어지며 분이 깨뜨러지고 노가주나무가 솟아났다.

면상을 손으로 가리워 쥐고 비슬비슬 일어서서 달려들려 할
때, 장골의 두 번째 주먹에 다시 무르게도 넘어지고 말았다.
땅 위에 문질러져서 얼굴은 두어 군데 검붉게 피가 배고 두
줄기의 코피가 실오리 같은 가느다란 줄을 그으면서 흘렀다.
단번에 혼몽하게 지쳐서 쭉 늘어졌음에도 불구하고 약질은 간
신히 몸을 세우고 다시 한번 개신개신 일어서서 장골에게 몸
을 던지다가 장골이 날쌔게 몸을 피하는 바람에 걸어보지도
못한 채 또 나가 쓰러지고 말았다.

한참이나 죽은 듯이 고요한 속에서 코만 흑흑 울리더니 마
른 땅에는 금시에 피가 흘러 넓게 퍼시기 시삭하었다.

"졌다!"

짧게 한 마디——그러나 분한 듯이 외쳤으니 그것으로 싸움
은 끝난 셈이었다.

"항복이네?"

장골은 늠실도 하지 않고 마치 그 벅찬 힘과 마음에 티끌만

큼의 영향도 받지 않는 듯이 유들유들하게 적수를 내려다보았
다.

"힘이 부쳐 그렇지, 그리 쉽게 항복이야 하겠나."

"뼈다구에 힘 좀 맺히거던 다시 덤비렴."

"아무렴 그때까지 네 목숨 하나 살려둔다."

의젓하고 유유하게 대꾸하면서 약질이 피투성이의 얼굴을
넌지시 쳐들었을 때 현보는 그 끔찍한 꼴에 소름이 끼쳐서 모
르는 결에 남죽의 소매를 끌었다. 남죽도 현장에서 얼굴을 피
하며 재촉을 기다릴 겨를없이 급히 발을 돌렸다.

한참 동안 말이 없었다. 우연히 폭도하게 된 그 돌연한 장면
에서 받은 감격이 너무도 컸다.

강하고 약하고 이기고 지고——이 두 길뿐. 지극히 긴단하다.
강약이 부동으로 억센 장골 앞에서는 약질은 욕을 보고 그 자
리에 폭싹 쓰러져버리는 그 일장의 싸움 속에서 우연히 시대
를 들여다본 듯하여서 너무도 짙은 암시에 현보는 마음이 얼
떨떨하였다. 흡사 약질같이 자기도 호되게 얻어맞고 피를 흘
리며 쓰러져 있는 듯도 한 실감이 전신을 저리게 흘렀다.

"영화의 한 토막과도 같이 아름답지 않아요? 슬프지 않아요?"

역시 그 장면에서 받은 감동을 말하는 남죽의 눈에는 눈물
이 어리어 보였다. 아름답다는 것은 패한 편을 동정함일까? 아
름다운 까닭에 슬프고 슬프리만큼 아름다운 것——눈물까지
흘리게 한 것은 별수 없이 그나 누구나가 처하여 있는 현대의
의식에서 온 것임을 생각하면서 현보는 남죽을 뒤세우고 거릿
목 찻집 문을 밀었다.

차를 청해 마실 때까지도 현보와 남죽은 그 싸움의 감동이

좀체 사라지지 않아서 피차에 별로 말이 없었다. 불쾌하다느
니 보다는 슬픈 인상이었다.

슬픔으로 인하여 아름다운 것이었음을 남죽과 같이 현보도
느끼게 되었다. 그렇게까지 신경을 민첩하게 일으켜 세우게
된 것은 방금 보고 나온 영화 때문이었던지도 모른다. 영화관
에는 마침 '목격자'가 걸려 있어서 우연히 보게 된 그 아름다운
한 편이 장면 장면 남죽을 울렸다.

전체로 슬픈 이야기였으나 가련한 주인공의 운명과 애잔한
여주인공의 자태가 한층 마음을 찔렀다. 억울한 혐의로 아버
지를 여읜 어린 자식을 데리고 늙은 어머니가 어둡고 처량한
저녁에 무덤 쪽을 바라보는 장면과, 흐린 저녁 때의 빈민가
(貧民街) 다리 아랫장면과는 금시에 눈물을 솟게 하였다.

다리 아랫장면에서는 거지의 자동 풍금소리에 집집에서 뛰
어나온 가난한 빈민들이 그 슬픈 음악에 맞추어 춤을 추기 시
작하였다. 요란한 소리를 듣고 순경이 달려와서 춤을 금하고
사람들을 헤칠 때 억울한 혐의로 아버지를 재판한 늙은 검사
는 양심에 가책을 조금이라도 덜려고 가난한 사람들을 위해 항
의를 하나, 용납되지 못하고 사람들은 하는 수 없이 비슬비슬
그 자리를 헤어진다. 그 웅성거리는 측은한 꼴들이 실감을 가
지고 가슴을 조였다. 어두운 속에서 남죽은 흐르는 눈물을 손
수건으로 몇 번이고 훔쳐냈다. 눈물로 부덕부덕한 얼굴을 가
지고 거리에 나오자 당면하게 된 것이 싸움의 장면이었다. 여
러 가지의 감동이 한데 합쳐서 새 눈물을 자아내게 한 것이다.

하기는 남죽들의 현재의 형편 그것이 벌써 눈물 이상의 것
이기는 하다. 두 주일 이상을 겪고 가주 나온 것이 불과 며칠

전이었다. 남죽은 현재 초라한 꼴, 빈 주머니에 고향에 돌아갈 능력도 없고 그렇다고 다른 도리도 없이 진퇴유곡의 처지에 있는 셈이었다. '목격자'속의 주인공들보다 조금도 나을 것이 없었다. 현보와 막연히 하루를 지내려 영화구경을 나선 것도 뚜렷한 지향없는 닥치는 대로의 길 그 자리의 뜻이었다. 온전히 그날 그날의 떠도는 부평초요, 키 잃은 배요, 목표 없는 생활이었다.

극단 '문화좌'가 설립되자마자 와해된 것이 두 주일 전이었다. 지방공연이라는 점에 중점을 두려고 일부러 서울을 떠나 지방의 도회로 내려와 기폭을 든 것이었으나 그것이 도리어 화되어 엄격한 수준에 걸린 것이다.

인원를 짜고 각본를 선택하고 모든 준비를 마친 후 첫째 공연을 내려왔던 것이 그만한 이유 없이 이외에도 거슬리는 바되어 한꺼번에 몰아가버렸다. 거듭 돌아보아야 그럴만한 원인이 없었고 다만 첩첩한 시대의 구름의 탓임이 짐작 될 뿐이었다.

각본을 맡은 현보는 고향이 그곳인 탓으로인지 의외에 속이 놓이게 되고 뒤를 이어 남죽 또한 수월하게 풀리게 되었으나 나머지 인원들은 자본 대인 민삼, 연출을 맡은 인수, 배우인 학준, 그 외 몇몇은 아직고 날이 먼 듯하였다.

먼저 나오기는 하였으나 현보와 남죽은 남은 동무들을 생각하고, 또 한 가지 자신들의 신세를 돌아보고 우울하기 짝이 없었다. 하는 일 없이 허구한 날 거리를 헤매는 수 밖에 없었던 현보와, 역시 별 목표 없이 유행가수를 지원해 보았다 배우로 돌아서 보았다 하던 남죽에게 극단의 설립은 한 희망이요, 자극이어서 별안간 보람있는 길을 찾는 듯도 하여 마음이 뛰고 흥이 났던 것이, 의외에 타격에 기를 꺾이우고 나니 도로 제 자리에 주저앉은 셈이었다.

파랗게 우러러보이던 하늘이 조각조각 부셔져버리고 다시 어두운 구렁텅이로 밀려빠진 격이었다.

현보의 창작각본 '헐어진 무대'와 오니일의 번역극 '고래'의 한 막이 상연예정이어서 남죽은 그 두 각본의 여주인공의 구실을 자기의 비위에 맞는 것으로 그지없이 자랑하였다. 예술적 흥분 위에 또 한 가지의 기쁨은 그런 줄 모르고 내려왔던 길에 구면인 현보를 칠 년만에 뜻밖에 다시 만나게 된 것이었다. 이 기우는 현보에게도 물론 큰 놀람이자 기쁨이었다.

극단의 주목을 보게 된 민삼이 서울서 적어 내려보낸 인원의 열명 속에 여배우 혜련의 이름을 발견하고 현보는 자기 작품의 주연을 맡은 그 여배우가 대체 어떤 인물일꼬 하고 호기심이 일어났을 뿐, 무심코 덮어두었던 것이 막상 일행이 내려와 처음으로 상면하게 되었을 때 그가 바로 남죽임을 알고 어지간히 놀랐던 것이다.

혜련은 여배우로서의 예명이었다. 칠년 전에 알고는 그 후까지 소식을 몰랐던 남죽은 그런 경우 그런 꼴로 우연히 만나게 될 줄이야 피차에 짐작도 못 하였던 것이다.

지난 날을 돌아보면서 그날 밤 둘은 끝없이 이야기와 추억에 잠겼다. 서울서 학교에 다닐 때 우연히 세죽, 남죽 자매를 알게 된 것은 그들이 경영하여 가는 책점 대중원에 출입하게 된 때부터였다. 대중원은 세죽이 단독 경영하여 가는 것이었고 남죽은 당시 여학교에서 공부하는 몸으로 형의 가게에 기식

하고 있는 셈이었다. 세죽의 남편이 사건으로 들어가기 전에 뒷일을 예료하고 가족들의 호구지책으로 미리 벌린 것이 소규모의 책점 대중원이었다. 남편의 놓일 날을 몇해고 간에 기다려 가면서 세죽은 적막한 홀몸으로 가게를 알뜰히 보면서 어린 것과 동생 남죽의 시중을 지성껏 들어왔다.

남죽은 어린 나이에도 철이 들어서 가게에 벌려놓은 진보적 서적은 모조리 읽은 나머지 마지막 학년 때에는 오돌지게도 학교에 일어난 사건을 지도하다가 실패한 끝에 쫓겨나고 말았다. 학업을 이루지 못한 채 고향에 내려갈 수도 없어 그 후로는 별수 없이 가게 일을 도울 뿐, 건둥건둥 날을 지우는 수 밖에 없었다.

소설을 닥치는 대로 읽어대고 아름다운 목청을 놓아 노래를 불러대곤 하였다. 목소리를 닦아서 나중에 음악가가 되어 볼까도 생각하고, 얼굴의 윤곽이 서글서글한 것을 자랑삼아 영화배우로 나갈까도 꿈꾸었다. 그 시기의 그를 꾸준히 관찰할 수 있는 기회를 가졌던 현보는 그 남다른 환경에서 자라가는 늠출한 처녀의 자태 속에 물론 시대적 정열과 생장도 보았으나 더 많이 아름다운 감상과 애끓는 꿈을 엿보았던 것이다.

단발한 머리를 부수수 헤뜨리고 밋밋하고 건강한 육체로 고운 멜로디를 읊조릴 때에는 그의 몸 그대로가 구석구석에 아름다운 꿈을 함빡 머금은 흐뭇한 꽃이었다. 건강한, 그러나 상하기 쉬운 한 송이의 꽃이었다.

참으로 아담한 꽃을 보는 심사로 현보는 남죽을 보아왔다.

그러나 현보가 학교를 마치고 서울을 떠날 때가 그들과의 접촉을 마지막이었으니 동경에 건너가 몇 해를 군 뒤 고향에 나와 일없이 지내게 된 전후 몇칠 동안 다만 책점 대중원이 없어졌다는 소문을 풍편에 들었을 뿐이지, 그 뒤 그들의 고향인 관북으로 내려갔는지 어쨌든지, 남죽과 세죽의 소식을 생각해 보지도 못했고 미처 생각에 떠오르지도 않았다.

그만한 여유조차 없는 것은 다른 사람의 생각은커녕 자신의 생활이 눈앞에 가로막히게 되었고, 무엇보다도 현대인으로서의 자기 개인에 대한 생각이 줄을 찾기 어렵게 갈피갈피로 찢어졌다 갈라졌다 하여 뒤섞이는 까닭이었다. 칠 년 후에 우연히 만나고 보니 시대의 파도에 농락되어 꿈은 조각조각 사라지고 어차피 그 꼴이었다. 하기는 그나마 무대 배우로 나타난 남죽의 자태에 옛 꿈의 한 조각이 아직도 간당간당 달려있는 셈인지도 모르나 아담한 꽃은 벌써 좀먹기 시작한, 그 어딘지 휘주그러진 한 꽃송이 임을 현보는 또렷이 느꼈다.

시간을 보고 찻집을 나와 현보는 남죽을 데리고 큰거리 백화점으로 향하였다. 준구와 만나자는 약속이었다. 가난한 교사를 졸라온 마치 벼룩의 피를 긁어내려는 격이었으나 그러나 현보로서는 가장 가까운 동무이므로 준구에게 터놓고 남죽의 여비의 주선을 비추어 둔 것이었다.

남죽에게는 지금 '살까 죽을까가 문제'가 아니라 '목격자'속의 빈민들에게 거리의 음악이 필요한 듯이 고향으로 내려갈 여비가 필요하였다. 꿈의 마지막 조각까지 부서져버린 이제 별수없이 고향으로 내려가 몸도 쉬이고 마음도 가다듬는 수밖에 없었다. 고향은 넓은 수성평야의 한가운데여서 거기에는 형 세죽이 밭을 가꾸고 염소를 기르고 있다는 것이었다.

남편이 한번 놓였다 재차 들어가게 된 후 세죽은 이번에는

고향에다 편편하게 자리를 잡고 서점 대신에 평야의 한복판에
서 염소를 기르게 되었다는 것이다. 도회에 지친 남죽에게는
지금 무엇보다도 염소의 젖이 그리웠다. 염소의 젖을 벌떡벌
떡 마시고 기운차게 소생됨이 한 가지의 원인었다.

　몇십 원의 노자쯤을 동무에게까지 빌리기가 현보로서는 보
람없는 노릇이었으나 늘 메말라서 누런 '현대의 악마'와는 인
연이 먼 그로서는 하는 수없는 것이었다. 찻집이라도 경영해
볼까 하다가 아버지에게 호통을 들은 후부터는 값을 타쓰기도
불쾌해서 주머니에는 차 한잔 돈조차 떨어질 때가 있었다.

　누구나 다 말하기를 꺼려하고 적어도 초연한 듯이 보이려고
하는 '돈'의 명제가 요새 와서는 말하기를 부끄러우리만큼 자
나깨나 현보의 머리를 차지하게 되었다. 그 '악마'에 대한 절실
한 인식은 일종의 용기를 낳아서 부끄러울 것 없이 준구에게
여비 일전을 부탁하고 남죽에게는 고향 언니에게도 간청의 편
지를 내도록 천연스럽게 일렀던 것이다. 그러나 막상 휘주그
레한 뽀라 양복에 땀에 젖은 모자를 쓴 가련한 그를 대하였을
때, 현보는 준구에게 그것을 부탁하였던 것을 일순 뉘우쳤다.
휘답답한 그의 꼴이 자기의 꼴과 매일반임을 보았던 까닭이다.
그래도 의젓한 걸음으로 층계를 걸어 올라 식당에 들어가 두
사람에게 자리를 권하고 음식을 분부하고 난 후, 준구는 손수
건을 내서 꺼릴것 없이 얼굴과 가슴의 땀을 한바탕 훔쳐냈다.

　"양해하게. 집에는 아이들이 들끓구 아내는 만삭이 되어서
배가 태산 같은데두 아직 산파두 못 댔네. 다달이 빚쟁이들
은 한 두름씩 문간에 와서 왕구머리같이 와글와글 짖어대구
…… 어쩌다가 이렇게 됐는지 이제는 벌써 자살의 길밖에는

눈앞에 보이는 것이 없네⋯⋯ 별수 있던가. 또 교장에게 구구히 사정을 하구 한 장을 간신히 돌려왔네. 약소해서 미안하나 보태 쓰도록이나 하게."

봉투에 넣고 말고 풀없이 꾸겨진 지전 한 장을 주머니에서 불쑥 집어내어서 현보의 손에 쥐어주는 것이다. 현보는 불현듯 가슴이 찌르르하고 눈시울이 뜨거웠다. 손 안의 남은 부풀어진 지전과 땀 배인 동무의 손에 체온에 찐득한 우정이 친친 얽혀서 불시에 가슴을 조인 것이다.

남죽은 새삼스럽게 고맙다는 뜻을 표하기도 겸연쩍어서 똑바로 그를 바라보지도 못하고 시선을 식탁 위에 떨어뜨린 채 손가락으로 머리카락을 오리오리 매만질 뿐이었다. 낮이 익지도 못한 여자의 앞에서까지 가리울 것 없이 집안 사정 이야기를 터놓고 하지 않으면 안되는 가난한 시민의 자태가 딱하고 측은하고 용감하여서 그 순간 그 자리에서 살며시 꺼지고도 싶은 무거운 좌중의 기분이었다.

거리에 나와 준구와 작별한 뒤까지도 현보들은 심사가 몹시 울가망하였다. 현보는 집에 돌아가기가 울적하고 남죽 또한 답답한 숙소에 일찍 돌아가기가 싫어서 대중없이 밤거리를 거닐기 시작하였다. 동무가 일껏 구해 준 땀내 나는 돈을 도로 돌릴 수도 없어 그대로 지니기로 하였으나 갖출 깃도 있고 하여 여비로는 적어도 그 다섯 갑절이 소용있었다. 현보는 다른 방법을 생각하기로 하고 그 한 장 돈의 운영을 온전히 그날 밤의 밤길을 지향에 맡기기로 하였다.

레코오드나 걸고 폭스·트롯이나 마음껏 추어 보았으면 하는 것이 남죽의 청이었으나 거리에나 춤을 출만한 곳이 없고 현보 자신 춤을 모르는 까닭에 뒷골목을 거닐다가 결국 조촐한 '빠아'에 들어갔다. 솔내 나는 '찐'을 남죽은 사양하지 않고 몇 잔이고 거듭 마셨다. 어느 결에 주량조차 그렇게 늘었나 하고 현보는 놀라고 탄복하였다. 제법 술자리를 잡고 얼굴을 붉게 물들이고 뭇 사내의 시선 속에서 어울려 나가는 솜씨는 상당한 것으로 보였다. 술이 어지간히 돌았는지 체면 불구하고 레코오드를 맞추어 몸을 으쓱거리더니 나중에는 자리를 일어서서 춤의 자세를 하고 발끝으로 달가닥달가닥 춤을 추는 것이었다.

현보 역시 취흥을 못 이겨 굳이 그를 말리지 않고 현혹한 눈으로 도리어 그의 신기한 재주를 바라볼 뿐이었다. 술은 요술장이인지, 혹은 춤추는 세상의 도덕은 원래 허랑한 것인지 이해하기 어려운 것은 맞은편 자리에 앉았던, 아까 남죽의 귀에다 귓속말로 거리의 부랑자 백만장자의 아들이라고 가르쳐 주었던 그 사나이가 성큼 일어서서 남죽에게 춤을 청하는 것이었고, 더 이상한 것은 남죽이 즉시 응하여 팔을 겨르고 '스텝'을 밟기 시작한 것이다. 그것이 춤의 도덕인가 보다고만 하고 현보는 웃는 낯으로 바라보고 있었다. 손님들의 비난의 소리 속에서 별안간 여급이 달려와서 춤을 금물이라 질색하고 두 사람을 가르는 바람에 현보는 문득 정신이 들면서 이 난잡한 꼴을 새삼스럽게 눈썹이 찌푸려졌다.

남죽의 취중의 행동도 허랑한 것이었으나 별안간 나타난 부랑자의 유들유들한 심보가 괘씸하게 느껴져서 주위에 대한 체면과 불쾌한 생각에, 책임상 비틀거리는 남죽의 팔을 끌고 즉시 그 자리를 나와 버렸다. 쓸데없이 허튼 곳에 그를 끌어온 것이 뉘우쳐도 져서 분이 좀체 가라앉지 않았다.

"아무리 부랑자기로 생면부지에 소락소락——안된 녀석."

"노여하실 것 없는 것이 춤추는 사람끼리는 춤을 청하는 것이 모욕이 아니라 도리어 존경의 뜻인걸요. 제법 춤의 격식이 익숙하던데요."

남죽의 항의에는 한마디도 대꾸할 바를 몰랐으나 그러면 그 패씸한 심사는 질투에서 나온 것이었던가? 그렇다면 남죽을 얼마나 사랑하고 있는 셈인가 하고 현보는 자신의 마음을 가지가지로 의심하여 보았다.

"……참기 싫어요, 견딜 수 없어요. ——죄수같이 이 벽 속에만 갇혀 있기가. 어서 데려다 주세요 떼에빗. 이곳을 나갈 수 있으면——이 무서운 배에서 나갈 수 없으면 금방 미칠 것두 같아요. 집에 데려다 주세요, 떼에빗. 벌써 아무것두 생각할 수 없어요. 추위와 침묵이 머리를 가위같이 누르는 걸요. 무서워. 얼른 집에 데려다 주세요."

남죽은 남죽으로서 딴 소리를 ——듣고 보니 오니일의 '고래'의 귀절귀절을 아직도 취흥에 겨운 목소리로 대로상에서 마치 무대에서와 같은 감정으로 외치는 것이었다. 북극 해상에서 '애니'가 남편인 선장에게 애원하고 호소하는 그 소리가 바로 남죽 자신의 절절한 하소연이기도 하였다.

"……이런 생활은 나를 죽여요. ——이 추위, 무서움. 공기가 나를 협박해요. ——이 적막. 가는 날 오는 날 허구한 날 똑같은 회색 하늘. 참을 수 없어요. 미치겠어요. 미치는 것이 손에 잡힐 듯이 알려요. 나를 사랑하거던 제발 집에 데려다 주세요. 원이에요. 데려다주세요……."

이튿날은 또하루 목표없는 지난날의 연속이었다.

간밤의 무더운 기억도 있고 남죽에게 대한 말끔하게 청산하지 못한 뒤를 끄는 감정도 남아있고 하여 현보는 오후도 훨씬 늦어서 남죽을 찾았다. 아직도 눈알이 붉고 정신이 개운하지 못한 남죽의 청을 들어 소풍 겸 강으로 나갔다.

서선지방의 그 도회는 산도 아름다우려니와 물의 고을이어서 여름 한철이면 강 위에는 배가 흔하게 떴다. 나룻배, 고깃배, 석탄배 외에 지붕을 덩그렇게 단 놀이배와 뽀오트와 모터뽀오트가 강 위를 총총하게 덮였다. 놀잇배에서는 노래가 흐르고 춤이 있어서 무르녹은 나무 그림자를 띄운 강 위는 즐거운 유원지로 변한다. 산 너머 저편은 바로 도회에서 생활과 싸움으로 들복닥거리건만 산 너머 이편은 그와는 별세상인 양 웃음과 노래와 흥이 지천으로 물 위를 흘렀다.

현보와 남죽도 뽀오트를 세 내서 타고 그 속에 한몫 끼어서 시원한 물세상 사람이 된 듯도 싶었다. 백양나무가 늘어선 위로 흰구름이 뭉실뭉실 떠서 강 위에서는 능라도 일대에의 풍경이 아름다왔다. 현보는 손수 노를 저으면서 물결을 거슬러 올라가 섬께로 향하였다. 속을 헤아릴 수 없는 푸른물결이 뱃전을 찰싹찰싹 쳤다.

"언니에게서 편지가 왔는데——요새는 염소젖두 적구그렇게 쉽게 노자를 구할 수 없다나요."

남죽은 소매 속에서 집어낸 편지를 봉투째 서너 조각으로 쭉쭉 찢더니 물 위에 살며시 띄웠다. 별로 언니를 원망하는 표정도 아니요, 다만 침통한 한마디의 보고였다.

"……며칠동안 카페에 들어가 여급 노릇이나 해서 돈을 벌어볼까요?"

이 역시 원망의 소리가 아니고 침착한 농담으로 들리기는 하였으나 그 어디인지 자포자기의 기색이 보이지 않는 것도 아니었다.

"차차 무슨 방법이든지 있을 텐데 무얼 그리 조급하게 군단 말요."

현보는 당찮은 생각은 당초에 말살시켜버리려는 듯이 어세가 급하고 퉁명스러웠다. 그러나 고향을 그리는 남죽의 원은 한결같이 절실하였다.

"얼음 속에 갇혀 있으면 추억조차 흐려지나봐요. 벌써 머언 옛일 같아요…… 지금은 유월 라일락이 뜰앞에 한창이고 담 위에 장미는 벌써 봉오리가 앉았을 걸요."

이것이 남죽이 늘 즐겨서 외이는 '고래'속의 한 귀절이었으나 남죽의 대사는 이것으로서 그치는 것이 아니었다. 물 위에 둥둥 떠서 멀리 사라지는 찢어진 편지 조각을 바라보며 고향을 그리는 정은 줄기줄기 면면하였다.

"솔골서 시작해서 바다 있는 쪽으로 평야를 쭉 뚫은 흰 방축이 바로 마을 앞을 높게 내달고 있어요. 방축이라니 그렇게 긴 방축이 어디 있겠어요. 포풀러나무가 모여 서고 국제열차가 갈리는 정거장 근처를 지나 바다까지 근 십 리장간을 일직선으로 뻗혔는데도 인도교와 철교 사이를 거닐기에 두 이십 분이나 걸려요. 물 한 방울 없는 모래 개천을 끼고 내달은 넓은 둑은 희고 곧고 깨끗해서 마치 푸른 풀밭에 백묵으로 무한대의 일직선을 그은 것두 같구, 둑 양편으로 잔디가 쭉 깔린 속에 쑥이 나고 패랭이 꽃이 피어서 저녁해가

짜링짜링 쪼이면 메뚜기와 찌르레기가 처량하게 울지요. 풀밭에는 소가 누운 위로 이름 모를 새가 풀 위를 스치면서 얕게 날고 마을로 향한 쪽에는 조, 수수, 옥수수 밭이 연하여서 일하는 처녀 아이가 두어 사람씩은 보이죠. 여름 한철이면 조카 아이와 같이 염소를 끌고 그 둑 위를 거닐면서 세월없이 풀을 먹여요. 항구를 떠난 국제열차가 산모퉁이를 돌아 기적소리가 길게 벌판을 울려올 때 풀 먹던 소는 문득 뿔을 세우고 수염을 드리우고 에헤헤헤헤헤 하고 새침하게 한바탕 울어대곤 해요. 마을 앞의 그 둑을! 고향의 그 벌판을! 나는 얼마나 사랑하는지 몰라요. 그리운지 모르겠어요."

남죽의 장황한 고향의 묘사는 무대 위에서와는 또 다르게 고요한 강물 위를 자유롭게 흘러내렸다. 놀잇배에서 흘러나오는 레코오드의 음악이 속된 유행가가 아니고 만약 교향악의 반주였던들 남죽의 대사는 마디마디 아름다운 전원 교향악으로 들렸을 것이다. 그의 '전원교향악'에 취하였던 것은 아니나, 그의 고향에 대한——적어도 현재 이외의 생활에 대한 그리운 정이 얼마나 간절한가를 느끼며 현보는 속히 여비를 구해야 할것을 생각하면서 능라도요 반월도 사이의 여울로 배를 저어 올렸다. 얕아는 졌으나 센 물살을 거슬러 저으면서 섬에 오를 만한 알맞은 물기슭을 찾았다.

"첫 가을이면 송이의 시절——좀 이르면 솔골로 표송이 따라 가는 마을 사람들이 둑 위를 희끗희끗 올라가기 시작하겠어요. 봉곳이 흙을 떠받들고 올라오는 송이를 찾았을 때의 기쁨, 바구니에 듬직하게 따 가지고 식구들과 함께 둑길을 걸어 내려올 때면 송이의 향기가 전신에 흠뻑 배이지요.

풋송이의 향기——'고래'속의 라일락의 향기 이상으로 제겐 그리운 것이예요."

　듣는 동안에 보지 못한 곳이언만 현보에게도 그의 말하는 고향이 한없이 그리운 것으로 생각되었다. 모래 바닥이 보이는 강가로 배를 몰아놓고 섬 기슭을 잡으려할 때 배가 몹시 요동하는 바람에 꿈에 잠겼던 남죽은 금시에 정신이 깬 모양이었다. 백양 나무가 늘어선 사이로 새 풀이 우거져서 섬 속은 단 걸음에 뛰어들어가고도 싶게 온통 푸르게 엿보였다. 발을 벗고 물 속을 걷기도 귀찮아서 남죽은 뱃전에 올라서서 한 걸음에 기슭까지 뛰어 건너려 하였다. 뒤뚱거리는 배를 현보가 붙들기는 하였으나 원체 물의 거리가 먼데다가 남죽은 못미치는 다리에 풀뿌리를 밟은 까닭에 껑충 발을 건너자 배가 급각도로 기울어지며 현보가 위태하다고 느꼈을 순간 풀뿌리에서 미끌어지며 볼 동안에 전신을 물 속에 채워버렸다. 현보가 즉시 신발채로 뛰어들어 그의 몸을 붙들어 일으키기는 하였으나 전신은 물에 빠진 쥐였다. 팔에 걸린 몸이 빨랫짐 같이도 차고 무거웠다.

　하루의 작정이 흐려지고 섬의 행락이 틀어졌다. 소풍이 지나쳐 목욕이 된 셈이나 물에 빠진 꼴로는 사람들 속에 섞일 수도 없어 두 사람은 외따로 떨어져 섬 속의 양지를 찾았다. 사람들 엿보지 못하는 호젓한 외딴 곳에서 젖은 옷을 대충 말리우는 수밖에는 없었다. 현보는 신과 바지를 벗어서 널고 남죽은 속옷만을 남기고 치마 저고리를 벗어서 양지쪽 풀밭에 펴놓았다. 차라리 해수욕복이나 입었던들 피차에 과히 야릇한 꼴들은 아니었을 것이나 옷을 반씩들 벗은 이지러진 자태——

마치 꼬리와 죽지를 뽑히우고 물벼락을 맞은 자웅의 닭과도 같
은 허수한 꼴들은 한층 우스운 것이었다. 더구나 팔다리와 어
깨를 온전히 드러내고 젖어서 몸에 붙은 속옷 바람으로 풀밭
에 선 남죽의 꼴은 더욱 보기 딱한 것이어서 그 자신은 그다
지 시스러워 여기지 않음에도 현보는 똑바로 보기 어려워 자
주 외면하지 않을 수 없다.

별수 없이 그꼴 그대로 틀어진 반날을 옷 말리우기에 허비
하고 해가 진 후 채 마르지도 못한 축축한 옷을 떨쳐 입고 다
시 배를 젓고 내려올 때, 두 사람은 불시에 마주보고 껄껄껄
웃어댔다. 하루의 이지러진 희극을 즐겁게 끝막으려는 듯 웃
음소리는 고요한 저녁 강 위에 낭랑하게 퍼졌다.

그 꼴로 혼자 돌려보내기가 가여워서 현보는 그 길로 남죽
의 숙소에 들린 채 처음으로 밤이 으슥할 때까지 같이 지내게
되었다. 뜻속의 것이었던지 혹은 뜻밖의 것이었던지 그 날밤
현보는 또한 남죽과 모든 열정을 주고 받았다. 그것은 반드시
한쪽의 치우친 감정의 발작이 아니라 피차의 똑 같은 감정의
말하자면 공동합작이었으며 그 감정 또한 우연한 돌발적인 것
이 아니요, 참으로 칠 년전부터 내려오는 묵고 익은 감정의 합
류였다. 늦은 밤거리에 나왔을 때 현보는 찬란한 세상을 겪은
뒤의 커다란 피곤을 일시에 느꼈다.

일이 일인만큼 큰 경험 후에 오는 하루를 현보는 집에 묻힌
채 가지가지 생각에 잠겼다. 묵은 감정의 합류라고는 하더라도
하필 그 시간에 폭발된 것은 이때까지 피차에 감정을 감추고
시험해 왔던 까닭일까. 그런 감정에는 반드시 기회라는 것이
필요한 탓일까 생각하였다. 결국 장기간 시기를 두었다가 알

맞은 때를 가늠보아 피차에 훔쳐내인 감정에 지나지 않았다. 사랑이라기에는 너무도 어처구니 없는 것인지는 모르나 그러나 사랑이 아니라고 할 수도 없는 것이 비록 미래의 계획이 없는 한막의 애욕극이었다고는 하더라도 거기에 이르기까지는 오랜 시간의 양해가 있었던 것이라고 생각하였다. 남죽의 마음 또한 그러니는 생각하면서도 현보는 한편 남자된 욕심으로 남죽의 허랑한 감정을 의심도 하여 보았다. 대체 지난 칠 년 동안의 그에게는 완전히 괄호 안의 비밀인 남죽의 생활이 어떤 내용의 것이었을까 하는 것이었다. 그에게 있어서 간간이 생리의 정리가 필요하듯이 남죽에게도 그것이 필요하지 않았을까?

혹은 한번쯤은 결혼까지 하였다가 실패하였는지도 모르며 ──더 가깝게 가령 그와 다시 만나기 전에 친히 지냈던 민삼과는 깊은 관계가 없었을까 하는 생각이 갈피갈피 들었으나 돌이켜보면 그렇게 그의 결벽하기를 원하는 것은 순전히 자기 자신의 지나친 욕심이며 그것을 희망할 자격은 자기에게는 없다는 것을 느끼게 되었다. 괄호 안의 비밀, 그의 눈에 비치지 않은 부분이라고 결론하면서 그의 애정을 너그럽게 해석하려고 하였다.

값으로 산 애정은 아니었으나 남죽의 처지가 협착할 만큼 현보는 애정에 대한 일종의 책임을 느껴서 그의 여비 일건을 더욱 절실히 생각하게 되었다.

그를 오래도록 붙들어 둘 수 없는 이상 원대로 하루라도 속히 고향에 돌려보내는 것이 애정의 의무일 것같이 생각되었다.

여비를 갖춘 후에 떳떳이 만날 생각으로 그밤 이후 며칠 동안은 남죽을 찾지 않았다. 여비를 갖춘대야 생판 날탕인 현보에게 버젓한 도리가 있을 리는 없었다. 이미 친한 동무 준구에게 한번 청을 걸어 여의치 못한 이상 다시 말해 볼만한 알맞은 동무는 없었으며 그렇다고 그의 일신에 돈으로 바꿀만한 귀중한 물건을 지닌 것도 아니었다.

옳은 길이라고는 생각지 않았으나 별수 없이 남은 한 길을 취할 수 밖에는 없었다. 진종일을 노리다가 사랑 문갑에서 예금통장을 집어내기에 성공하였던 것이다. 은행과 조합의 통장이 허다한 속에서 우편예금 통장을 손쉽게 집어내서 도장까지 위조하여 소용의 금액을 감쪽같이 찾아내기는 하였으나 빽빽한 주의 아래에서 그것에 성공하기에는 온 이틀을 허비하였다. 가정에 대한 그 불측한 반역이 마음을 괴롭히지 않는 바도 아니었으나 그만한 희생쯤은 이루어진 애정에 대한 정성과 봉사의 생각으로 닦아버리려고 생각하였던 것이다.

그밤 이후 처음으로 만나는데 소용의 금액을 넌지시 내놓음이 받은 애정의 대상을 갚는 것도 같아서 겸연쩍기는 하였으나 한 편 돈을 가진 마음은 즐겁고 넉넉하였다. 마음도 가뿐하고 걸음도 시원스럽게 현보는 오후가 되어서 남죽의 여관을 찾았다.

여관 안은 전체로 캄캄하고 방에는 남죽의 자태가 보이지 않았다. 원체 아무 세간도 없는 방인 까닭에 텅빈 방 안을 현보는 자세히 살펴볼 것도 없어 문을 닫고 아마도 놀러 나갔으려니 하고 거리로 나왔다. 찻집과 백화점을 한 바퀴 돌고는 밤에 다시 찾기로 하고 우선 집으로 돌아왔을 때 뜻밖에 남죽의 엽서가 책상 위에 있었다.

연필로 적은 사연이 간단하게 읽혔다.

〈왜 며칠 동안 까딱 오시지 않았어요. 노여운 일 계세요. 여러 날 폐만 끼친 채 여비가 되었기에 즉시 떠납니다. 아마도 앞으로는 만나뵙기 조련치 않을 것 같아요. 내내 안녕히 계세요. 남죽 올림〉

돌연한 보고에 현보는 기를 뽑히우고 즉시로 뒷걸음 쳐서 여관으로 향하였다.

여러 날 안 왔다고는 칭원을 하면서 무슨 까닭에 그렇게도 무심하고 급스럽게 떠나버렸을까? 여비라니 닫다가 오십 원의 여비를 대체 어떻게 해서 구하였을까? 짜장 며칠 동안 카페 여급 노릇이라도 한 것일까——여러 가지로 생각하면서 여관에 이르러 다시 방문을 열어보았을 때 아까와 마찬가지로 텅 빈 것이었으나 그런 줄 알고 보니 사실 구석에 가방조차 없었다. 경솔한 부주의를 내책하면서 그제서야 곡절을 물어보려 안문에 서서 주인을 찾았다.

궂은 일을 하던 노파는 치맛자락으로 손을 훔치면서 한마디 불어대고 싶은 듯도 한 눈치로 뜰안에 나서며 간밤에 부랴부랴 거둬 가지고 떠났다는 소식을 첫마디에 이르고는 뒤슬뒤슬 속있는 웃음을 띄웠다.

"그게 대체 여배우요, 여학생이요? 신식 여자들은 겉만 보고 알 수가 없으니."

무슨 소리를 하려는 수작인고 하고 그다지 반갑지는 않았으나 현보는 잠자코 있을 수만 없어서,

"여학생으로두 보입디까?"

되려 한 마디 반문하였다.

"그럼 여배우군. 어쩐지 행동거지가 보통이 아니야. 아무리

시체 여학생이기루 학생의 처신머리가 그럴까 했더니 그게
여배우구료.”
“행동이 어쨌단 말요.”
“하긴 여배우는 거반 그렇답디다만.
말이 시끄러워질 눈치여서 현보는 귀찮은 생각에 말머리를
돌렸다.
“식비는 다 치뤘나요?”
그러나 그 한 마디가 도리어 풀숲의 뱀을 쑤신 셈이었다. 노
파의 말주머니는 막혔던 봇물같이 한꺼번에 터져나오기 시작
하였다.
“식비 여부가 있겠우. 푸른 지전이 지갑 속에 불룩하던데.
수단두 능난은 하련만 백만장자의 자식을 척척 끌어들이는
걸 보문 여간 내기가 아닌, 한다 하는 난군입디다. 그런 줄
알구 그랬는지 아무래두 첫눈에 후려낸 눈친데 하룻밤 정을
줘두 부자 자식이 좋거든. 맨숭한 날탕이던 것이 하룻밤 새
에 지전이 불룩하게 쓸어 든단 말요. 격이 되기는 됐어. 하
룻밤을 지냈을 뿐 이튿날루 살랑 떠난단 말요.”
청천의 벼락이었다. 놀랍고 어처구니가 없어서 노파의 입을
쥐어 박고도 싶었으나 그러나 실성한 노파가 아닌 이상 거짓
말도 아닐 것이어서 현보는 다만 벌렸던 입을 다물 수 없었다.
“백만장자의 자식이라니 누 누구란 말요?”
아마도 말소리가 모르는 결에 떨렸던 성싶었다.
“모르시오? 김장로의 아들 말이외다. 부랑자로 유명한……”
현보는 아찔해지며 골이 핑 돌았다.
더 물을 것도 없고 흉측한 노파의 꼴조차가 불현듯이 보기

싫어져서 뒤도 돌아보지 않고 허둥지둥 여관을 나와 버렸다.

"그것이 여비의 출처였던가."

모르는 결에 입술이 찌그려지며 제 스스로를 비웃는 웃음이 흘러나왔다.

김장로의 아들이라면 며칠 전 '빠아'에서 돌연히 남죽에게 춤을 청한 놈팽이인데 어느 결에 그렇게 쉽게 교섭이 되었던가. 설사 여비를 구하기 위한 수단이라고 하더라도 어둠의 여자와 다를 바가 무엇인가 생각할 때 무서운 생각이 전신에 소름이 쭉 돋으며 허전허전 꼬이는 다리에 그 자리에 쓰러져 울고도 싶었다.

남죽은 그렇게까지 변하였던가. 과거 칠 년 동안 괄호 속의 비밀까지 한꺼번에 눈앞에 보이는 듯하여 현보는 속았다는 생각만이 한결같이 들어 온전히 제 정신없이 거리를 더듬었다.

우울하고 불쾌하고——미칠 듯도 한 며칠이었다. 칠 년 전부터 남죽을 알아온 것을 뉘우치고 극단이고 무엇이고를 조직하려고 한 것조차 원되었다. 속히운 것은 비단 마음뿐이 아니고 육체까지 임을 알았을 때 현보는 참으로 미칠 듯도 한 심정이었던 것이다.

육체의 일부에 돌연히 변고가 생기기 시작한 것은 나흗날무터였으나 첫경험인 현보는 닫다가의 변화에 하늘이 뒤집힌 듯이나 놀랐고 둘째 그 생리적 고통은 견딜 수 없이 큰 것이었다. 몸에는 추잡한 병증이 생기며 용변할 때의 괴로움이란 살을 찢는 듯도 하여 이루 헤아릴 수 없었다. 세상에서 흔히 말하는 병이 바로 이것인가 보다고 즉시 깨우치기는 하였으나 부끄러운 마음에 대뜸은 병원에도 못가고 우선 매약점에 들렸다가 하는 수 없이 그 길로 의사를 찾았다. 진찰의 결과는 예측과 영락없이 들어맞아서 별수 없이 의사의 앞에서 눈을 감고 부끄러운 치료를 받기 시작하면서 찡그린 마음속에는 한결같이 남죽의 자태가 떠올랐다.

마음과 몸을 한꺼번에 속인 셈인 셈이나 남죽은 내체 그런 줄을 알았던가 몰랐던가.

처음에는 감격하고 고맙게 여겼던 애정이었으나 그렇게 된 결과로 보면 일종의 애욕의 사기로 밖에는 생각되지 않았다. 칠팔 년 전 건강하고 아름다운 꿈으로 시작되었던 남죽의 생애가 그렇게 쉽게 병들고 상할 줄은 짐작도 할 수 없었던 것이다. 굳건한 꿈의 주인공이 칠 년 후 한다 하는 밤의 선수로 밀려 떨어질 줄은 생각할 수 없었던 것이다.

아담하던 꽃은 좀이 먹었을 뿐이 아니라 함빡 병들어 상하기 시작하지 않았던가.

책점 대중원 뒷방에서 겨울이면 화롯전을 끼고 앉아서 독서에 열중하다가 이론 투쟁을 한다고 아무나 붙들고 채 삭이지도 못한 이론으로 함부로 후려대다가는 이튿날로 학교의 사건을 지도한다고 조금 출출한 동무들이면 모조리 방에 끌어다가는 이론과 토의가 자자하던 칠 년 전의 남죽의 옛일을 생각할 때 현보는 금할 수 없는 감회에 잠기며 잠시는 자기 몸의 괴로움도 잊어버리고 오늘의 남죽을 원망하느니 보다는 그의 자태를 측은히 여기는 마음이 끝없이 솟았다.

어린 꿈의 자라가는 것이 여러 갈래일 것이나 그 허다한 실례 속에서 현보는 공교롭게도 남죽에게서 가장 측은하고 빛나간 한 장의 표본을 본 듯도 하여서 우울하기 짝이 없었다.

부정한 수단을 써 가면서까지 여비로 만든 오십 원 돈이 뜻밖에도 망측한 치료비로 쓰이게 된 것을 생각하고 그 돈의 기구한 운명을 저주하면서 답답한 마음에 현보는 그날 밤 초저녁부터 빠아에 들어가 잠겼다. 거기에서 또한 우연히도 문제의 거리의 부랑자 김장로의 아들을 한자리에서 마주치게 된 것은 얼마나 뼈저린 비꼬움이었던가. 반지르르 하면서도 유들유들한 그 꼬락서니가 언제 보아도 불쾌하고 노여운 것이었으나 그러나 남죽 자신의 뜻으로 된 일이었다면 그도 하는 수 없는 노릇이며 무엇보다도 그 당장에서 그 녀석을 한 대 먹여서 꼬꾸라뜨릴 만한 용기와 힘 없음이 현보에게는 슬펐다. 녀석도 또한 그 자리로 현보임을 알아차리고, 가소로운 것은 제 술잔을 가지고 일부러 현보의 탁자에 와 마주앉으며 알지 못할 웃음을 띄는 것이다.

"이왕 마주 앉았으니 술이나 같이 듭시다."

어느 결엔지 여급에게 분부하여 현보의 잔에도 술을 따르게 하였다. 희고 맑은 그 양주가 향기로 보아 솔내 나는 '찐'인 것이 바로 그 밤과 같은 것이어서 이 또한 우연한 비꼬움으로밖에는 생각되지 않았다.

"……이렇게 된 바에 무엇을 속이겠소. 디놓고 밀이지 사실 내겐 비싼 홍정이었소. 자랑이 아니라 나도 그 길엔 상당히 밝기는 하나 설마 그런 흠이 있을 줄이야 뉘 알았겠소. 온전히 홀리운 셈이지. 그까짓 지갑쯤 털리운 거야 아까울 것 없지만 몸이 괴로와 못 견디겠단말요. 허구한 날 병원에만 다니기두 창피하구, 맥주가 직효라기에 날마다 와서 드리켰으나 이 몸이 언제나 개운해 질는지……"

술잔을 내고는 얼굴을 찡그리고 쓴웃음을 띠우는 것을 보고
는 녀석을 해낼 수도 없고 맞장구도 칠 수도 없어서 현보는
얼떨떨할 뿐이었다.

"당신두 별수 없이 나와 동류항일 거요. 동류항끼리 마음을
헤치구 하룻밤 먹어봅시다그려."

하면서 굳이 술잔을 권하는 것이다.

현보는 녀석의 면상에 잔을 던지고 그 자리를 일어나고도
싶었으나——실상은 웃지도 못하고 울지도 못할 난처한 표정
대로 그 자리에 빠지시 앉아 있을 수 밖에는 없었다.

緣陰의 香氣

　꽃은 다 좋은 것이요. 길 바닥에 밟히우는 하찮은 한 송이라
도 버리기 어려운 것이지만 꼭 한 가지만을 고르려면 장미를
취할까.

　모양이며 빛깔이며 향기며 장미는 뭇꽃을 대표할 만하다. 장
미의 상징이 고통되고 단일함도 그 까닭일 듯하다. 장미의 호
화로운 특징은 누구에게나 직각적이요. 선명하다. 버언즈가
노래한 장미도 르노와아르가 그린 장미도 그 속 뜻과 상징은
같은 것이다.

　동무의 집뜰에 봄부터 줄기 장미가 놀랍게 서린 것을 부리
워 여겼더니 기어이 두어 주일 병석에 눕게 되어 그 장미를
여러 차례나 선사로 받게 되었다. '아침 일찌기 뜰에 나가보니
이렇게 크고 고운 게 피었기에 혼자서 보기가 아까와 몇 가지
보냅니다. 귀엽게 보아 주세요.'하는 글발과 함께 분홍과 주황
과 연지빛의 각각 탐스러운 송이 송이를 베어서 아이를 시켜

서 보내왔다. 무슨 선사인들 꽃만큼 좋으랴. 연지빛 송이를 바라보며 나른한 기력에도 정신이 새로와 짐을 느꼈다. 꽃을 볼 때와 음악을 들을 때같이 사람이 산 보람을 느끼는 때는 없을 듯하다.

자리에서 일어나 그를 찾으니 뜰 안 군데군데에 줄기줄기 피어오른 만송(萬宋)의 화려함이 이루 방 안에서 꽂은 꽃송이를 바라볼 때의 운치가 아니다. 장미는 호화로운 잔치상이다. 자연의 커다란 사치다. 욱욱(郁郁)한 향기가 숲속에 서렸다.

장미 냄새는 늘 무슨 냄새 같을꼬 생각하면서 송이를 코끝에 시험해 보니 쉽게 떠오르지 않는다. 과실 냄새 같음에는 의견이 일치되나 무슨 과실이라고는 아무도 대번에 단정하지 못한다. 한참이나 후에야 나는 비로소 그것이 별것 아닌 서양 배(梨)의 냄새인 것을 큰 발견이나 한듯이 냄새——그것은 동양의 냄새는 아니다. 장미의 냄새는 바로 구라파의 냄새인 것이다. 동양의 아무 냄새도 그 같은 것이 없다. 장미는 바로 그곳의 것이다.

장미를 보내는 예의도 또한 그런 것일까. 붉은 장미를 보내나 흰 장미를 보낼 때 바로 보내는 이의 정감의 표현이라는 것일까. 이방의 풍속의 여하는 모르나 장미의 선물은 바아트렛의 냄새와 같이 웬일인지 이국적인 것으로 느껴짐이 사실이다.

장미가 뭇꽃 중에서 으뜸가듯이 장미의 선물은 보다 더 반갑고 좋다. 향기와 함께 그 상징이 무엇보다도 아름다운 까닭이다.

개 살 구

　서울집을 항용 살구나뭇집이라고 부르는 것은 바로 집 뒤에
아람드리 살구나무가 서 있는 까닭인데 오대 선조부터 내려온
다는 그 인연 있는 고목을 건사할 겸 지은 집이언만 결과로
보면 대대로 내려오는 무준한 그 살구나무가 도리어 그 아래
의 집을 아늑하게 막아주고 싸주는 셈이 되었다. 동네에서 제
일 먼저 꽃 피는 것도 그 살구나무여서 한참 제철이면 찬란한
꽃송이와 향기 속에 온통 집은 묻혀 무르녹은 꿈을 싸주는 듯
도 하지만 잎이 피고 열매가 맺기 시작하면 집은 더한층 그 속
에 묻혀버려서 밖에서는 도저히 집 안을 엿볼 수 없는 형세가
되었다.
　살구나뭇집이라도 결국은 하늘아래 집이니 그 속에 살림살
이가 있을 것은 다 같은 이치나 그 살림살이가 어떠한 것이며
그 속에서는 허구한 날 무엇이 일어나는지 외따로 떨어진 그
집안의 소식을, 호젓한 나무 아래 사정을 동네 사람들이 알아

낼 수는 없었다. 모든 것이 나무 속에 감추어져서 하늘의 별조차도 나무 아래 지붕은 고사하고 나무를 뚫고 속사정을 엿볼 수는 없었다. 푸른 열매가 익어갈 때 참살구 아닌 그 개살구의 양는 보기만 하여도 어금니에 군물이 돌았다. 집 안의 살림살이도 별수 없이 어금니에 군물도는 그 개살구의 맞일는지도 모르나 그 살구를 훔치러 사람들은 집 뒤를 갸웃거리기가 일쑤였다.

도시 함석집이라고는 면내에서는 면소와 주재소, 조합과 학교, 그리고는 서울집이어서 사치하기로는 기와집 이상으로 보였다. 장거리와 뒷마을과의 사이의 넓은 터전은 거의 다 김형태의 것이어서 그 한복판에다 첩의 집을 세웠다 한들 관계할 바 아니나 푸른 논 가운데 외따로 우뚝 서 있는 까닭에 회벽 함석지붕의 그 한 채가 유독 눈에 띄고 마음을 끌었다. 오대산에 채벌 장이 들어서면서부터 박달나무의 시세가 한참 좋을 때에는 산에서 벤 나무토막을 실은 우찻바리가 뒤를 이어 대관령을 넘었다. 강릉 주문진 항구에 부려만 놓으면 몇 척이든지 기선에 싣고는 철로 공사가 있다는 이웃 항구로 실어 나르곤 하였다.

오대산 속에 산줄기나 가지구 있던 형태는 버리는 것인 줄만 알았던 아람드리 박달나무 덕택에 순시에 돈벼락을 맞게 되었다. 논섬지기나 더 늘이게 된 것도 그 판이었고 살구나뭇집을 세운 것도 그 때였다. 학교에 돈 백이나 기부하여 학무위원의 이름을 가졌고 조합의 신용을 얻어 아들 재수를 조합의 서기로 취직시킨 것도 물론 그 무렵이었다. 흰 회벽의 집이 야청으로서 밖에는 소용이 없다고 생각하였던 동네 사람들은 그

깎은 듯이 아담한 집 격식에 눈을 굴렸다.

뜰 안에 라디오의 안테나가 들어서고 유성기의 노래소리가 밤낮으로 흘러나오게 되었을 때에는 혀를 말았다. 박달나무가 가져온 개화의 턱찌끼에 사람들은 온통 혼을 뽑히웠던 것이다. 뒷마을 기와집 큰댁과 앞마을 살구나뭇집 작은댁과의 사이를 한가하게 어슬렁어슬렁 거니는 형태의 양을 사람들은 전과는 다른 것으로 고쳐보기 시작하였다.

꿈속 같은 호사스런 그 속에서도 가끔 변이 생겨 서울집은 두번째 댁이었다. 첫댁은 집이 서기가 바쁘게 강릉서 데려온 지 해를 못 넘기고 달밤에 도망을 쳐버렸다. 동으로 대관령을 넘어서 강릉까지는 팔십 리의 길이었다. 아침에 그런 줄을 알고 뒤를 쫓는대야 헛일이었으며 강릉에 친가가 있는 것이 아니라 온전히 뜬 사람이었던 까닭에 찾을 길이 막막하였다.

다른 사내가 있었다는 말도 듣기도 하여 형태는 영동을 단념해 버리고 이번에는 앞대를 생각하게 되었다. 서로 서울까지는 문재 전재를 넘고 원주 여주를 지나 오백 리의 길이었다.

이틀 동안이나 자동차에 흔들려서 첫 서울의 길을 밟은 지 거의 달포만에 꽃 같은 색시를 데리고 첩첩한 산을 넘어 돌아왔다. 뜨물같이 허여멀쑥한 자그만하고 야물어진 서울 색시를 앞대 물을 먹으면 인물조차 그렇거니만 생각하면서 사람들은 자동차에서 내리는 그를 줄레줄레 둘러본다. 하기는 그만한 인물이 시골에까지 차례지게 되기까지에는 상당한 물재의 희생이 있었으나 형태는 그번 길에 속사리 버덩의 일곱 마지기를 팔아버렸던 것이다. 들고나게 된 한 가호를 살려 주고 그 값으로 외딸을 받아가지고 왔다는 소문이었다. 장안에서도 일색이 있다는 서울집이 시골와서 절색임은 물론이었고 마을 사람들은 마치 여자라는 것을 처음보는 것과도 같이 탄복하고 수군들 거렸다.

첫번 강릉집의 경우도 있고 하여 형태는 단속이 무서웠다. 별수 없이 새장에 갇힌 새의 신세였다. 형태는 집안 재미에 마음을 잡고는 즐겨하던 투전관대에도 섞이는 법 없이 육중한 몸을 유들유들하게 서울집에 박혀있는 날이 많았다. 검은 판장으로 둘러친 울과 우거진 살구나무와는 굳은 성벽이어서 안에서도 짐작할 수 없으려니와 밖에서 엿볼 수도 없었다. 그러나 단속이 심하면 심할수록 갇혀있는 사람의 마음은 한층 허랑하게 밖으로 나간 강릉집이 산 너머 읍을 그리워하듯이 서울집 또한 영첩한 산을 넘어 앞대를 그리워하는 심정은 일반이었다.

집에 든 지 달포도 채 못 되어서 하룻밤은 별안간에 헛소동이 일어났다. 서울집이 집 안에 없음을 깨닫고 형태가 어떨결에 도망이라고 외쳤던 까닭에 이웃 사람들은 호기심도 솟고 하여 일제히 퍼져 도망간 서울집을 찾으러 들었다.

마침 그믐밤이어서 마을은 먹을 뿌린 듯이 어두운데 각기 초롱에 불들을 켜가지고 웬만한 곳은 샅샅이 헤매었다. 어두운 속 군데군데에서 초롱불이 반디불같이 움직이며 두런두런 말소리가 흘러왔다. 외줄 신작로를 동과 서로 몇 마장씩 훑어보고는 닥치는 대로 마을 안을 온통 뒤졌다.

뒷마을서부터 차례차례로 산기슭 수수밭 과수원을 들치고 앞으로 나와 성황 숲에서는 느름나무와 느티나무의 테두리를 샅샅이 살피고 거리를 사이로 아래위로 훑어보고는 냇가의 숲속과 물레방앗간을 뒤졌으나 종시 서울집의 자태는 보이지 않았다. 설레는 마음에 앞장을 서서 휘줄거리던 형태는 홧김에 초롱을 던지고는 말도 없이 발을 돌렸다. 뒤를 따르는 사람들도 입맛을 다시면서 풀린 맥에 초롱을 내저으며 자연 걸음이 느려졌다.

아무래도 서쪽으로 길을 들었을 것이 확실하니 날이 밝으면 강릉서 오는 자동차로 뒤를 쫓는 것이 상수라고 공론들이었다. 강릉집 때에 혼이 난 형태는 실망이 커서 그렇게라도 할 배짱으로 한시가 초조하였다. 담배들을 피우면서 웅얼웅얼 지껄이며 돌밭을 지나 물가에 이르렀을 때에 앞을 섰던 형태가 불시에 주춤하면서 걸음을 멈추고 어둠 속을 노렸다. 한 사람이 초롱불을 앞으로 핵 내밀었을 때 물 속에서는 첨버덩 소리가 나며 싯허연 고래가 한 마리 급스럽게 숲속으로·뛰어들어 갔다.

어둠 속에서도 유난스럽게 희고 퍼들퍼들한 몸뚱어리였다. 의외의 곳에서 그날 밤 사냥에 성공하고 마을길을 더듬어올 때 모두들 웃음에 허리를 꺾을 지경이었다. 도망했다고만 법석을 한 서울집은 좀체 나오기 어려운 기회를 타서 혼자 시냇가에 목물을 나왔던 것이다. 벌써 일 년 전의 일이었으나 그 일이 있는 후로 형태는 서울집의 심중에 직이 안심되어 덮어놓고 의심하지는 않게 되었다.

집안 사람들의 출입도 잦지 못한 집안은 언제든지 고요하고 캄캄하여서 그 속에 무슨 일이 일어나며 변이 생기는지 알 도리가 없었다. 푸른 살구가 맺혀 그것이 누렇게 익어갈 때면 마을 사람들은 드레드레 달린 개살구를 바라보고 모르는 결에 어금니에 군물을 돌리군 할 뿐이었다.

1

들에 보리가 익고 살구도 누런 빛을 더하여 갔다. 달무리가 있는 이튿날 아침 뒷마을 샘물터는 온통 발끈 뒤집혔다.

당초에 말을 낸 것은 맨 처음 물 이러 온 금녀였고 그의 말을 들은 것이 다음에 온 재천이었다. 재천이는 이어 온 춘실네에게 그것을 귀뜸하고, 춘실네는 괘사 옥분에게 전하고, 옥분은, 히히덕거리며 방앗집 새댁에게 있는 대로 털어버렸다.

간밤의 변사는 순식간에 입으로 온통 번설되고야 말았다. 뒤를 이어 모여든 한패는 물을 길어가지고는 냉큼 갈 줄을 모르고 물동이를 차례차례로 샘전에 논 채 어느 때까지나 눈길을 힐끗거리면서 뒤숭숭하게 수근거렸다. 한번 말문이 터지면 좀체 수습하기 어려워서 있는 말 없는 말 주서 섬기는 동안에 아침 시중이 늦어지는 줄도 모르고 횡설수설이었다. 새침떼기이던 방앗집 새댁도 제법 말주머니어서 뒤에 오는 축들을 붙들고는 꽁무니가 무겁게 어느 때까지나 말질이었다.

"세상에 그런 법도 있을까. 집 안이 언제나 캄캄하기에 수상하다고는 노렸으나——하필 김서기일 줄야 뉘 알았을고. 환장이지 그럴 수가 있나. 무서워라."

두 동이째 물을 이러 온 금녀는 아직도 우물터가 와글와글 뒤끓는 것을 보고 별안간 무서운 생각이 들었다. 처음으로 말을 낸 경솔을 뉘우쳤으나 그러나 한번 낸 말을 다시 입 안으로 걷어들일 수는 없는 노릇이었다. 청을 받는 대로 간밤의 변

을 몇 번이고 간에 되풀이하는 수 밖에는 없었다. 되풀이하는
동안에 하긴 마음은 대담하여 가고 허랑하여졌다.

"아마도 무엇에 홀렸던 게지. 아무리 달이 밝기로서니 아닌
밤에 살구생각은 왜 나겠수 살구 도둑간 것이 끔찍한 것을
보게 된 시초니."

금녀가 하필 그밤에 살구나뭇집 살구를 노린 것은 형태가
마침 며칠 전에 읍내로 면장 운동을 떠난 눈치를 알아챈 까닭
이었다. 개굿은 그가 출타한 이상 집을 엿보기쯤은 어려운 노
릇이 아니었다.

논길을 살며시 숨어들어 살구나무에 기어올라 우거진 가지
속에 몸을 감추기는 여반장이었으나 교교하게 밝던 보름달이
공교롭게도 별안간 흐려지면서 누리가 금시에 캄캄하여 간 것
은 마치 무슨 조화나 붙은 것 같았다. 알고 보니 그날 밤이 월
식이어서 그때 마침 온통 어두워진 하늘에서는 검은 개가 붉
은 달을 집어먹으려고 노리고 있는 중 이었다. 모든 것이물 속
에 빠진 듯이나 고요하고 어두운 가운데에서 길을 잃은 듯한
박쥐의 떼가 파닥파닥 날아들고 뒷산의 부엉이소리가 다른 때
보다 한층 언짢게 들렸다.

멀리서 달을 보고 짖는 개의 소리가 마디마디 가지러지게
흘러왔다. 지척을 분간할 수 없는 나뭇잎 속에서 금녀는 불길
한 생각에 몸서리를 치면서 살구 생각도 없어지고 나뭇가지를
바싹 붙들었다.

변이라도 일어날 듯한 흉한 밤이었다. 하늘의 개는 붉은 달
을 입에 넣고 게웠다 물었다 하다가 드디어 온전히 삼켜버리
고야 말았다. 천지는 그대로 몽땅 땅 속에 묻혀버린 듯이 새까

많고 답답하여졌다. 부엉이 울음도 개 짖는 소리도 어느 결엔지 그쳐진 캄캄한 속에서 금녀는 무서운 김에 팔 위에 얼굴을 얹고 차라리 눈을 감아버렸다. 눈을 감으면 한결 귀가 밝아져서 어느 만 때는 되었는지 으슥한 속에서 문득 웅얼웅얼하는 사람의 속삭임이 들렸다. 정신이 귀로만 쏠릴수록 말소리도 차차 확실해져서 바로 살구나무 아랫편 뒤안 평상 위에서 들려오는 것인 줄을 알았다. 방 안에는 등불이 켜지지 않았고 나무에 오르자 월식이 시작된 까닭에 당초부터 그 아래에 사람이 있는 줄은 몰랐던 것이다.

비록 얕기는 하여도 굵고 가는 한쌍의 목소리가 남녀의 목소리 임에는 틀림없었다. 여자의 목소리는 서울집의 것이라고 하고 남자의 목소리는 누구의 것일까. 부엌 일하는 점순이 외에는 남자의 출입이라고는 큰댁 식구들도 마음대로 못하는 형편에 아닌 밤에 서울집과 수군거리는 사내는 누구일까 하고 금녀는 무서움도 잊어 버리고 이번에는 솟아오르는 호기심에 정신을 바짝 차리고 어둠 속을 노리기는 하나 워낙 어두운 데다가 나뭇잎이 우거져서 좀체 분간하기 어려웠다.

무시무시하면서도 한 편 온몸이 근실근실하여서 침을 삼키면서 달이 밝아지기를 조릿조릿 기다렸다. 이윽고 하늘 개는 먹었던 달덩이를 옳게 삭이지 못하고 불덩어리 채로 왈칵 게워 버리고 어느 결엔지 온전한 보름달로 변하여 갔다.

하늘의 변화를 우러러보던 금녀는 어느 결엔지 환히 들어난 제 꼴에 움츠러들며 나무 아래를 날쌔게 나뭇잎 사이로 굽어보다가 별안간 기겁을 할 듯이 외면하여 버렸다.

수풀 속에서 뱀을 만났을 때의 거동이었다. 뒤안에 내논 평상 위에 뱀 아닌 남녀의 요염한 꼴을 보았기 때문이었다. 처녀인 금녀로서는 처음보는 보아서는 안될 숨은 광경이었다. 그러나 더 놀라운 것은 그 남녀가 서울집과 조합의 김서기 재수란 것이다.

서울집의 소문은 이러쿵저러쿵 기왕부터 있기는 있어서 이제는 벌써 등하불명으로 모르는 부처님은 남편 형태뿐이라는 소문은 소문이었으나 사내가 재수일 줄야 그 아무도 짐작하지 못한 바이며 그러기 때문에 금녀의 놀람은 컸다. 너무도 어처구니가 없어 다시 한번 무시무시한 아래를 훔쳐보았으나 속일 수 없는 밝은 달은 사정이 없었다.

금녀는 그것을 발견한 자기 자신이 큰 죄나 진 것도 같아서 몸서리를 치면서 애비 아들의 기구한 인연을 무섭게 여겼다. 그들 둘이 아는 외에는 하늘과 땅만이 알 남녀의 속일을 귀신 아닌 금녀가 엿볼 줄야 어찌 짐작인들 하였으랴.

하기는 그래도 달을 두려워함인지 뒤안이 훤히 밝아지자 남녀는 평상에서 내려와서 방 안으로 급스럽게 들어가는 것이었으나 어지러운 그 뒤꼴들을 바라볼 때 금녀는 다시 새삼스럽게 무서워지며 하늘이 벼락을 내린다면 바로 이런 곳이 아닐까 하고 머리꼴이 선뜻하여져서 살구 생각도 다 잊어버리고 부리나케 니무를 미끌이져 내려왔다. 논길을 빠져 집싸시는 서의 단숨에 달렸다. 밤이 늦도록 잠 한숨 못 이루고 고시랑고시랑 컴컴한 벽을 바라볼 뿐 하늘과 땅만이 아는 속일을 알았다는 두려움이 한결같이 가슴 속에 물결쳤다.

그러나 시원한 아침을 맞아 샘물터에서 동무를 만났을 때는 웅켰던 마음도 적이 누그러져 허랑하게 그만 입을 열게 되었다. 하기는 그 끔찍한 괴변은 차라리 같이 알고 있는 것이 속편한 노릇이지 혼자 가슴 속에 담아두기에는 너무도 무서운 것이었다.

그날은 샘터도 별스러히 소란하여서 아침물이 지내고는 조금 뜸 하더니 낮쯤해서 또 한바탕 들끓고야 말았다. 꽤 먼 마을 한 끝에서까지 길어가는 샘이므로 모이는 인물들도 허다한 속에 대개 아침 인물이 한 두사람씩은 끼어 있었다.

"사내가 그른가 계집이 그른가——하긴 그런 일에 옳고 그른 편이 있겠소만."

"터가 글렀어. 강릉집 때에도 어디 온전히 끝장이 났수. 오대를 내려온다는 그놈의 살구나무가 번번이 일을 치거든." 이렇게 수근거리는 패도 있었다.

"핏줄에서 난 도둑이니 누구를 한하겠소만 면장 운동인가 무언가를 떠난 것이 불찰이지 버젓이 앉아 있는 최면장을 떼고 그 자리에 대신 들어앉으려니 그런 억지가 어디 있수. 박달나무 덕에 돈 벌고 땅 샀으면 그만이지 면장은 해 무엇한단 말요. 과한 욕심낸 죄로 하면야 싸지. 군수하고 단짝이라나. 이번 길에도 꿀 한 초롱과 버섯 말이나 가지고 간 모양인데 쉬이 군수가 갈린다는 소문이니까 갈리기 전에 한몫 얻으려고 바싹 붙은 모양이야."

"애비보다두 자식이 못나고 불측한 탓이 아니오. 장가든지 불과 몇 달 전에 아내를 두들겨 쫓다니 그 짓이란 말야. 춘천 가서 웃학교를 칠 년만에 마친 위인이니 제 구실을 할 수야 있겠소? 조합서기도 애비 덕에 간신히 얻어한 것이 아니오?"

"자식과 원수된 것을 알면 형태는 대체 어떻게 할꼬."

샘물 등지에는 돌배나무 한 포기가 서 있었다. 돌팔매를 던져 풋배를 와르르 떨어서는 뜻없이 샘물 속에 집어던지면서 번설들이었다.

"이자리에서만 말이지 까딱 더 번설들 맙시다. 형태 귀에 들어갔단 큰일 날테니."

민망한 끝에 발설을 한 것이 춘실네였다. 그러나 저녁 때도 되기 전에 또 점순에게 그것을 귀띔한 것도 춘실네였다.

서울집 부엌데기로 있는 점순은 전날 밤을 집에서 지내고 아침에 일찌기 나가 진종일 집에서만 일을 한 까닭에 그 괴변을 보지도 듣지도 못하였다. 다시 집으로 갔다가 저녁참을 대고 나올 때에 수수밭 모퉁이에서 춘실네를 만나 들으니 초문이었다. 재수는 전에 그에게도 한번 불측한 눈치를 보인 일이 있어 그의 버릇은 웬만큼 짐작은 하는 터였으나 변이 변인 만큼 가만있을 수도 없어 그 걸음으로 다시 집에 들어가 남편 만손에게 전하고 내친 걸음에 거리로 나가 가게 보는 태인에게도 살며시 띠어 주었다. 태인과는 만손 몰래 정을 두고 지내는 사이였다.

태인은 가게에 모이는 사람들에게 한 두마디씩 지껄이게 되고 만손은 그날 저녁 형태네 큰사랑에 마을 가서 모이는 농군들에게 말을 펴놓게 되었다.

이렇게 하여 소문은 하루 동안에 재빠르게도 마을 안에 쫙 퍼지게 되었다. 이제는 벌써 당사자 두 사람과 출타한 형태만이 몰랐지 마을 사람은 모두 형태 큰댁까지도 사랑 농군에게서 들어 알게 되었다.

큰댁은 놀라기는 무척 놀랐으나 제 자식의 처신머리가 노여운 것보다도 서울집의 빗나간 행동이 더 고소하게 생각되었다. 염라대왕에게 서울집 속히 데리고 가기를 밤낮으로 비는 큰댁은 남편이 돌아와 어떻게 이 일을 조치할까에 쏠리는 까닭이었다.

<h1 style="text-align:center">2</h1>

그날 밤은 열 엿샛날 밤이어서 간밤같이 월식도 없고 조금 늦게는 떴으나 달이 밝았다. 샘터 축들은 공연히 마음이 들떠서 달밤을 잠자코 지내기 어려운 속에서 옥분은 드디어 실무죽한 금녀를 충동여서 끌어내고야 말았다. 하룻밤 더 살구나무를 엿보자는 것이었다.

옥분은 금녀보다도 바라지고 앙도라져서 금녀가 모르는 세상을 벌써 재빠르게 엿본 뒤였다. 오대산에서 강릉으로 우차를 몰아 재목을 실어 나르는 박도령과는 달에 불과 몇 번밖에는 만날 수 없어서 그가 장날 장거리까지 내려오거나 그렇지 못하면 옥분이 웃마을 월정 거리까지 출가 전에 눈을 훔쳐가지고 올라가지 않으면 안되었다.

그런 때에는 대개 밭에 일하러 간다고 말하고 근 오릿길을 걸어 올라가 월정사에서 나오는 길과 신작로가 합하는 곳에서 박도령을 기다렸다가 조이밭머리나 개울가에 가서 묵은 회포를 이야기 하곤 하였다. 나중에 어떻게 되리라는 계책도 서지 못한 채 다만 박도령에 임금만을 믿고 늘 두근거리는 마음에 위험한 눈을 훔치곤 하였다. 한 이태 더 모아서 돈 백이나 모이거든 강릉에 가서 살자고 번번이 언약을 하고 우차를 몰고 대관령 쪽으로 느릿느릿 이어가는 뒷모양을 바라볼 때 번번이 가슴이 찌르르하였다.

거듭 만나는 동안에 남녀의 정이라는 것을 폭 안 옥분은 금녀와는 달라서 남녀의 세상에 유달리 마음이 쏠렸다.

금녀와 둘이 뒷마을을 나와 밭길을 들어갔을 때 달은 한창 밝아서 옥수수 수염과 피마주 대궁이 새빨갛게 달빛에 어리었다.

논둑에서 기다리고 있는 점순을 만나 한패가 되어서 지름길을 들어서 살금살금 살구나무께로 향하였다. 사특한 마음으로가 아니라 주인집 동정을 살펴서 잘 알고 있음이 부리우는 사람으로서 마땅한 일 같아서 점순은 저녁 시중이 끝나자 약조 하였던 금녀들을 기다리러 논둑에 나와 앉았던 것이다.

말 없는 나무는 간밤이나 그 밤이나 같은 태도 같은 표정이었다. 금녀는 같은 나무에 두 번 오르기 마음이 허락지 않아 혼자 나무 아래서 망을 보기로 하고 점순과 옥분을 올려보냈다. 집에서는 유성기 소리가 쉴새없이 들리더니 판이 끝나도 정신없이 버려두어 판이 갈리는 소리가 어느 때까지나 스르럭스르럭 들렸다.

나무 위에서 내려다보이는 집 안은 그 속에서 일 할때의 모양과는 퍽이나 달라서 점순은 모든 것을 신기한 것으로 보았다. 평상 위에 유성기를 내놓고 금녀의 말과 틀림없이 서울집과 재수 단둘이 앉아 달 밝은 밤이라 월식의 괴변은 없으나 정답게 수군거리고 있는 것도 신기하였으나 열어 젖힌 문으로 들여다보이는 방 안의 광경도 그 속에 있을 때와는 다르게 조촐하고 호화롭게만 보였다.

부러운 광경을 정신없이 내려다보는 동안에 점순은 이상하게도 다른 생각은 다 젖혀놓고 서울집 인물에 비겨 재수의 인물은 보잘것 없고, 그러므로 서울집을 훔친 재수는 호박을 딴 셈이요. 서울집으로서는 아깝다는 그 자리에 당찮은 생각이 불현듯이 솟기 시작하였다.

언제인지 한번은 경대 위에 금반지를 훔친 일이 있어서 즉시로 발각되어 호되게 야단을 듣고 집을 쫓겨난 일이 있었으나 그런 변을 당하여도 점순은 서울집을 미워는커녕 더욱 어렵게 여기고 높이고 싶었다. 사내가 그에게 반하듯이 점순도 그에게 반한 셈이었다. 여자로 태어나 마을의 뭇 사내들이 탐내는 그의 곁에서 지내게 되는 것을 다행으로 여겼다. 그러기에 한번 쫓겨 나면서도 구구히 빌어 다시 그 자리로 들어간 것이었다. 삼신할머니가 구석구석 잔손질을 해서 묘하게 꾸며 세상에 보낸 것이 바로 서울집이라고 점순은 생각하였다.

손발이 동자같이 작고 살결이 물에 씻긴 차돌같이 회었다. 콧날이 봉긋이 솟은 아래로 작은 입을 열면 새하얀 잇줄이 구슬을 머금은 것같이 은은히 빛났다.

점순이가 아무리 틈틈이 경대 속에 분을 훔쳐서 발라도 그의 살결을 본받을 수는 없었다. 검은 살결과 걱실걱실한 체대와 큰 수족을 늘 보이는 것이언만 그에게 보이기가 언제나 부끄러웠다. 열 두 번 다시 태어난다고 하더라도 그의 몸맵시를 따를 수는 없을 것 같았다.

뒤안에 물통을 들여나놓고 그 속에서 목물을 할 때 그 희멀건 등줄기를 밀어주노라면 점순은 그 고운 몸뚱어리를 그대로 덥석 안아보고 싶은 충동이 솟곤 하였다. 여름 한때 새끼 손

가락 손톱에 봉숭아 물이나 들이게 되면 누에 같은 손가락 끝
에 붉은 꽈리 알을 띠운 것도 같아서 말할 수 없이 귀여운 감
동을 자아내는 것이었다. 그 서울집이 재수 따위의 손 안에서
허름하게 놀고 있음을 내려다보노라니 점순은 아까운 생각만
들었다. 즉시로 뛰어내려가 그 자리를 휘저어놓고도 싶었다.
어느 때까지나 그대로 버려두기 부당한 속히 한바탕 북새를
일으켜 사이를 갈라놓고 싶은 생각이 불현듯이 솟기 시작하였다.

그대로 살면서 덮어만 둔다면 어느 때까지나 애매한 형태에
게까지 알려지지 않을 것이 한되었다. 재수에게 대한 샘이 아
니라 참으로 서울집에 대한 샘이었다. 그러나 점순이 그렇게
오래 걱정하지 않아도 좋은 것은 간밤 이상한 괴변이 금시에
눈 아래한 장면 위에 일어난 것이다.

세상에는 기묘한 일이 간단히 생기는 까닭인지 혹은 그 불
측한 장면을 오래도록 허락하지 않으려는 뜻인지 참으로 뜻하
지 않은 어처구니 없는 일이 일어난 것이다. 그렇게라도 되지
않으면 형태에게 그 숨은 곡절은 알릴 길이 없었던 탓일까. 읍
내에 갔던 형태가 별안간 나타난 것이다.

집을 떠난 지 여러 날 되기는 하나 하필 그 밤에 돌아오게
된 것은 귀신이 알린 탓이라고 밖에는 생각할 수 없었다. 하기
는 어느 날 어느 때 그 자리에 덩징 들어올 시도 모르면서 유
유하게 정을 통하고 있는 남녀가 어리석은 지도 모른다. 정에
빠진 남녀는 어리석어지는 법일까?

닫다가 방문에서 불쑥 솟아 뒤 안 툇마루에 나선 것이 형태임
을 알았을 때 옥분은 기겁을 하고 점순에게로 몸을 쏠렸다. 나
뭇가지가 흔들리며 살구가 후둑후둑 떨어졌으나 나무 위로 주

의를 보내기에는 뒤안의 형세는 너무도 급박하였다.

　평상 위에 서로 기대앉았던 남녀는 화다닥 자세를 바로잡으면서 물결같이 달라졌다. 그 황급한 거동 앞에 막아선 형태의 육중한 몸은 마치 꿈 속에 무서운 가위 같아서 그 가위에 눌린 것이 별수 없이 두 사람의 꼴이었다. 움츠러 들었을뿐 쩍 소리도 없는 데다가 형태 또한 바위같이 잠자코만 서서 한참 동안 자리는 고요할 뿐이었다. 검은 구름을 첩첩이 품은 채 천둥을 기다리는 무서운 순간이었다.

　"대체 누구냐?"

　지나쳐 상기된 판에 형태는 말조차 어리석었다. 하기는 재수가 아들임을 일순간 잊어버렸던 지도 모른다.

　"무엇들을 하고 있어?"

　육중한 체대가 움직였을 때 서울집은 허둥허둥 평상에서 내려와 신을 신었다. 방으로 뛰어들어 가려고 툇마루 앞에 이르렀을 때 말도 없이 형태의 손에 머리쪽을 쥐었다. 새발의 피였다.

　한 번 거세게 휘나꾸는 바람에 보잘것없이 풀싹 땅에 쓰러지고 말았다.

　형태의 손찌검을 아는 점순은 아찔하며 그 자리로 기를 눌리우고 말았다. 그 밤으로 무슨 변이 일어날지를 헤아릴 수 없는 판에 나무에서 유유하게 주인집 변사를 내려다보기가 무서웠다.

　한시가 바쁘게 옥분을 붙들어 먼저 내려보내고 뒤이어 미끄러져라 하고 급스럽게 나무를 타고 내려섰다. 뒤안에서는 주고 받는 말소리가 차차 똑똑해지고 금시에 큰 북새가 시작될 눈치였다.

간밤의 변괴보다는 확실히 더 놀라운 변고에 혼을 뽑히운 셋은 웬일인지 그밤의 책임이 자기들에게도 있는 것 같아서 다시 돌아다볼 염도 못 하고 꽁무니가 빠져라 논 길을 뛰어나갔다.

이튿날 아침 소문은 도리어 뒷마을에서부터 났다. 새벽쯤해서 점순이 서울집으로 일을 하러 나왔을 때 길거리에서 춘실네에게 간밤의 소식을 듣게 되었다. 재수는 당장에서 물푸레 나뭇가지로 몰매를 얻어맞아 피를 흘리고 그 자리에 까무러져 쓰러진 것을 농군이 업어다가 뒷 마을 집에 갖다눕힌 채 아침까지 정신을 못 차리고 있다는 것이다. 전신이 부풀어 올라서 모습까지 변할 것을 큰댁은 걱정하여 울며 불며 일변 약을 지어다가 다린다 푸닥거리 준비를 한다 집안은 야단이라는 것이었다.

궁금해서 두근거리는 마음에 점순은 부리나케 앞마을로 뛰어나가 닫힌 채로의 서울집 대문을 열고 들어섰을 때 집안은 비인 듯이 고요하였다. 겁이 덜컥 나서 마루에 뛰어올라 의거리 놓인 방문을 열었을 때 예료대로 놀라운 꼴이었다. 이불을 쓰고 누운 서울집은 벌써 운명이나 하지 않았나 하고 급히 이불을 벗겼을 때 살아 있는 증서로 눈을 뜨기는 하였으나 입에는 수건으로 자갈을 메웠고 볼에는 불에 데인 흔적이 끔찍하였다.

몸을 움짓움짓은 하면서 일어나지 못하는 것은 굵은 바로 수족을 얽어매인 까닭이었다. 바를 풀고 자갈을 빼었을 때 서울집은 소생한 듯이 간신히 일어나 앉았다. 흩어진 머리와 상

기된 눈과 어지러운 자태가 중병이나 치르고 일어난 병자 모
양이었다. 이지러져 변모된 얼굴을 볼 때 점순은 눈물이 핑돌
았다.

"죄를 지었기로서니 이럴 법이 있나? 사람이 아니라 짐승이
지."

이를 부드득 가는 서울집의 눈에도 눈물이 그렁그렁 어리었
다. 구슬 같은 그 고운 얼굴이 벌겋게 데어서 살뜰하던 모습은
찾을 수도 없었다.

"사지를 결박하구 입을 틀어막구 인두로 얼굴과 다리를 지
지데나그려. 아무리 시골놈이기루서 그런 악착한 것 본 적
이 있나. 제나 내나 사람은 매일반 마음은 다 각각이지 인두
를 달군데야 사람의 마음이야 어찌 휘일 수 있겠나 이런 두
메에 애초부터 자청하구 올 사람이 누군가. 산 설구 물 설구
인정조차 다른데 게다가 허구한 날 안에만 갇혀 한 걸음 길
밖에도 못 나가게 하니 전중이 생활인들 게서 더 할까. 피
가진 사람으로서 어찌 고향인들 안 그립구 삶인들 안 아쉽겠
나. 갇힌 새두 하늘을 그리워할랴니 내가 그른지 놈이 악한
지 뉘 알랴만 내 이 봉변을 당하구 가만 있을 줄 아나 당장
주재소에 가 고소를 하구 징역을 시키구야 말겠네. 그 날이
나두 이곳을 벗는 날야. 생각할수록 분하구 원통하구!"

입을 꼬옥 무니 이슬 같은 눈물이 방울방울 솟아 상한 두
볼 위로 흘러 내렸다.

점순도 덩달아 눈물이 솟으며 무도한 형태의 행실을 속으로
한없이 노여워하고 미워하였다. 만약 사내라면 그 놈을 다구
지게 해내고 싶은 생각도 들었고 간밤에 달려들어 말리지도

못하고 변이 일어난 줄을 알면서도 그 자리를 피해 간 비겁한 행동을 그지없이 뉘우치기도 하였다.

반드시 태인과 남편 만손의 사이에 든 자신의 처지를 생각하여서가 아니라 참으로 마음 속으로부터 서울집의 처지를 측은히 여겨서였다. 그러나 위로할 말을 몰라 다만 콧물을 들이키면서 일상 쥐어보고 싶던 서울집의 고운 손을 큰 손아귀에 지그시 쥐어볼 뿐이었다.

3

형태는 부락스러운 고집에 겉으로는 부드러운 낯을 지니나 속으로는 심화가 솟아올라 그 어느 때나 술기에 눈알을 붉게 물들이고는 장거리에서 진종일을 보내곤 하였다. 옆 사람들의 수군거리는 눈치와 소문을 유하게 깔아버리고는 배포 유하게 거들거렸다. 화풀이로 면장 마음을 운동에 돌리는 수 밖에는 없어서 술집에서 장 구장을 데리고 궁리와 책동에 해 가는 줄을 몰랐다. 장 구장은 기왕에 구장으로 있다가 최 면장이 들어서자 떨어진 축이어서 형태가 면장을 하게 되면 다시 면장으로 들어앉자는 것이 그의 원이었고 두 사람이 공모하는 뜻도 거기에 있었다.

원래 면장 운동은 자주 시작된 것이 아니라 벌써 오래 전부터 형태가 책모하여 오던 바였다.

박달나무로 하여 돈을 벌게 되자 마을에서 낯이 높아진 것이 그 원을 품게 한 근본 원인이었고, 면장이 되면 웃마을과 뒷마을에 있는 소유의 전답에 유리하도록 마을 사람들의 부역을 내서 길과 도랑을 고쳐내겠다는 것이 둘째 희망이었다.

그러나 그보다도 더 절실한 원인은 최 면장에 대한 감정이었으니 전에 역군을 다녔던 형태가 지벌이 얕다고 최 면장에게서 은근히 멸시를 받고 있는 것과 아들 재수가 최 면장의 아들 학구보다 재물이 훨씬 떨어지는 것을 불쾌히 여기는 편협심에서 오는 것이었다. 부전 자전으로 자기가 글을 탐탁하게 못 배운 까닭으로 자식도 그렇게 둔재인가 하여 뒷 치송할 재산은 있는데도 불구하고 재수가 단지 재주가 부실한 탓으로 춘전고등교 보통학교도 칠년 만에야 간신히 마치고 나오게 된 것을 형태는 부끄러워하고 한되게 여겼다. 한 편 최 면장의 아들 학구는 재수와 동갑으로 한해에 보통학교를 마쳤으나 서울 가서 웃학교를 마치고는 전문학교에까지 들어가게 되었다.

선비와 역군의 집안의 차이를 실제로 눈 앞에 보는 것 같아서 형태로서는 마음이 괴로왔다. 최 면장은 어려운 가운데에서 자식 하나만을 바라고 그에게 정성을 다 받쳤다. 몇 마지기 안되는 땅까지 팔아버렸고 그 위에 눈총을 맞아가면서도 면장의 자리를 눅진히 보존해 가는 것은 온전히 자식 때문이었다.

학구가 학교를 졸업할 때까지는 아무런 일이 있어도 그 자리를 비벼나갈 생각이었다. 그런 점으로서 형태와는 드러나게 대립이 되어도 하는 수 없는 노릇이었다.

그러나 그뿐이 아니었다. 참으로 무서운 최 면장의 비밀을 형태는 손아귀에 움켜쥐고 있었다. 학비의 보충을 위하여 회계원과 짜고 여러 번째 장부를 고치고 공금에 손을 댄 것이었다.

면장 운동의 뜻을 둔 때부터 형태는 면장의 흠을 모조리 찾

아내려고 하던 판에 회계원을 감쪽같이 매수하여 그에게서 공
금횡령의 비밀을 샅샅이 들추어내었던 것이다.

그런 눈치를 알아채었었는지 어쨌는지 최 면장은 모든 것을
모르는 체 다만 학구가 학교를 마칠때까지를 목표로 시치미를
떼는 것이었으나 형태는 형태로서 네 속을 다 뽑아 쥐고 있다
는 듯한 거만한 배짱으로 모든 수단이 다 틀리면 그 뽑아 쥔
비밀을 마지막 술책으로 쓰리라고 음특하게 벼르고 있었다.

하기는 그는 벌써 최 면장이 좀체 속히 물러앉지 않을 줄을
짐작하고 이번 읍내 길에서도 군수에게 공금의 비밀을 약간 귀
띔하고 온 터였다. 군수는 기회를 보아서 내막을 철저히 조사
시켜 폭로시킨 후 적당한 조치를 하겠다고 언약하였다. 군수
를 그만큼까지 후리기에는 상당히 물재도 들었으니 이번 길만
하여도 꿀과 버섯의 선사뿐이 아니라 실상은 논 한 자리까지
남 몰래 팔았던 것이다. 군수의 일상 원이 일등 명기를 앞에
놓고 은주전자 은잔으로 맑은 국화주를 마시는 운치였다. 일
등 명기야 형태의 수완으로 어쩌는 수 없는 것이었으나 은주전
자 은잔쯤은 그의 힘으로 족히 자라는 것이어서 이번 기회에
수백금을 들여 실속있는 한 쌍을 갖추어 준 것이었다.

군수가 사양치 않은 것은 물론이며 그렇게 여러 번째 미끼
를 흐뭇이 들어놓고 이제는 다만 속한 결과를 기다리게만 되
었다. 평생 원을 풀 수만 있다면 그 모든 미끼의 희생쯤은 그
에게는 보잘것없이 허름한 것이었다. 군수의 인품을 믿고 있
는 것만큼 조만간 뜻대로의 결과가 올 것이 확실은 하였으나
될 수 있는 대로 그것이 속하였으면 하고 마음은 늘 초조하였
다.

더구나 가정의 변이 생긴 후로는 어떠한 희생을 내서라도 기어이 뜻을 이루어야만 세상 사람들의 조롱과 웃음의 몇 분의 하나라도 설치가 될 것이요. 지금까지 애써온 보람도 있을 것이며 맺힌 마음의 짐도 넌지시 풀어 부끄러운 집안의 변괴도 잊어버릴 수 있으리라고 생각되어 더욱 초조하였다.

술집에 자리를 잡고 허구한 날 거나하여서 충혈된 눈을 험상궂게 굴리곤 하였다.

장날 저녁이었다. 형태는 영월네 골방에서 구장과 잔을 거듭하다가 마침내 최 면장을 부르러 사람을 보냈다. 주석을 이용하여 마음을 떠보고 싸움을 거는 것이 요사이의 형태여서 장날과 평일도 헤아리지 않았다. 실상은 요사이 장 구장을 통하여 혹은 직접으로 그의 비밀을 한 두사람씩에게 차차 전포시키는 중이었다. 민심을 소란케 하여 그를 배반하게 하자는 생각이었다.

최면장은 굳이 안 올 리가 없으며 불과 두어 번 잔이 돌았을 때 형태는 차차 말을 풀어내기 시작하였다.

"정사에 얼마나 골몰한가. 덕택에 난 이렇게 술 잘먹구 돈 잘 쓰구 태평하게 지내네만."

돈 잘 쓴다는 말과 은근히 관련시키려는 듯이,

"학구 공부 잘 하나. 들으니 한다 하는 사상가라지. 최씨 집에야 인물이구 말구. 그러나 쓸데없는 걱정같지만 주의니 무어니 할때 대단히 단속하지 않으면 까딱하다 큰 일 나리. 푸른 시절에는 물들기두 쉽구 저지르기두 쉬운 법이요, 더구나 이게 무서운 시절 아닌가. 어렵하겠나만 사귀는 동무 주의하라고 신신 당부 해 주게."

비꼬는 말인지 동정하는 말인지 속뜻을 알 수 없어 최 면장은 대답할 바를 몰랐다. 장 구장과의 틈에 끼어 어리벙벙할 뿐이었다.

"다 아는 형편에 뒷치송하기 얼마나 어렵겠소만 면장 이건 귓속말인데 사정두 딱하게는 되었소"

은근한 말눈치에 어안이 벙벙하여 있을 때 장 구장은 입을 가까이 가져오며 짜장 귓속말로 무서운 것을 지껄였다.

"미안한 말 같지만 사직을 하려거든 지금이 차라리 적당한 시기인가 하오. 더 끌다가는 큰 봉변할 것 같으니 말이요."

최 면장은 뜨끔도 하였거니와 별안간 홍두깨같이 불쑥 내미는 불쾌한 말투에 관자놀이에 피가 바짝 솟아오르며 몸이 화끈 달았다.

"무슨 소리오?"

단 한마디 짧게 퉁명스럽게 내쏘았다.

"노여워 할 것이 아닌 것이 지금은 벌써 공연의 비밀이 되었소. 거리의 사람뿐만 아니라 멀리 읍내에까지도 알려져서 면내에서 모모하는 사람들 사이에는 공론이 지지한 판이요."

"대체 무슨 소리란 말요?"

면장은 모르는 결에 얼굴이 불끈 달며 언성이 높아졌다. 구장은 반대로 이번에는 목소리는 낮추었으나 그러나 다음 마디는 천근의 무게가 있는 것이었다.

"아마도 윤 회계원의 입에서 말이 난 모양이요. 세상에서 누구를 믿겠소."

붉어졌던 면장의 낯은 금시에 새파랗게 질리며 입이 굳어지고 말문이 막혔다. 형태와 구장은 듣짓이 침묵하고 던진 말의 효과를 가늠보고 있는 듯이 눈길을 아래로 향하였다. 불쾌한 침묵이었으나 그러나 면장은 즉시 침착을 회복하고 낯빛을 바로 잡을 수 있었다. 설레지 않은 그의 어조는 막혔던 방 안의 공기를 다시 풀어 버렸다.

"그만하면 말 뜻을 알겠네만 과히 염려를 할 것은 없네. 일이라는 것이 나구 보아야 옳고 그른 것을 시비할 수 있는 것이지 부질없이 소문에 사로잡힐 것은 아니야. 난 나로서 충분히 내 각오가 있으니 염려들은 말게."

밉살스러울 만큼 침착한 어조는 도리어 반감을 돋구었다. 형태의 말 속에는 확실히 은근한 뼈가 숨어있었다.

"각오라니 무슨 각온지는 모르겠으나 일이 크게 되면 낭패가 아닌가. 들으니 읍에서는 군수두 쉬이 출장와서 조사를 하리라는 소문인데 그렇게 되면 무슨 욕이 돌아올지 헤아릴 수 있나. 일이 터지기 전에 취할 적당한 방책도 있지 않을까 해서 이르는 말이 아닌가."

마디마디 꼭꼭 박아대는 말에 면장은 화가 버럭 나서 드디어 고성대갈 호통을 하였다.

"무엇을 믿구 큰 소린구. 해보구 말구 나중에 뉘우치지나 말게."

벌써 피차에 감출 것이 없어 속뜻과 싸움은 노골적으로 드러나게 되었다.

"뉘우칠 것두 없구 겁날 것두 없다. 무슨 술책을 써서든지 할 대루 해 봐라."

면장은 붉은 낯에 입술은 푸르면서 육신이 부르르 떨렸다.

"이 사람 어둡기두 하다. 일이 벌써 어떻게 된 줄두 모르구 큰소리만 탕탕하니."

"고얀것들. 이러자구 사람을 불러냈어? 같지 않은 것들."

차려진 술잔을 밀쳐버리고 면장은 성큼 자리를 일어섰다. 형태의 유들유들한 웃음소리가 터지자 참을 수 없는 노염에 술상을 발로 차버리고 문밖으로 뛰어나갔다. 통쾌하다는 듯이, 계획은 거의 다 성사되었다는 듯이 형태는 눈초리를 지긋이 주름잡고 구장을 바라보면서 한바탕 웃음을 쳤다.

면장 운동에는 차차 성공하여 가는 형태지만 속은 늘 심화가 나고 찌푸둥하여서 변괴가 있은 후로는 아직 한 번도 서울집에는 들어가지 않고 큰집이 아니면 거리에서 밤을 지내오는 것이었다.

은근히 기뻐하는 것은 큰댁이어서 아들이 앓아 누운 것을 보면 뼈가 아프기는 하였으나 그러나 그것을 기회삼아 한편 남편의 마음을 돌리기에 애쓰고 밖에 나가서는 일방 앓아 누운 서울집에 치성을 드리기가 날마다의 행사였다. 속히 일어나라는 치성이 아니라 그대로 슬며시 가버리라는 치성이다.

밤이 어둑어둑만 해지면 남편 몰래 새옹에 메를 짓고 맑은 물을 떠가지고는 뒷동산 고목나무 아래나 성황숲이나 개울가에 나가서 염려대왕에게 손을 모으고 비는 것이었다. 산귀신 물기신 귀신의 이름을 모조리 회우니 지나 틈에 만들어 넣었던 손각시를 불에도 사르고 물에도 띄우고 땅에도 묻고 하여 은근히 서울집의 앞길을 저주하였다.

원래 강릉집때부터 치성을 즐겨하여 강릉집이 기어이 실족이 된 것은 온전히 치성 덕이라고 생각하였다. 서울집이 오면서부터는 더욱 심하여 어떤 때에는 오십 리나 되는 오대산에 가서 고산 치성도 드렸고 내려오던 길에 월정사에 들려 연꽃 치성도 드렸다. 이번에 서울집의 변괴도 재수의 허물로는 돌리지 않고 치성 덕으로 서울집에게로 내려진 천벌이라고 생각하였다. 내친 걸음에 서울집을 영영 없애달라는 것이 치성할 때마다의 절실한 원이었다. 형태로서는 치성은 질색이어서 큰댁의 우매한 꼴을 볼 때마다 한바탕 북새를 일으키고야 말았다.

재수가 자리에서 일어나자 하루 아침 가만히 도망을 간 것은 여름도 한참 짙었을 때 형태의 심중이 가지가지 일에 무덥게 지글지글 끓어오를 때였다. 한편 걱정되지 않는 바도 아니었으나 차라리 한시름 놓은 것 같아서 시원도 했다. 신통치도 못한 조합 서기쯤 그만두고 멀리 가버림이 마을 사람들의 기억에서도 사라질 것이요, 차차 죄를 벗는 길도 될 것으로 생각되어서 차라리 한시름 놓는 것 같았다. 다만 걱정되는 것은 불미한 생각을 일으키고 어느 구석에 가서 자살이나 하지 않았을까 하는 것이었다.

그날 아침 집안은 요란하게 설레고 마음을 아래위로 훑으면서 헤매었다. 주재소에 수색원까지 내고 들끓었으나 그러나 그렇게까지 걱정할 것이 없는 것은 실상은 재수의 도망은 큰댁의 지시요, 계책이었던 것이다. 그날 새벽 강에 나가 치성을 마친 큰댁은 아들을 '속사리' 아래까지 불러내서 등대하고 있다가 강릉서 넘어오는 첫 자동차에 태워서 앞대로 내보낸 것이었다.

거리에서 차를 타면 들키울 것을 염려하여 오리 길이나 미리 나와 섰던 것이다. 전대 속에 알뜰히 모아 두었던 근 백여

소수의 돈을 전대 체로 아들에게 주면서 마을에서 소문이 사라질 때까지 어디든지 앞대로 나가 구경 겸 어느 때까지든지 바람을 쏘이라는 당부를 거듭하면서 운전수가 재촉의 고동을 몇 번이나 울릴 때까지 찻전을 붙들고 서서 눈물겨운 목소리로 서러워하였다. 그러나 물론 집에 돌아와서는 그런 눈치는 까딱 보이지 않으며 집안 사람에게 휩쓸려 도리어 아들의 간 곳을 걱정하는 모양을 보였다. 재수의 처치가 제물에 된 후로 패였던 형태의 마음 한구석이 파묻힌 것은 사실이었으나 그렇게 되면 서울집의 존재가 머릿속에 더 한층 똑똑하게 떠올랐다.

그러나 그대로 어느 때까지 버려두는 수 밖에 별다른 처리의 방책은 없었다. 한번 흠이 든 것이니 시원히 버려볼까도 생각하였으나 도저히 할 수는 없는 노릇임을 깨달았다. 속사리 버덩의 일곱 마지기를 팔아버린 것이 아까워서가 아니라 아무리 흠이 들었다고는 하더라도 아직도 그에게로 쏠리는 정을 끊어버릴 수는 없었다. 정이란 마치 헝크러진 실뭉치 같아서 한 쪽을 끊어도 다른 쪽이 매이고 끊은 줄 알았던 줄이 다시 걸리고 하여서 하루 아침에 칼로 베인 듯이 시원히 끊어버릴 수는 없는 노릇이었다.

포익스럽게는 굴었어도 아직도 서울집에 대한 정은 굴굴 힝크러져 그의 마음 갈피에 주체스럽게 걸리고 감기는 것이었다. 그 위에 세월이라는 것은 무서워서 처음에는 살인이라도 날 것 같던 것이 차차 분이 사라졌고 봉욕에 치가 떨리고 몸이 화끈 달던 것이 지금은 그것도 차차 식어가서 그대로 가면 가을에 찬바람이 나돌 때까지에는 분도 풀리고 마음도 제대로

가라앉을 것 같았고 일이 뜻대로 되어 면장으로나 들어앉게
되면 무서운 상처는 완전히 사라질 듯도 하였다.

　한때의 실책이었던지 그렇지 않으면 정이 벌어졌던 탓인지
그의 마음을 좀체 들여다볼 수는 없었다. 늘 밖을 그리워하는
눈치를 보아서는 마음 속이 심상치 않은 것도 같았기 때문이
다.

　집에 누운 채 얼굴과 다리의 상처에는 약국에서 가져온 고
약을 바르고 일변 보약을 다려 먹도록 시키기만 하고 형태는
아직 한 번도 들여다 보지는 않았으나 서울집에 대한 의혹이
생길 때에는 불현듯이 정이 불꽃같이 타오르며 그를 만나고
싶은 생각이 유현이 솟아올랐다. 그럴 때에는 면장 운동보다
도 오히려 더 큰 열정이 그를 송두리째 사로잡으며 서울집을
잃는다면 그까짓 면장은 얻어 해 무엇하노 하는 생각조차 들
었다.

十月에 피는 능금꽃

민출한 자작나무(自樺) 밑에서 아귀아귀 종이먹는 하이얀 산양(山羊)——일 년 동안이나 나와 벗한 너는 나의 이 무위의 일 년을 설명하려 하지 않는가. 종이를——이야기를 좋아하는 양.

한 권의 책도 많다 하지 않고 두 권의 책도 사양하지 않는 구나. 이 이야기에 배부르면 풀 위에 누워 가지가지의 꿈을 되풀이 하는 애잔한 자태——너에게 이야기를 먹이고 꿈을 주기에 나의 무위의 일 년이 마주마주 지내려한다.

옛 성 모퉁이 저편에 아리숭하게 내다보이는 한 줄기의 바다——마을의 시절은 거기서부터 시작된다. 진하던 바다의 빛이 엷어지기 시작하더니 마을의 가을은 어느덧 깊어진다. 관모봉은 어느 결엔지 눈을 하얗게 썼고 헐벗은 마을은 앙그런 해골을 드러내 놓았다.

헌출한 벌판에 능금꽃이 피고 나무가 우거지고 벼이삭이 무거울 때에는 그래도 마을은 기름지게 빛나더니 이제 풍성한 윤택을 잃은 마을은 하는 수 없이 가난한 참혹한 꼴을 그대로 드러내 놓았다. 마을의 꼴이 참혹하기 때문에 나는 눈을 돌려 도리어 마을의 자연을 사랑하려고 하였다. 마을의 현실에서 눈을 덮고 풍성한 자연 속에서 노래를 찾으려고 하고 책상 위에 쌓인 활자의 산 속에서 진리를 캐려고 애썼다.

서재와 양과 능금밭 사이의 한가한 '동키호오테'적 방황이 시작되었다. 거칠은 안개 속에서 구태여 시를 찾으려 하고 연지빛 능금꽃 봉오리 앞에 서서 피지 못하는 내 자신의 하염없는 꼴을 한탄하는 동안에 값없는 우울한 시간이 흘렀다. 마을의 산문은 그러나 이 무위의 방황을 암독하게 매질하지 않던가.

보리의 시절을 앞둔 앞집에서는 별안간의 소동이었다.

"——이왕 못살 바에야 솥 아니라 집까지 빼가시오. 이 나그네들. 세×만 세×이구——그래 이 백성들은 어쩌잔 말요——"

'마매는' 펄펄 뛰면서 고함을 쳤다.

그러나 이 고함과는 아무 관계도 없는 듯이 소에게 끌린 한 대의 '술기'가 유유히 뜰앞을 굴러나왔다. 장부를 든 ×서기가 두 사람 그 뒤를 따랐다. '술기' 위에는 세금 체납으로 처분한 가마 밥솥 등이 삐죽이 솟아나와 보고 섰는 이웃 사람들의 간담을 서늘하게 찔렀다.

뼛속까지 파고드는 이 야살스러운 풍경을 살살하여 버리려고 애쓰면서 나는 마을을 벗어져 석방으로 뛰어나갔다. 들에서 능금밭으로——능금밭에서 자작나무 밑으로. 생활을 떠난

초목의 풍성은 가련한 '해믈리트'를 용납하기에 진실로 과대
함을 깨달은 까닭이다.

그러나 현실은 또한 추근추근하게 처지고 뒤를 쫓았다. 집
에 돌아왔을 때에 나는 책상 위 활자의 진리 속에서 한 장의
편지를 발견하였다. 봉투 속에는 한 장의 편지와 함께 흙덩이
도 아니요, ×덩이도 아닌 괴상한 한 개의 덩어리가 들어있었
다. 의아한 생각으로 편지를 읽어가는 동안에 나는 촌에 있는
동무의 설명에 다시 놀라지 않을 수 없었다.

"——동무여. 놀라지 마시오. 이것은 한 조각의 떡이외다. 마
을 사람들이 아침 저녁으로 먹고 살아가는 떡이외다. 이른
봄에 벌써 양식이 떨어져버린 마을 사람들은 하는 수 없이
소나무 껍질을 벗겨다가 약간 남은 수수쌀을 섞어서 떡을
빚기 시작하였소이다. 껍질을 벗기운 솔밭은 봄 동안에 흰
솔밭으로 변하였소이다. 현명한 동무여, 보시오. 이것은 결
코 사람이 먹을 것이 못 됩니다. 마을 사람들은 인간으로서
다다를 최하층의 세상에 떨어져서 이제는 벌써 인간 이하
의 지옥의 길을 걷고 있는 것이외다. 백 마디의 나의 감상보
다도 이 한조 각의 떡을 참으로 현명한 동무에게 보내는 터
이외다.……"

——실로 인간 이하이다.

다시 우울해진 나는 속으로 중얼거리면서 집을 뛰어나가 저
물어버린 마을 밖으로 향하였다.

먼 산에는 난데없는 불(山火)이 나서 어두워 가는 밤 속에
새빨간 색채가 선명하게 피어올랐다. 그것은 마치 세상을 불

사르려는 아귀의 혓바닥같이 널름널름 어둠을 먹어 들어갔다. 찬란한 광채의 반사를 받은 듯이 어둠에 젖은 능금꽃은 밤 속에 뚜렷이 빛났다.

여름이 오고 가을을 맞이함에 따라 자연은 기름지게 빛나나 마을의 생활은 한층 더 여위어 갈 뿐이다. 능금밭에는 아름다운 꽃이 지고 열매가 맺혔다. 새빨간 별을 뿌려놓은 듯이 아름다운 능금이 송이송이 벌판을 수놓았다.

그러나 이 동안에 피지 못하는 나는 여전히 초라한 '해믈리트'를 계속하여 왔을 따름이다.

시간과 방황 속에 곧은 낚시를 드리워 왔을 뿐이다.

시월이 짙어 동짓달을 바라보니 성 모퉁이 저편의 바다빛이 엷어지고 헌출한 벌판을 배경으로 앙클한 마을이 속임없는 똑바른 자태를 그대로 드러내 놓았다. 앙클한 해골이 이제는 가리울 것 없이 마음을 아프게 에웠다.

그 거칠은 벌판에서 나는 하루 아침 놀라운 것을 발견하였다──헐벗은 능금밭 마른 가지에 돌연히 꽃이 핀 것이다. 희고 조출한 두어 떨기의 꽃이 마치 기적같이 마른 나무가지에 걸려있지 않는가. 대체 이런 법도 있는가. ──너무도 놀랜 나는 잠시 말없이 물끄러미 꽃을 바라보았다. 건너편 관모봉의 흰 눈과 시월에 피는 능금꽃──이것을 비겨볼 때 이 시절을 무시한 능금꽃의 아름다운 기개에 다시 탄복하지 않을 수 없었다.

'슬퍼 말라. 시월에도 능금꽃은 피는 것이다.!'

별안간 솟아오르는 힘을 전신에 느끼는 나는 감동에 취하여 쉽사리 그 곳을 떠나기가 어려웠다.

들

1

꽃다지, 길경이, 나생에, 딸장이, 민들레, 솔구장이, 쇠민장이, 길오장이, 달래, 무릇, 시금치, 씀바귀, 돌나물, 비름, 능쟁이.

들은 온통 초록 전에 덮여 벌써 한 조각의 흙빛도 찾아 볼 수 없다. 초록의 바다.

초록은 흙빛보다 찬란하고 눈빛보다 복잡하다. 눈이 보얗게 깔렸을 때에는 흰빛과 능금나무의 자줏빛과 그림자의 옥색빛 밖에는 없어 단순하기는 옷 벗은 여인의 나체와 같은 것이——봄은 옷 입고 치장한 여인이다.

흙빛에서 초록으로——이 기막힌 신비에 다시 한번 놀라볼 필요가 없을까. 땅은 어디서 어느 때 그렇게 많은 물감을 먹었기에 봄이면 한꺼번에 그것을 이렇게 지천으로 뱉아놓을까.

바닷물을 고래같이 들이켰던가. 하늘의 푸른 정기를 모르는
결에 함빡 마셔두었던가. 그것은 빗물에 풀어 시절이 되면 땅
위로 솟쳐 보내는 것일까. 그러나 한 포기의 풀을 뽑아볼 때
잎새만이 푸를 뿐이지 뿌리와 흙에는 아무 물들인 자취도 없
음은 웬일일까. 시험관 속 붉은 물에 약품을 넣으면 그것이 금
시에 새파랗게 변하는 비밀——그것과도 흡사하다. 이 우주의
비밀의 약품——그것은 결국 알 바 없을까. 한 톨의 보리알이
열 낱으로 나는 이치를 가르치는 이 있어도 그 보리알에서 푸
른 잎이 돋는 조화의 동기는 옳게 말하는 이 없을 것이다.

사람의 지혜란 결국 신비의 테두리를 뱅뱅 돌 뿐이요, 조화
속의 속은 언제까지나 열리지 않는 판도라의 상자일 듯싶다.
초록 풀에 덮이운 땅 속의 뜻은 초록 옷을 입은 여자의 마음
과도 같이 엿볼 수 없는 저 건너 세상이다.

야들야들 나부끼는 초목의 양자는 부드럽게 솟는 음악. 줄
기는 굵고 잎은 연한 멜로디의 마디마디이다. 부피 있는 대궁
은 나팔소리요, 가는 가지는 거문고의 음율이라고도 할까. 알
레그로가 지나고 안단테에 들어갔을 때의 감동——그것이 봄
의 걸음이다. 풀 위에 누워있으면 은근한 음악의 율동에 끌려
마음이 너볏너볏 나부낀다.

꽃다지, 질경이, 민들레…… 가지가지 풋나물을 뜯어먹으면
몸이 초록으로 물들 것 같다. 물들어야 될 것 같다. 물들어야
옳을 것 같다. 물들지 않음은 거짓말이다. 물들지 않으면 안될
것 같다.

새가 지저귄다. 꾀꼬리일까.

지평선이 아롱거린다.

들은 내 세상이다.

2

언제까지든지 푸른 하늘을 우러러보고 있으면 나중에는 현기증이 나며 눈이 둘러빠질 듯싶다. 두 눈을 뽑아서 푸른 물에 채웠다가 라무네 네 병 속의 구슬같이 차진 놈은 다시 살 속에 박아넣은 것과도 같이 눈망울이 차고 어리어리하고 푸른 듯하다. 산과는 동떨어진 유리알이다.

그렇게도 하늘은 맑고 멀다. 눈이 아픈 것은 그 하늘을 발칙하게도 오랫동안 우러러본 벌인 듯싶다. 확실히 마음이 죄송스럽다. 반나절 동안 두려움 없이 하늘을 똑바로 쳐다볼 수 있는 사람이란 세상에서도 가장 착한 사람이거나 그렇지않으면 가장 용기있는 악한이어야 할 것이다.

그렇게도 푸른 하늘은 거룩하다.

눈을 돌리면 눈물이 폭 쏟아진다. 벌판이 새파랗게 물들어 눈앞에 아물아물한다. 이런 때에는 웬 일인지 구름 한 점 없다. 곁에는 한 묶음의 꽃이 있다. 오랑캐꽃, 고들빼기, 노고초, 새고사리, 가처무룻, 대게 맛달, 차치광이. 나는 그것들을 섞어 틀어 꽃다발을 섬기 시작한다.

각색 꽃판과 꽃슬이 무릎 위에 지천으로 떨어진다. 그것은 헤어지는 석류알보다도 많다……

나는 들이 언제부터 이렇게 좋아졌는지를 모른다. 지금은 한 그릇의 밥, 한 권의 책과 똑 같은 지위를 마음 속에 차지하게 되었다. 책에서 읽은 이론도 아니요, 얻어들은 이치도 아니

요, 몇 해 동안 하는 일없이 들과 벗하고 지내는 동안에 이유
없이 그것은 산림 속에 푹 젖었던 것이다. 어릴 때에 동무들과
벌판을 헤매며 찔레를 꺾으러 가시덤불 속에 들어가고 소똥버
섯을 따다 화로 속에 굽고 메를 캐러 밭이랑을 들치며 골로
말을 만들어 끌고 다니느라고 집에서보다도 들에서 더 많은
날을 지우던——그때가 다시 부활하여 돌아온 셈이다. 사람은
들과 떼려야 뗄 수 없는 인연이 있는 것 같다.

　자연과 벗하게 됨은 생활에서의 퇴각을 의미하는 것일까.
식물적 애정은 반드시 동물적 열정이 진한 곳에 오는 것일까.
학교를 쫓기우고 서울을 물러오게 된 까닭으로 자연을 사랑하
게 된 것일까. 그러나 동무들과 골방에서 만나고 눈을 기어 거
리를 돌아치다 붙들리고 뛰다 잡히우고 쫓기우고——하였을
때의 열정이나 지금에 들을 사랑하는 열정이나 일반이다. 지
금의 이 기쁨은 그때의 그 기쁨과도 흡사한 것이다. 신념에 목
숨을 바치는 영웅이라고 인간 이상이 아닐 것과 같이 들을 사
랑하는 졸부라고 인간 이하는 아닐 것이다. 아직도 굳은 신념
을 가지면서 지난날에 보던 책들을 들척거리다가도 문득 정신
을 놓고 의미없이 하늘을 우러러보는 때가 많다.

　"학교. 이제는 고향이 마음에 붙는 모양이지."

　마을 사람들은 조롱도 아니요, 치사도 아닌 이런 말을 던지
게 되었고　동구 밖에서 만나는 이웃집 머슴은 인사 대신에
흔히,

　"해동지 늪에 붕어떼 많던가?"

　고기사냥 갈 궁리를 하거나 그렇지 않으면,

　"십리정 보리 고개 숙었던가?"

하고 곡식의 소식을 묻게 되었다.

마을 사람들보다도 내가 더 들과 친하고 곡식의 소식을 잘 알게 된 증거이다.

나는 책을 외우듯이 벌판의 구석구석을 샅샅이 외우고 있다. 마음 속에는 들의 지도가 세밀히 박혀있고 사철의 변화가 표 같이 적혀있다. 나는 들사람이요. 들은 내 것과 같다.

어느 논두렁의 청대콩이 가장 진미이며 어느 이랑의 감자가 제일 굵다는 것을 알 수 있다.

새발고사리가 많이 피어있는 진펄과 종달새 뜨는 보리밭을 짐작할 수 있다. 남대천 어느 모퉁이를 돌 때 가장 고기가 흔하다는 것도 알게 되었다. 개리, 쇠리, 붉어지가 덕실덕실 끓는 여울과 메기 뚜꾸뱅이가 잠겨있는 웅덩이와 쏘가리 꺽지가 누워 있는 바위 밑과——매재와 고들빼기를 잡으려면 철교께서도 몇 마정을 더 올라가야 한다는 것과 쇠치네와 기름종개를 뜨려면 얼마나 벌판을 나가야 될 것을 안다. 물 건너 귀룽나무 수풀과 방치골 으름덩굴있는 곳을 아는 것은 아마도 나뿐일 듯싶다.

학교를 퇴학 맞고 처음으로 도회를 쫓겨 내려왔을 때에 첫 걸음으로 찾은 곳은 일갓집도 아니요, 동무 집도 아니요, 실로 이 들이었다. 깅가의 가시나무가 세대로 있고 버들숲 둔덕의 잔디가 헐리우지 않았으며 과수원의 모습이 그대로 남은 것을 보았을 때 기쁨이란 형언할 수 없이 큰 것이었다. 고향을 그리워하는 마음이란 곧 산천을 사랑하고 벌판을 반가와하는 심정이 아닐까. 이런 자연의 풍물을 내놓고야 고향의 그림자가 어디에 알뜰히 남아 있는가. 헐리워 가는 초가지붕에 남아 있단 말인가. 고향을 꾸미는 것은 사람이면서도 그리운 것은 더 많이 들과 시냇물이다.

3

시절은 만물을 허랑하게 만드는 듯하다.

짐승은 들어 내놓고 모든 것을 들의 품속에 맡긴다.

새 풀 숲에서 새둥우리를 발견한 것을 나는 알 수 없이 기쁘게 여겼다. 거룩한 것을——아름다운 것을——찾은 느낌이다. 집과 가족들을 송두리째 안심하고 땅에 맡기는 마음씨가 거룩하다. 풀과 깃을 모아 두툼하게 결은 둥우리 안에는 아직까지 안은 알이 너더 알 들어있다. 아롱아롱 줄기 선 풋대추 만큼씩한 새알 막 뛰어나려는 생명을 침착하게 간직하고 있는 얇은 껍질——금시에 딸깍 두 조각으로 깨뜨려질 모태——창조의 보금자리!

그 고요한 보금자리가 행여나 놀래고 어지럽혀질까를 두려워하여 둥우리 기슭에 손가락 하나 대기조차 주저되어 나는 다만 한참동안이나 물끄러미 바라보고 섰다가 풀포기를 제대로 덮어놓고 감쪽같이 발을 옮겨 놓았다. 금시에 알이 쪼개지며 생명이 돋아날 듯싶다. 등 뒤에서 새가 푸드득 날아들 것 같다. 적막을 깨뜨리고 하늘과 들을 놀래이며 푸드득 날았다. 생각에 마음이 즐겁다.

그렇게 늦게 까는 것이 무슨 새일까. 청새일까. 덤불지일까. 고요하게 뛰노는 기쁜 마음을 걷잡을 수 없어 목소리를 내서 노래라도 부를까 느끼며 둑 아래로 발을 옮겨놓으려다 문득 주춤하고 서버렸다.

맹랑한 것이 눈에 띄인 까닭이다. 껄껄 웃고 싶은 것을 참고 풀 위에 주저앉았다. 그 웃고 싶은 마음은 노래라도 부르고 싶던 마음의 연장인지도 모른다. 다시 말하면 그 맹랑한 풍경이 나의 마음을 결코 노엽히거나 모욕한 것이 나니요, 도리어 아까와 똑 같은 기쁨을 자아내게 한 것이다. 일반으로 창조의 기쁨을 보여준 것이다.

개울녘 풀밭에서 한 자웅의 개가 장난치고 있는 것이다. 하늘을 겁내지 않고 들을 부끄러워하지 않고 사람의 눈을 꺼리는 법없이 자웅은 터놓고 마음의 자유를 표현할 뿐이다.

부끄러운 것은 도리어 이쪽이다. 나는 얼굴을 붉히면서 대중없이 오랫동안 그 요절한 광경을 바라보기가 몹시도 겸연쩍었다. 확실히 시절의 탓이다. 가령 추운 겨울 벌판에서 나는 그런 장난을 목격한 일이 없다. 역시 들이 푸를 때 새가 늦은 알을 깔 때 자웅도 농탕치는 것이다.

나는 그 광경을 성내어서는 비웃어서는 안되었다.

보고 있는 동안에 어디서부터인지 자웅에게로 돌멩이가 날아들었다. 킬킬킬킬 웃음소리가 나며 두 번째 것이 날았다. 가뜩이나 몸이 떨어지지 않는 자웅은 그제서야 겁을 먹고 흘금흘금 눈을 굴리니 어색한 설음으로 수체스런 두 몸을 비틀거렸다. 나는 나 이외의 그 광경을 그 때까지 은근히 바라보고 있던 또 한 사람이 부끄러운 생각이 와락 나며 숨도 크게 못 쉬고 인기척을 죽이고 잠자코만 있을 수 밖에는 없었다.

세 번째 돌멩이가 날리더니 이윽고 호담스런 웃음소리가 왈칵 터지며 아랫편 숲속에서 사람의 그림자가 덥석 뛰어나왔다.

빨래 함지를 인 채 한 손으로는 연해 자웅을 쫓으면서 어깨를
떨며 웃음을 금할 수 없다는 자세였다.

그 돌연한 인물에 나는 놀랐다. 한 편 응겼던 마음이 풀리기
도 하였다. 옥분이었다. 빨래를 하고나자 그 광경임에 마음 속
은 미리 흠뻑 그것을 즐기고 난 뒤인 모양이었다. 그러나 나의
놀람보다도 옥분이가 문득 나를 보았을 때의 놀람. 그것은 몇
갑절 더 큰 것이었다. 별안간 웃음을 딱 그치고 주춤 서는 서슬
에 머리에 였던 함지가 왈칵 떨어질 판이었다. 얼굴의 표정이
삽시간에 검붉게 질려 굳어졌다. 눈알이 땅을 향하고 한 편손
이 어쩔 줄 몰라 행주치마를 의미 없이 꼬깃거렸다.

별안간 깊은 구렁이에 빠진 것과도 같은 그의 궁착한 처지
와 데인 마음을 건져주기 위하여 나는 마음에도 없는 목소리
를 일부러 자아내어 관대한 웃음을 한바탕 웃으면서 그의 곁
으로 내려갔다.

"빌어먹을 짐승들."

마음에도 없는 책망이었으나 옥분의 마음을 풀어주자는 뜻
이었다.

"득추 녀석쯤이 너를 싫단 법있니. 주제넘는 녀석."

이어 다짜고짜로 그의 일신의 이야기를 집어낸 것은 그의
주의를 다른 곳으로 돌리자는 생각이었다. 군청고원 득추는
일껏 옥분과 성혼이 된 것을 이제 와서 마다고 투정을 내고 다
른 감을 구하였다. 옥분의 가세가 빈한하여 들고날 판이므로
혼인한 뒤에 닥쳐올 여러 가지 귀찮은 거래를 염려하여 파혼
한 것이 확실하다. 득추의 그런 꾀바른 마음씨를 나무라는 것
이 나뿐이 아니었다. 마을 사람들은 대개 고원의 불신을 책하

였다.

"배반을 당하고 분하지도 않으냐?——

"모른다."

옥분은 도리어 짜증을 내며 발을 떼놓았다.

"그 녀석 한번 해내줄까."

웬일인지 그에게로 쏠리는 동정을 금할 수 없다.

"쓸데없는 짓 할 것 있니?"

동정의 눈치를 알면서도 시치미를 떼는 옥분의 마음씨에는 말할 수 없이 그윽한 것이 있어 그것이 은연중에 마음을 당긴다.

눈앞에 떨어지는 그의 민출한 자태가 가슴 속에 새겨진다. 검은 치마폭 밑으로 들어난 불그레한 늘츳한 두 다리——자작나무보다도 더 아름다운 것——헐벗기 때문에 한결 빛나는 것——세상에도 가지고 싶은 탐나는 것이다.

4

일요일인 까닭에 오래간만에 문수와 함께 둑 위에서 하루를 보낼 수 있었다. 날마다 거리의 학교에 가야 하는 그를 자주 붙들이낼 수는 없다. 일요일이 없는 나에게도 일요일이 있다.

바다를 바라볼 수 있는 둑에 오르면 마음이 활짝 열리는 듯이 시원하다. 바닷바람이 아직 조금 차기는 하나 신선한 맛이다. 잔디밭에는 간간이 피지 않은 해당화 봉오리가 조촐하게 섞였으며 두 맞은편에 군데군데 모여선 백양나무 잎새가 햇빛에 반짝반짝 나부껴 은가루를 뿌린 것 같다.

문수는 빌려갔던 몇 권의 책을 돌려주고 표해 두었던 몇 구절의 뜻을 질문하였다. 나는 그에게는 하루의 선배인 것이다. 돈독하게 뛰어 주는 것이 즐거운 의무도 되었다.

공부가 끝난 뒤에 책을 덮어두고 잡담에 들어갔을 때에 문수는 탄식하는 어조였다.

"학교가 점점 틀려가는 모양이다."

구체적 실례를 가지가지 들고 나중에는 그 한 사람의 협착한 처지를 말하였다.

"책 읽는 것까지 들키웠네. 자네 책도 빼앗길 뻔했어."

짐작되었다.

"나와 사귀는 것이 불리하지 않은가."

"자네 길은 길대로 되어 나가는 것이 빠하지. 차라리 그편이 시원하겠네."

너무 궁박한 현실 이야기만도 멋없이 두 사람은 무릎을 다 털고 일어서 기분을 가다듬고 노래를 불렀다. 아는 말 아는 곡조를 모조리 불렀다.

노래가 지나면 번갈아 서서 연설을 하였다. 눈 앞에 수많은 대중을 가상하고 목소리를 다하여 부르짖어본다. 바닷물이 수물거리나 어찌나 새들이 놀라서 떨어지나 어쩌나를 시험하려는 듯이도 높게 고함쳐본다. 박수하는 사람은 수만의 대중 대신에 한 사람의 동무일 뿐이나 지껄이는 동안에 정신이 흥분되고 통쾌하여 간다. 훌륭한 공부 이외 단련이다.

협착한 땅 위에 그렇게 자유로운 벌판이 있음이 새삼스러운 놀람이다. 아무리 자유로운 말을 외쳐도 거기에서만은 '중지'를 당하는 법이 없으니까 말이다. 땅 위는 좁으면서도 넓은 셈인가.

둑은 속 풀리는 시원한 곳이며 문수와 보내는 하루는 언제
든지 다시없는 즐거운 날이다.

5

과수원 철망 너머로 엿보이는 철늦은 딸기——잎새 사이로
불긋불긋 돋아난 송이 굵은 양딸기——지날 때마다 건강한 식
욕을 참을 수 없다.

더구나 달빛에 젖은 딸기의 양자란 마치 크림을 껴얹은 것
과도 같이 한층 부드럽게 빛난다.

탐나는 열매에 눈독을 보내며 철망을 넘기에 나는 반드시
가책과 반성으로 모질게 마음을 매질하지는 않았으며 그럴 필
요도 없었다. 그것이 누구의 과수원이든 간에 철망을 넘는 것
은 차라리 들사람의 일종의 성격이 아닐까.

들사람은 또 한 편 그것을 용납하고 묵인하는 아량도 가지
고 있는 것이다. 나는 몇 해 동안에 완전히 이 야취의 성격을
얻어버린 것 같다.

흐뭇한 송이를 정신없이 따서 입에 넣으면서도 철망 밖에서
다만 탐내고 보기만 힐 때 보나 한층 높은 감농을 느끼지 못
하게 됨은 도리어 웬일일까. 입의 감동이 눈의 감동보다 떨어
지는 것일까. 생각만 할 때의 감동보다 항용 더 나음을 생각하
며 나는 다시 철망을 넘었다.

멍석딸기, 중딸기, 장딸기, 나무따기, 감대딸기, 곰딸기, 닷
딸기, 뱀딸기……

능금나무 그늘에 난데없는 사람의 그림자를 발견하자 황급히 뛰어넘다 철망에 걸려 나는 옷을 찢었다.

그러나 옷보다도 행여나 들키우지나 않았나 하는 염려가 앞서 허둥허둥 풀 속을 뛰다가 또 공교롭게도 그가 옥분임을 알고 마음이 일시에 턱 놓였다. 그 옆 딸기밭을 노리고 있던 터가 아닐까. 철망 기슭을 기웃거리며 능금나무 아래 몸을 간직하고 있지 않던가.

언제인가 개천 둑에서 기묘하게 만난 후 두번째의 공교로운 만남을 이상하게 여기고 있는 동안에 마음이 퍽이나 헐하게 놓여졌다. 가까이 가서 시룽새룽 말을 건 것도 그리 어색하지 않고 도리어 자연스러웠다. 그 역시 시원스러워하지 않고 수월하게 말을 받고 대답하고 하였다. 전날의 기묘한 만남이 확실히 두 사람의 마음을 방긋이 열어놓은 것 같다.

"딸기 따줄까."

"무서워"

그의 떨리는 목소리가 왜 그리도 나의 마음을 끌었는지 모른다. 나는 떨리는 그의 팔을 붙들고 풀밭을 지나 버드나무 숲속으로 들어갔다. 그의 입술은 딸기보다도 더 붉다. 확실히 그는 딸기 이상의 유혹이었다.

"무서워."

"무섭긴"

하고 달래기는 하였으나 기실 딸기를 훔치러 철망을 넘을 때와 똑같이 가슴이 후둑후둑 떨림을 어찌는 수 없었다. 버드나무 잎새 사이로 달빛이 가늘게 새어들었다. 옥분은 굳이 거역하려고 하지 않았다.

양딸기 맛이 아니요, 확실히 들딸기 맛이었다. 멍석딸기 나
무딸기의 신선한 감각에 마음은 흐뭇이 찼다.

아무리 야취의 습관에 젖었기로 철망 넘어 딸기를 딸 때와
일반으로 아무 가책도 반성도 없었던가. 벌판서 장난치던 한
자웅의 짐승과 일반이 아닌가. 그것이 바른가 그래서 옳을까
하는 한 줄기의 곧은 생각이 한결같이 뻗쳐오름을 억제할 수
는 없었다. 결국 마지막 판단은 누가 옳게 내릴 수 있을까.

6

며칠이 지나도 여전히 귀찮은 생각이 머릿속에 맴돈다. 어
수선한 마음을 활짝 씻어버린 양으로 아침부터 그물을 들고
집을 나섰다.

그물을 후릴 곳을 찾으면서 남대천 물줄기를 따라 올라간
것이 신적신적 걷는 동안에 어느덧 철교서도 근 십 리를 올라
가게 되었다. 아무 고기나 닥치는 대로 잡으려던 것이 그렇게
되고 보니 불현듯이 고들빼기로 후려볼 욕심이 솟았다.

고기 사냥 중에서도 가장 운치있고 흥있는 고들빼기 사냥에
나는 몇 번인지 성공한 일이 있어 그 호젓한 멋을 잘 안다. 그
중 많이 모여 있을 듯이 보이는 그릴듯한 여울을 섬져 첫 그
물을 던져보기로 하였다.

산 속에 오막하게 둘러싸인 개울——물도 맑거니와 물소리
도 맑다. 돌을 굴리는 여울소리가 티끌 한 점 있을 리 없는 공
기와 초목을 영롱하게 울린다. 물 속에서 노는 고기는 산신령
이 아닐까.

옷을 활짝 벗어 부치고 그물을 물 속에 뛰어들었다. 넉넉히
목욕을 할 시절임에도 워낙 산골물이라 뼈에 차다. 마음이 한
꺼번에 씻쳐졌다느니보다도 도리어 얼어붙을 지경이다. 며칠
내려오던 어수선한 생각이 확실히 덜해지고 돌아갔다고나 할
까. 그러나 그러면서도 마지막 한 가지 생각이 아직도 철사같
이 가늘게 꿰뚫고 흐름을 속일 수는 없었다.

"사람의 사이란 그렇게 수월할까."

옥분과의 그날 밤 인연이 어처구니 없게 쉽사리 맺어진 것
이 도리어 의심쩍은 것이었다.

아무 마음의 거래도 없던 것이 달빛과 딸기의 꼬임을 받아
그때 그 자리에서 금방 응낙이 되다니. 항용 거기에 이루기까
지의 두 사람의 마음의 교섭이란 이야기 속에서 읽을 때에는
기막히게 장황하고 지리한 것이었는데 그것이 그렇게 수월할
리 있을까. 들 복판에가 수월한 법일까.

"책임문제는 생기지 않는다."

생각은 다시 솔솔 풀린다. 물이 찰수록 생각도 점점 차게만
들어간다.

물이 다리목을 넘게 되었을 때 그쯤에서 한 훑기 던져보려
고 그물을 펴들고 물 속을 가늠 보았다. 속 물이 꽤 세어 다리
를 훑친다. 물때 끼인 돌멩이가 몹시 미끄러워 마음대로 발을
디딜 수 없다. 누루칙칙한 물 속이 정확히 보이지 않는다. 몇
걸음 아래편은 바위요, 바위 아래는 소가 되어 있다.

그물을 던질 때의 호흡이란 마치 활을 쏠 때의 그것과도 같
이 미묘한 것이어서 일종의 통일된 정신과 긴장된 자세를 요
구하는 것임을 나는 경험으로 잘 안다.

그러면서도 그때 자칫하여 기어이 실수를 하게 된 것은 필시 던지는 찰나까지도 통일되지 못한 마음이 어수선하고 정신이 까닥거렸음이 확실하다.

몸이 횟둥하고 휘더니 횡하게 날아야 할 그물이 물 위에 떨어지자 어지럽게 흩어졌다. 발이 미끄러져 세인 물결에 다리가 쏠리니까 그물은 손을 빠져 달아났다. 물 속에 넘어져 흐르는 몸을 아무리 버둥거려야 추어주는 장사 없었다. 생각하면 기가 막히나 별수 없이 몸은 흐를 대로 흐르고야 말았다. 바위에 부딪쳐 기어이 소에 빠졌다. 거품을 날리는 폭포 속에 송두리째 푹 잠겼다가 휘엿이 솟으면서 푸른 물 속을 뺑돌았다. 요행 헤엄의 술득이 약간 있던 까닭에 많은 고생없이 허부적거리고 소를 벗어날 수 있었다.

면상과 어깨쭉지에 몇 군데 상처가 있었다. 피가 돋았다. 다리에는 군데군데 시퍼렇게 멍이 들어있음을 보았다. 잃어버린 그물은 어느 줄기에 묻혀 흐르는지 알 바가 없거니와 찾을 용기도 없었다. 고들빼기는 물론 한 마리도 손에 쥐어보지 못하였다.

귀가 메이고 코에서는 켰던 물이 줄줄 흘렀다. 우연히 욕을 당하게 된 몸둥어리를 훑어 보며 나는 알 수 없는 부끄러움을 느꼈다. 별인간 옥분이 몸이—향기가 눈앞에 흘러왔다. 비밀을 가진 나의 몸이 다시 돌려보이며 한동안 부끄러운 생각이 쉽게 꺼지지 않았다.

7

문수는 기어이 학교를 쫓겨났다. 기한없는 정학 처분이었으나 영영 물러난 것과 같은 결과이다. 덕분에 나도 빌려주었던 책을 영영 빼앗긴 셈이 되었다.

차라리 시원하다고 문수는 거드름 부렸으나 시원하지 않은 것은 그의 집안 사람들이다. 들볶는 바람에 그는 집을 피하여 더 많이 나와 지내게 되었다. 원망의 줄기는 나에게까지 튀어왔다. 나는 애매하게도 그를 타락시켜 놓은 안된 놈으로 몰릴 수 밖에 없다.

별수 없이 나날을 들과 벗하게 되었다. 나는 좋은 들의 동무를 얻은 셈이다.

풀밭에 서면 경주를 하고 시냇가에 서면 납작한 돌을 집어 물 위에 수제비를 뜨기가 일쑤다. 돌을 힘껏 집어 던져 그것이 물 위를 뛰어가는 뜀 수를 세이는 것이다. 하나 둘 셋 넷 다섯 여섯 일곱 여덟——이 최고 기록이다. 돌은 굴러갈수록 걸음이 좁아지고 빨라지다 나중에는 깜박 물속에 꺼진다. 기차가 차차 멀어지고 작아지다 산모퉁이에 깜박 사라지는 것과도 같다. 재미있는 장난이다. 나는 몇 번이고 싫지 않게 돌을 집어 시험하는 것이었다.

팔이 축 처지게 되면 다시 기운을 내어 모래밭에 겨르고 서서 씨름을 한다. 힘이 비등하여 승패가 상반이다. 떠밀기도 하고 삿바씨름도 하고 잡아 나꾸기도 하고——다리걸이 딴죽치기——기술도 차차 늘어가는 것 같다.

"세상에서 제일 장하고 제일 크고 제일 아름답고 제일 훌륭하고 제일 바른 것이 무엇이냐?"

되고 말고 수수께끼를 걸고,

"힘이다!"

라고 껄껄껄걸 웃으며 오장 육부가 물에 해운 듯이 시원한 것
이다. 힘! 무슨 힘이든지 좋다. 씨름을 해가는 동안에 우리는
힘에 대한 인식을 한층 더 새롭혀갔다. 조직의 힘도 장하거니
와 그것을 꾸미는 한 사람의 힘이 크다면 더한층 아름다운 것
이 아닐까.

8

문수와 천렵을 나섰다.

그물을 잃은 나는 하는 수 없이 족대를 들고 쇠치네 사냥을
하러 시냇물을 훑어 내려갔다.

벌판에 남비를 걸고 뜬 고기를 끓이고 밥을 지었다.

먹을 것이 거의 준비되었을 때 더운 판에 목욕을 들어갔다.

땀을 씻고 때를 밀고는 깊은 곳에 들어가 물장구와 가댁질
이다. 어린아이 그대로의 순진한 마음이 방울방울 날리는 물
방울과 함께 맑은 하늘을 휘덮었다가는 쏟아지는 것이다.

물가에 나와 얼굴을 씻고 물을 들일 때에 문수는 닫다가,

"어깨의 상처가 웬일인가."

하고 나의 어깨의 군데군데를 가리켰다. 나는 뜨끔하면서 그
때까지 완전히 잊고 있던 고들빼기 사냥과 거기에 관련된 옥
분과의 일건이 생각났다.

어떻게 할까 망설이다가 그에게까지 끼일 바 못 되어 기어
이 고기잡이 이야기와 따라서 옥분과의 곡절을 은연중 귀띔하
여 주게 되었다.

　이상한 것은 그의 태도였다.

"명예의 부상일세그려."

놀리고는 걱실걱실 웃는 것이다.

웃다가 문득 그치더니,

"이왕 말이 났으니 나도 내 비밀을 게울 수 밖에는 없게 되었네그려."

정색하고 말을 풀어냈다.

"옥분이——나도 그와는 남이 아니야."

어안이 벙벙한 나의 어깨를 치며,

"생각하면 득추와 파혼된 후부터는 달근 마음이 허랑해진 마음이데. 일종의 자포자기야 죽일 놈은 득추지 옥분의 형편이 가엾기는 해."

　나에게 이상한 감정이 솟아올랐다. 문수에게 대하여 노염과 질투를 느끼는 대신에——도리어 일종의 안심과 감사를 느끼는 것이었다. 괴롭던 책임이 모면된 것 같고 무거운 짐을 벗어놓은 듯이도 감정이 가벼워지고 응겼던 마음이 풀리는 것이다. 이것은 교활하고 악한 마음보일까. 그러나 나를 단 한 사람으로 생각하지 않는 옥분의 허랑한 태도에 해결의 열쇠는 있다.

　그의 날도가 마지막 책임을 져야 될 터이니까.

"왜 말이 없나. 거짓말로 알아 듣나. 자네가 버드나무 숲에서 만났다면 나는 풀밭에서 만났네."

　여전히 잠자코만 있으면서 나는 속으로 한결같이 들의 성격과 마술과도 같은 자연의 매력이라는 것을 생각하였다.

　얼마나 이야기가 장황하였든지 밥 타는 냄새가 코를 찔렀다.

9

무더운 날이 계속된다.

이런 때 마을은 더한층 지내기 어렵고 역시 들이 한결 낫다.

낮은 낮으로 해 두고 밤을——하룻밤을 온전히 들에서 보낸 적이 없다.

우리는 의논하고 하룻밤을 들에서 야영하기로 하였다.

들의 밤은 두려운 것일까——이런 의문도 있었기 때문이다.

이왕 의가 통한 후이니 이 후로는 옥분이도 데려다가 세 사람이 일단의 '들의 아들이 되었으면'하는 문수의 의견이었으나 나는 그것을 일종의 악취미라고 배척하였다. 과거의 피차의 정의는 정의로 하여 두고 단체 생활에는 역시 두 사람이 적당하여 수효가 셋이면 어떤 경우에든지 반드시 기울고 불안정하다는 의견을 가지고 있기 때문이다. 그러나 그것도 결국 나의 야성이 철저하지 못한 까닭이 아닐까.

어떻든 두 사람은 들 복판에서 해를 넘기고 어둡기를 기다리고 밤을 맞이하였다.

불을 피우고 이야기하였다.

이야기가 장황하기 때문에 불이 마저 스러질 때에 마을의 등불도 벌써 다 꺼지고 개 짖는 소리도 수습된 뒤였다. 별만이 깜박거리고 바다소리가 은은할 뿐이다.

어둠은 깊고 넓고 무한하다.

창조 이전의 혼돈의 세계는 이러하였을까.

무한한 적막——지구의 자전 공전의 소리도 들리지는 않은 것이다.

공포——두려움이란 어디서 오는 감정일까.

어둠에서도 적막에서도 오지는 않는다.

우리는 일부러 두려운 이야기 무서운 이야기로 마음을 떠보았으나 이럴 듯한 새삼스러운 공포의 감정이라는 것은 솟지 않았다.

위에는 하늘이요, 아래는 풀이요, ——주위에 어둠이 있을 뿐이지 모두가 결국 낮 동작의 계속이요, 연장이다. 몸이 소름이 돋는 법도 마음이 떨리는 법도 없다.

서로 눈만 말똥거리다가 피곤하여 어느 결엔지 잠이 들어버렸다.

단잠을 깨었을 때는 아침 해가 높은 후였다.

야영의 밤은 시원하였을 뿐이요, 공포의 새는 결국 잡지 못하였다.

10

그러나 공포는 왔다.

그것은 들에서 온 것이 아니요, 마을에서——사람에게서 왔다.

공포를 만드는 것은 자연이 아니요 사람의 사회인 듯싶다.

문수는 돌연 끌려간 것이다.

학교 사건의 뒷맺임인 듯하다.

이어 나도 들어가게 되었다.

나 혼자에 대하여 혹은 문수와 관련되어 여러 가지 질문을 받았다.

사흘 밤을 지우고 쉽게 나왔으나 문수는 소식이 없다. 오랠 것 같다.

여러 가지 재미있는 여름의 계획도 세웠으나 혼자서는 할 일 없었다.

가졌던 동무를 잃었을 때의 고독이란 큰 것이다. 들에서 무료히 지내는 날이 많다.

심심 파적으로 옥분을 데려올까도 생각되나 여러 가지로 거리끼고 주체스런 일이다. 깨끗한 것이 좋을 것 같다.

별수 없이 녀석이 하루라도 속히 나오기를 충심으로 바랄 뿐이다.

나오거든 햇콩을 실컷 구워 먹이고 기름종개를 많이 떠 먹이고 씨름해서 몸을 불려줄 작이다.

들에는 도라지꽃이 피고 개나리꽃이 장하다.

진펄의 새발 고사리도 어느덧 활짝 피었다.

해오라기가 가끔 조촐한 자날로 물가에 내린다.

시절이 무르녹았다.

수 탉

을손은 요사이 울적한 마음에 닭 시중도 게을리하게 되었다.
그 알뜰히 기르던 닭들이 도무지 눈에도 들지 않으며 마음을
당기지 못하였다. 모이는 새려 뜰앞을 어른거리는 꼴을 보면
나뭇개비를 집어들게 되었다. 치우지 않은 우리 속은 지저분
하기 짝없다.

두 마리를 팔면 한 달 수업료가 된다. 우리 안의 수효가 차차
줄어짐이 그다지 애잔한 것은 아니었다. 도리어 제때 가질 운
명을 못 가지고 우리 안을 헤매는 한 달 동안의 운명을 벗어
난 두 마리의 꼴이 허울이 변변치 못한 위에 이웃집 닭과 싸
우면 판판이 졌다. 물어 뜯기운 맨드라미에는 언제 보아도 피
가 새를…… 흘러있다. 거적 눈인데다 한쪽 다리를 젓는다. 쪽
지의 깃이 가지런하지 못하고 꼬리조차 짧았다. 어떤 때면 암
탉에게까지 쫓겼다. 수탉이 보기에도 민망하였으나 요사이 와
서는 민망한 정도를 넘어 보기 싫은 것이었다. 더구나 한 달의

운명을 우리 안에 더 붙이게 된 것이 을손에게는 밉살스럽고 흉측스럽게 보일 뿐이다.

학교에 못 가는 마음이 몹시 답답하였다.

능금을 따고 낙원을 쫓기운 것은 전설이나 능금을 따고 학원을 쫓기운 것은 현실이다.

농장의 능금은 금단의 과실이었다.

을손들은 그 율칙을 어긴 것이다.

동무들의 꼬임에 빠졌다느니보다도 을손 자신 능금의 유혹에 빠졌던 것이다. 능금은 사치한 욕망이 아니다. 필요한 식욕이었다.

당번은 다섯 명이었다. 누에를 다 올린 후이라 별로 할일 없이 한가하였던 것이 일을 저지른 시초일는지 모른다. 잡담으로 자정이 되기를 기다렸다가 일제히 방을 나가 어둠 속에 몸을 감추고 과수원의 철망을 넘었다.

먹다 남은 것을 아궁지 속에 넣은 것은 감쪽 같았으나 마지막 한개를 방구석 뽕잎 속에 간직한 것이 실책이었다.

이튿날 아침 과수원 속의 발자취가 문제되었을 때 공교롭게도 뽕잎 속의 그 한 개가 발견되었다.

수색의 길은 뻔하다. 간밤에 다섯 명의 당번이 차례로 반 담님 앞에 불리우게 되었다.

굳게 언약을 해놓고서도 어느 때나 마찬가지로 그 어디로부터인지 교묘하게 부서진다. 약한 한 사람의 동무의 입에서 기어이 실토가 된 모양이었다. 한 사람씩 거듭 불려 들어갔다.

두 번째 호출이 시작되었을 때 을손은 괴상한 곳에 있었다. 몸이 무거워 그곳에 들어간 것이 아니라 얼마 동안의 귀찮은 시간을 피하려 일부러 그런 곳을 고른 것이었다.

한 사람이 들어가 간신히 웅크리고 앉았을만한 네모진 그 좁은 공간——거북스럽기는 하여도 가장 마음 편한 곳도 그곳이었다. 그곳에 앉았으면 마치 바닷물 속에 잠겨있는 것과도 같이 몸이 가뿐한 까닭이다.

밖 운동장에서는 동무들의 지껄이는 소리, 웃음소리, 닫는 소리에 섞여 공 구르는 가벼운 소리가 쉴새없이 흘러와 몸은 그 즐거운 소리를 타고 뜬 것 같다.

을손은 현재 취조를 받고 있을 당번의 동무들과 자신의 형편조차 잊어버리고 유유히 주머니 속에서 담배를 한 개 집어내서 불을 붙였다. 실상인즉 담배도 능금과 같이 금단의 것이었으나 율칙을 어김은 인류의 조상이 끼쳐준 아름다운 공덕이다. 더구나 그곳에서 한 모금 피우기란 무상의 기쁨이라고 을손은 생각하는 것이었다.

이것도 그곳의 특이한 풍속으로 벽에는 옷을 입지 않을 때의 남녀의 원시적 자태가 유치한 필치로 낙서되어 있다. 간단한 선 서투른 그림이면서 그것은 일종의 기쁨이었다.

을손도 알 수 없는 유혹을 받아 주머니 속에서 무딘 연필을 찾아 향기로운 연기를 길게 뿜으면서 상상을 기울여 그림을 그리기 시작하였다.

능금을 먹은 후에 담배를 피우며 낙서를 하며——'위반'을 거듭하는 동안에 을손은 문득 학교가 싫은 생각이 불현듯이 들었다. ——가령 학교에서 능금 딴 제자를 문초한 교사가 일단 집에 돌아갔을 때 이웃집 밭의 딴 어린아이들을 무슨 방법으로 처벌할 것이며 그 자신 능금을 따던 소년시대를 추억할 때 어떤 감상과 반성이 생길 것인가. 또 혹은 학교에서 절제의 미덕을 가르치는 교사 자신이 불의의 정욕에 빠졌을 때 그 경우는 어떻게 설명하여야 옳을 것인가. ──마치 십계명을 설교하는 목사 자신이 간음의 죄에 신음하는 것과도 흡사한 그 경우를.

가깝게 생각하여 특수한 과학과 기술을 배워야 그것을 이용할 자신이 농토조차 없는 형편이 아닌가.

변변치 못하다. 초라하다. 잠시 보수를 바라 이 굴욕을 받는 것보다는 차라리 좁고 거북한 굴레를 벗어나 아무 데로나 넓은 세상으로 뛰고 싶다.

을손의 생각은 고삐를 놓고 말같이 그칠 바를 몰랐다.

아마도 오래 된 듯하다.

하학 종소리가 어지럽게 울렸다.

이튿날 아버지는 단벌의 나들이 두루마기를 입고 학교에 불리웠다.

무기 정학의 처분이었다.

아버지는 어안이 벙벙한 모양이었다. ──정든 아들을 매질할 수도 없었음으로.

을손은 우리 안의 닭을 모조리 휘둘러 팔아가지고 내빼고 싶은 생각이 불같이 났으나 그것도 할 수 없어 빈손으로 집을 떠났다.

이웃 고을을 헤매이다가 사흘만에 다시 집으로 돌아왔다.

밭일도 거들 맥없어 며칠은 천치같이 보낼 수 밖에 없었다.

우리 안의 닭의 무리가 눈에 나보였다. 가운데에서도 못난 수탉의 꼴은 한층 초라하다. 고추장에 밥을 비벼 먹여도 이웃

집 닭에게 지는 가련한 신세가 보기에도 안타까왔다.

　못난 수탉, 내 꼴이 아닌가——을손은 화가 버럭 났다.

　한가한 판이라 복녀와는 자주 만날 수는 있는 처지였으나 겸연쩍은 마음에 도리어 주저되었다.

　을손의 처분을 복녀는 확실히 좋게 여기지는 않는 눈치였다. 복녀는 의지의 여자였다. 반년 동안의 원잠종 제조소의 견습생 강습을 마친 터이라 오는 봄부터는 면의 잠업 지도생으로 나갈 처지였다. 건듯하면 게을리되는 을손의 공부를 권하여 주고 매질하여 주는 복녀였다. 학교를 마치면 맞들고 벌자는 언약이었으나 을손의 이번 실수가 복녀를 실망시킨 것은 확실하였다. 무능한 사내——복녀에게 이같이 의미없는 것은 없었다.

　하룻저녁 복녀를 찾았을 때 을손에게는 모든 것이 확적히 알렸다.

　나온 것은 복녀가 아니요, 복녀의 어머니였다.

　"앞으론 출입도 피차에 갖지 못하게 될 것을 생각하니 섭섭하기 그지없네."

　뜻을 몰라 우두커니 서 있으려니 복녀의 어머니는 말을 이었다.

　"기어이 알맞은 사람을 하나 구해 봤네."

　천근 같은 무쇠가 등골을 내리쳤다.

　"조합에 얌전한 사람이 있다기에 더 캐지도 않고 작정하여 버렸어."

　복녀는 찾아볼 생각도 못 하고 을손은 허전허전 뛰어나왔다

　"복녀의 뜻일까 춘향모의 짓일까."

물을 필요도 없었다.

눈앞이 어둡고 천지가 헐어지는 것 같았다.

며칠 동안은 눈에 아무 것도 어리우지 않았다.

앙상한 밤송이 같은 현실.

한 달이 넘어도 학교에서는 복교의 통지도 없다.

저녁 때였다.

닭이 우리 안에 들어 각각 잠자리를 차지하였을 때 마을 갔던 수탉이 어슬어슬 들어왔다.

또 싸운 모양이었다.

찢어진 맨드라미에는 피가 생생하고 퉁겨진 쪽지의 것이 거꾸로 뻗쳤다.

다리를 저는 것은 일반이나 걸어오는 방향이 단정치 못하다. 자세히 보니 눈이 한 쪽 찌그러진 것이었다. 잠긴 눈으로 피가 흘러 털을 물들였다.

참혹한 꼴이었다.

측은한 생각은 금시에 미움의 감정으로 변하였다.

을손은 불 같은 화가 버럭 났다.

——그 꼴을 하고 살아서는 무엇해.

살기를 띠인 손이 부르르 떨렸다. 손에 잡히는 것을 되구말구 닭에게 년섰나.

공칙하게도 명중되어 순간 다리를 뻗고 푸득거리는 꼴에서 을손은 시선을 피해버렸다.

끓었다 이었다 하는 가엾은 비명이 을손의 오장을 뒤흔들어 놓는 듯하였다.

가을과 山羊

화단 위 해바라기 송이가 척칙하게 시들었을 땐 벌써 가을이 완연한 듯하다. 해바라기를 비웃는 듯 국화가 한창이다. 양지쪽으로 날아드는 나비 그림자가 외롭고 풀 숲에서 나는 벌레소리가 때를 가리지 않고 물 쏟아지듯 요란하다. 아침이나 낮이나 밤이나 그 어느 때를 가릴까. 사람의 오장 육부를 가리가리 찢으려는 심산인 듯하다. 애라에게는 가을같이 두려운 시절이 없고 벌레 소리같이 무서운 것이 없다. 지난 칠 년 동안──준보를 알기 시작했을 때부터 그 어느 가을인들 애라에게 쓸쓸하지 않은 가을이 있었을까. 밤자리에 이불을 쓰고 누우면 눈물이 뒤로 흘러 베개를 적신다.

'사랑이란 무엇인가.'
스스로 물을 때,
'외롭고 적적하고 얄궂은 것.'
칠 년 동안에 얻은 결론이 이것이었다, 여러 해 동안 적어온 사랑의 일기가 홀로 애태우고 슬퍼한 피투성이의 기록이었다.
준보는 언제나 하늘 위에 있는 별이다.

만질 수 없고 딸 수 없고 영원히 자기의 것이 아닌 하늘 위
별이다.

한 마리의 여우가 딸 수 없는 높은 시렁 위 포도송이를 바
라보고 딸 수 없으므로 그 아름다운 포도를 넓은 것이라고 비
난하고 욕질한 옛날 이야기를 생각하며 애라는 몇 번이나 그
여우를 흉내내어 준보를 미워해 보려고 했는지 모르나 헛일이
어서 준보는 날이 갈수록에 더욱 그립고 성스럽고 범하기 어
려운 것으로만 보였다. 이 세상은 왜 되었으며 자기는 왜 태어
났으며 자기와 인연 없는 준보는 왜 나타났을까——

준보의 마음과 자기의 마음은 왜 그다지도 어긋나 준보가
그다지 대수럽게 여기지 않는데도 왜 자기의 마음은 한결같이
그에게로 기울까——자나 깨나 애라에게는 이것이 큰 수수께
끼였다. 준보가 옥경이와 결혼한다는 발표가 났을 때가 애라
에게는 가장 무서운 때였다. 동무 옥경이의 애꿎은 야유였을
까. 결혼의 청첩은 왜 보내왔을까. 애라에게는 여러날 동안의
무서운 밤이 닥쳐왔다. 자기의 육체를 저주하고 얼굴을 비쳐
주는 거울을 깨뜨려버렸다. 칠 년 동안의 불행을 실어온다는
거울을 깨뜨려버리고는 어두운 방 인에서 죽음을 생각했다.
몸이 덥고 가슴이 답답하고 불 냄새가 흘러나오면서 세상이
금시에 바서지는 듯했다. 그 괴로운 죽음의 환영에서 나오기
는 일주일이 넘어 걸렸다. 준보를 얼마나 미워하고 옥경이를
얼마나 저주했을까. 그런 고배를 겪었건만 그래도 여전히 준
보에게 대한 미련과 애착이 끊어지지 않음은 웬일일까.

준보는 자기를 위해 태어난 꼭 한 사람일까. 전세에서부터 미래까지 자기가 찾는 사람은 단 한 사람 준보라는 지목을 받아온 것일까. 너무도 고전적인 자기의 사랑에 애라는 싫증이 나면서도 한 편 여전히 그 사랑에 매어가는 스스로의 감정을 어쩌는 수 없었다. 준보 외에 그의 영혼을 한꺼번에 끌어당길 사람은 다시 그의 앞에 나타날 성싶지는 않았고 그런 추잡한 생각을 하는 것부터가 싫었다. 준보는 무슨 일이 있었던 간에 그에게는 영원의 꿈이요. 먼 나라이다. 준보의 아름다운 환영을 가슴 속에 간직해 가지고 평생을 지내겠다고 마음 먹었을 때 애라에게는 절망의 속에서도 한 줄기 희망이 솟아올랐다.

"이르는 말은 안 듣구 언제까지든지 어쩌자는 심사냐. 늙어 빠질 때까지 사람이 홀몸으로 지낼 수 있을 줄 아나부다."

어머니는 오래 전부터 내려오는 혼인 말을 되풀이 하고는 딸의 마음을 야속히 여기고 때때로 보챈다. 그러나 애라는 자기방에 묻힌 채 책을 읽거나 무료해지면 염소를 끌고 풀밭으로 나간다. 고요한 마음의 생활을 보내며 준보들의 동정을 들으면서 가을을 보내고 가을을 맞이해 왔다.

며칠 전 준보에게서 편지를 받고 애라는 가라앉았던 가슴이 다시 설레기 시작하고 마음의 상처가 다시 살아났다. 준보 부부가 별안간 음악 수업차로 미주로 떠나게 되었다는 것이요, 그들 송별의 잔치를 동무들이 발기한 것이었다. 인쇄된 청첩에 준보는 기어이 출석해 달라는 뜻을 따로 적어서 보냈던 것이다. 초문의 소식에 애라는 놀라며 곧 옷을 차리고 나섰다가 다시 반성하고 머뭇거려도 보았으나 결국 출석하기로 했다.

오후의 호텔은 고요하면서도 그 어디인지 인기척을 감추고 수떨스런 기색을 보이고 있었다.

손님들의 자태는 그리 보이지 않건만 잔치를 준비하는 중인지 보이들이 오락가락하는 모양이 눈에 삼삼거린다. 복도를 들어가 바른편 객실을 기웃거렸을 때 모임에 출석하는 사람인 듯한 사 오인이 웅얼거리고들 앉았다. 낯설은 속에 어울리기도 겸연쩍어서 애라는 복도를 꾸부려져 왼편 객실로 들어갔다. 카운터에서 한 사람의 보이가 계산에 열중하고 있을 뿐 객실은 고요하다. 애라는 차 한 잔을 분부하고는 창 가까이 자리를 잡았다. 창 밖은 조그만 뜰이 되어서 몇 포기의 깨끗한 백양나무가 여름 한철 깊은 그늘 속에서 이슬을 뽐고 있던 것이 이역 어느덧 가을을 맞이해서 병들어 사는 잎들이 바람도 없건만 애잔하게 흔들리고 있다. 가을은 어느 구석에든지 숨어드는구나. 여기도 밤에는 벌레소리가 얼마나 요란할까——생각하면서 찻잔을 들려고 할 때 공교롭게도 문득 눈앞에 나타난 것이 준보였다. 그날 모임의 주빈답게 검은 예복으로 단장한 그의 자태가 그 어느 때보다 싱싱하게 눈을 끌었다. 그렇게 가깝게 면대하기는 오래간만이었다. 언제든지 그의 앞이 어렵고 시스럽고 부끄러운 애라였다. 가슴이 두근거리며 구개를 숙여 버렸다.

"진작 만나 뵙고 여러 가지 얘기 드리려던 것이 갑작스리 떠나게 돼서 이제야 기회를 얻었습니다. 옥경이의 희망도 있구 해서 별안간 미주행을 계획한 것인데 한 일 년 지내구 내년 가을에는 구라파로 건너갈 작정입니다만."

준보의 장황한 설명에 애라는 한참이나 동안을 두었다가 입을 열었다.

"그러실 줄 알았죠. ——별일 없으면서도 떠나신다니 섭섭해요. 어디를 가시든지 편안하셔야죠. 두 분의 행복을 비는 것이 이제는 제 행복이 됐어요…… 행복이구 불행이구 간에 어쩌는 수 없이 그것만을 밟아야 할 길이 된 것을요."

다음 말까지에는 또 한참이나 동안이 뜬다.

"남의 집 창밖에 서서 안을 기웃거리는 가난한 마음을 짐작하실 수 있으세요? 안에는 따뜻한 불이 피고 평화와 단란이 있죠. 밖에 서 있는 마음은 춥고 떨리고……"

준보가 그 대답을 하는데 다시 한참이 걸린다.

"……경우가 어떻게 됐든 간에 그 동안의 애라 씨의 심정을 나는 감사의 생각 없이는 받을 수 없었읍니다. 칠 년 동안의 변함없는 정성에 값 갈만한 사내가 아닌 것을요."

"감사는 하면서두 요구에 대답하지 못하는 것을 슬퍼합니다. 일이 애꿎게 그렇게 되는군요. 솔직하게 말하면 처음엔 무심했던 것이 차차 그 곧은 열정을 알게 됐을 때 난 무서워도 졌읍니다.

"그래요. 전 남을 무섭게만 구는 허수아빈지두 몰라요."

"……운명이라는 것 생각해 보신 적 있읍니까. 슬픈 것 기쁜 것 어쩌는 수 없는 운명이라는 것……."

"운명을 생각할 때 진저리가 나구 울음이 나요."

"……거역하구 겨뤄 봐두 할 수 없는 것. 고지식히 항복할 수 밖엔 없는 것."

"결국 그렇게 돌리구 그렇게 생각할 수 밖엔 없겠죠. 슬픈 일이긴 하나……"

시간이 가까와 그 객실에까지 사람의 그림자가 어른거리게

되었을 때 두 사람은 회화를 그쳤으나 이윽고 다른 방에서 연
회가 시작되었을 때에도 애라에게는 은근히 준보의 모양만이
바라보였다. 그의 옆에 앉은 옥경이의 자태까지도 범하기 어
려운 하늘 위 존재로 보임은 웬일이었을까. 연회가 끝난 후 여
흥으로 부부의 피아노 듀엣의 연주가 있었다. 건반 앞에 나란
히 앉아 가벼운 곡조를 울리는 두 사람의 자태는 그대로가 바
로 곡조에 맞춰 승천하는 한 쌍의 천사의 자태이지 속세의 인
간의 모양들은 아니었다. 그렇듯 아름다운 두 사람의 모양은
애라와는 너무도 먼 지경에 놓여있었다. 그 거리가 구만리일
까. ——애라는 그날 밤 같이 준보들과의 사이에 큰 거리를 느
껴본 적은 없었다.

"이것이 준보가 말한 운명이란 것인가."

애라는 새삼스럽게 설운 생각이 들며 그날 밤 출석을 뉘우
치고 될 수 있으면 그 자리를 물러나고도 싶었으나 그런 무례
를 범할 수도 없어 그 괴로운 운명의 시간을 그대로 참을 수
밖에는 없었다. 가슴 속은 보이지 않는 눈물로 젖었다.

괴로운 시간에 놓여서 사람들과 함께 식당을 나오게 되었을
때, 다시 다음 괴로움이 준비되어 있었다. 옥경이가 긴한 듯이
달려와서 옆에 서는 것이었다.

"이렇게 와 주어서 고맙긴 하나 한편 미안두 해요."

그러나 옥경이의 태도는 자랑에 넘치는 태도였지 미안하다
는 태도는 아니었다.

"애라두 소풍 겸 저리로나 떠나보면 어때. 좁은 데서 밤낮
속만 태우지 말고."

조롱인지 충고인지 그러나 애라는 그것을 충고로 듣는 것이

옳은 듯했다.

"목적두 없이 가선 뭣하누."

"가령 고향을 생각해두 좋지 외국에 가서 고향을 생각하는 속에 목적은 아니지만 그 무엇이 있을 법 하잖우."

"어서 무사히 다녀들이나 와요."

"구라파로나 떠나 봐요. 내년 가을쯤 파리에서나 같이 만나게."

애라에게는 옥경이와의 대화가 도시 괴로운 것이었다. 준보들과 작별하고 그 괴로운 분위기를 떠나 한 걸음 먼저 거리로 나왔을 때 지옥을 벗어나온 듯도 했으나 한 편 거리의 등불이 왜 그리 쓸쓸하게 보이고 오고가는 사람들의 모양이 왜 그리 무의미하게 보였을까. 찻집에 들렸을 때 레코오드에서는 베토벤의 운명 교향악이 흘렀다. 열리지 않는 운명의 철문을 두드리는 답답하고 육중한 음향이 거의 육체를 협박해 오는 지경이었다. 운명 교향악은 음악이 아니요, 운명 그것이다. 운명 교향악을 작곡한 베토벤은 음악가가 아니요, 미치광이나 그렇지 않으면 조물주다.

애라는 운명 교향악을 들을 때마다 몸에 소름이 끼치고 금시 미칠 듯이 몸이 떨리군 한다.

"찻집에서까지 운명 교향악을 걸 필요가 무엔가. 즐겁게 차 먹으러 오는 곳에 미치광이 음악이 아랑곳인가?"

애라는 중얼거리며 분부했던 차도 마시는 둥 마는 둥 뛰어나와 버렸다. 등줄기를 밀치는 듯 등 뒤에서 교향악의 연속이 애꿎게 울려오는 것을 들으며 거리를 걷는 애라의 마음 속에는 무거운 구름이 겹겹으로 드리웠다.

이튿날 역에서 준보 부부를 떠내 보내고 집으로 돌아온 애라는 한꺼번에 세상이 헐어진 것 같은 생각이 나며 눈알이 둘러패일 지경으로 어두웠다. 두 번째 죽음을 생각하고 약국에서 사온 약병을 밤새도록 노리면서 한 생각을 되하고 곱돌아하는 동안에 나중에는 죽음 역시 쓸데없는 것으로 생각되었다.

어차피 짓궂은 운명이라면 그 운명과 겨뤄 보는 것이 어떨까. 진 줄은 뻔히 알지마는 그 패배의 결론과 다시 대항하는 수도 있지 않은가. 즉 두 번째 싸움이다. 이번이야말로 사생결단의 무서운 싸움이다.

이렇게 깨닫자 애라에게는 절망 속에서도 다시 한 줄기의 햇빛이 돈아오며 문득 옥경이의 권고가 생각났다.

"……구라파로나 떠나 봐요. 내년 가을쯤 파리에서나 같이 만나게. ……또렷한 목적 가진 사람이 어디 있겠수. 그저 마음 속에 늘 무엇을 생각하구만 있으면 그것이 목적이 아니우."

옥경이가 무슨 뜻으로 했든지 간에 이제 애라에게는 이것이 한 줄기의 암시였다. 애라는 머릿속에 닫다가 보지 못한 외국을 환상하며 책시렁에서 한 권의 책을 뽑아 기행문의 구절구질을 마음 속에 외워 보는 것이었나.

"──시월이 접어들면 파리는 벌써 아주 겨울 기분이다. 나무 잎새는 죄다 떨어지고는 안개 끼이는 날이 점점 늘어가서 그 안개속을 사람의 그림자가 어렴풋하게 거뭇스름하게 움직이게 된다. ──"

그 사람의 그림자를 마치 자기의 그림자인 듯 환상하고 그

파리의 한 구석에서 준보를 만나게 될 것을 생각하면서 기행
문의 구절구절을 아끼면서 두 번 읽고 다시 되풀이하였다. 그
날부터 애라에게는 또렷한 구체적 성산도 없으면서 다시 먼 곳
을 꿈꾸는 버릇이 시작되었다. 외국의 풍경을 상상하고 준보
의 뒷일을 궁금히 여기면서 그러나 기실 하루하루가 더욱 쓸
쓸하고 적막해 갈 뿐이었다.

외로운 꿈에서 깨어서는 개같이 방 속에서 나와 뜰에 매인
흰 염소를 데리고 집앞 풀밭을 거닌다. 턱 아래다 불룩하게 수
염을 붙인 흰 염소는 그 용모만으로도 벌써 이세상에 쓸쓸하
게 태어난 나그네다. 촛점없는 흐릿한 시선을 풀밭에 던지면
서 그 어느 낯설은 나라에서 이 세상에 잘못 온 듯이도 쓸쓸
하게 운다. 울면서 풀을 먹고 풀에 지치면 종이를 좋아한다.
그 애잔한 자태에 애라는 자기 자신의 모양을 비교해 보고 운
명을 생각하면서 종이를 먹인다. 한 권의 잡지면 여러 날을 먹
는다. 백지를 먹을 뿐 아니라 인쇄된 글자까지를 먹는다. 소설
을 먹고 시를 먹는다. 잡지 대신에 애라는 하루는 묵은 일기장
을 뜯어서 먹이기 시작했다. 칠 년 동안의 사랑의 일기——그
두터운 일곱 권의 일기장을 모조리 찢어서 염소의 배 속에 장
사지내기 시작했던 것이다. 흰 염소는 애잔한 목소리를 새침
하게 울면서 주인의 운명을——슬픈 역사를 싫어하지 않고 꾸
역꾸역 먹는다.

염소 배가 불러지면 주인은 염소를 몰고 풀밭을 떠나 강가
로 나간다. 물을 먹이면서 주인은 흰 돌 위에 서서 물소리 속
에 흘러간 지난 날을 차례차례로 비치어본다. 해가 꼬빡 져서
집으로 돌아오면 다시 개같이 꿈의 보금자리인 방으로 기어든

다. 방에서는 가을 화단이 하늘같이 맑게——그러나 쓸쓸하게
내다보인다.

　해바라기 송이가 칙칙하고 국화가 한창이다. 양지쪽으로 날
아드는 나비 그림자가 외롭고 풀숲에서 나는 벌레소리가 때를
가리지 않고 물 쏟아지듯 요란하다.

　아침이나 낮이나 밤이나 그 어느 때를 가릴까. 사람의 오장
육부를 가리가리 찢으려는 심사인 듯도 하다. 애라에게는 가
을같이 두려운 시절이 없고 벌레소리같이 무서운 것이 없다.
잠자리에 이불을 쓰고 누우면 눈물이 뒤로 흘러 베개를 적시
고야 만다.

粉 女

1

우리도 없는 농장에 아닌 때 웬일인가들 의아하게 여기고 있는 동안에 집채같은 돼지는 헛간 앞을 지나 묘포밭으로 달아온다. 산돼지 같기도 하고 마바리 같기도 하여 보통 돼지는 아닌 데다가 뒤미쳐 난데없는 호개 한 마리가 거위 영장같이 껑충대고 쫓아오니 돼지는 불심지가 올라 갈팡질팡 밭 위로 우겨든다. 풀 뽑던 동무들은 간담이 서늘하여 꽁무니가 빠져라 산지사방으로 달아난다. 허구 많은 지향 다 두고 돼지는 굳이 이쪽을 겨누고 윽박아오는 것이다.

분녀는 기겁을 하고 도망을 하나 아무리 애써도 발이 재게 떨어지지 않는다. 신이 빠지고 허리가 휘는데 엎친데 덮치기로 공칙이 앞에는 넓은 토벽이 막혀 꼼짝 부득이다.

옆으로 빗빼려고 하는 서슬에 돼지는 앞으로 왜칵 덮친다.

손가락 하나 놀릴 여유가 없다.

육중한 바위 밑에서 금시에 육신이 터지고 사지가 떨어지는 것 같다. 팔을 옴싹달싹할 수 없고 고함을 치려야 입이 움직이지 않는다.

분녀는 질색하여 눈을 떴다.

허리가 뻐근하여 몸이 통세난다.

문득 짜장 놀라서 엉겁결에 소리를 치나 소리는 나오지 않는다. 입 안에는 무엇인지 틀어막히우고 수건으로 자갈을 물리워 있지 않는가. 손을 쓰려 하나 눌리웠고 다리도 허리도 머리도 전신이 무거운 돼지 밑에 있는 것이다. 몸에 칼이 돋히기 선에는 이 몸도둑을 물리칠 수 없지 않은가.

어둠 속에서도 경풍할 변괴에 부끄러운 생각이 났다. 어머니 앞에서도 보인 법 없는 몸뚱이를 하고 옷으로 덮으려 하나 생각뿐이다. 어머니는, 하고 가까스로 고개를 돌리니 웃목에 누웠고 그 너머로 동생의 코 고는 소리가 들린다. 같은 방에 세사람씩이나 산 넋이 있으면서도 날도둑을 들게 하다니 멀건 등신들이라고 원망할 수도 없는 것은 된 낮일에 노그라져서 함빡 단잠에 취하여 있는 것이다. 발로 차서 어머니를 깨우고도 싶으나 발이 닫기에는 동이 떴다.

삼경이 넘었을까 밤은 막막하디. 열린 문으로, 바림 한짐 없고 방 안이나 문 밖이 일반으로 까마득하다. 먼 하늘에는 별똥 하나 안 흐른다.

'원망할 것 없다. 둘만 알고 있으면 그만야. 내가 누구든——아무에게나 다 만찬가진걸.'

더운 날숨이 이마를 덮는다. 부스럭부스럭 하더니 저고리고

름을 올개미지워 매어주는 눈치다.

간단하고 감쪽같다. 도둑은 흔적도 없이 '훔칠것'을 훔치고 늠실하고 나가버렸다.

몸이 풀리우자 분녀는 뛰어일어나 겨우 입봉창을 빼기는 하였으나 피장 후에 소리치기도 객적다.

대체 웬 녀석인가. 뛰어나가 살폈으나 간 곳 없다. 목소리로 각성해 보아도 알 바 없고 맺혀진 옷고름을 만져보는 건 뜻없다. 하늘이 새까맣다. 그 새까만 하늘이 부끄럽고 디딘 땅이 부끄럽고 어두운 밤을 대하기조차 겸연스럽다.

몸이 무시근하다. 우물에서 물을 두어 드레 퍼올려 얼굴을 씻고 방에 들어가 등잔에 불을 켰다. 어둠 속에서 비밀을 가진 방 안은 밝을 때엔 천연스럽다. 땅 그 어느 한 구석이 무지러 떨어졌을 것 같다. 하늘의 별 한 개가 없어졌을 것 같다. 몸뚱이가 한 구석 뭉처 이지러진 것같다. 반쪽 거울을 찾아 들고 얼굴을 비쳐보았다. 코며, 입이며, 볼이며, 가상하지 않고 제대로 있는 것이 도리어 신기하게 여겨졌다. 어차피 와야할 것이었만 그것이 너무도 벼락으로 급작스리 어처구니없게 온 것이 분녀에게는 알 수 없이 겸연스러웠다.

얼굴과 몸을 어루만지며 어머니의 잠든 양을 물끄러미 바라보려니 별안간 소름이 끼처 가슴이 떨린다. 무서운 생각이 선뜻 들며 어머니를 깨우고 싶다. 그러나 곤한 눈을 멀뚱하게 뜨고 상기된 눈망울로 이쪽을 바라보는 것을 보면 분녀는 딴소리밖에 못하였다.

"새까맣게 흐린 폼이 천둥하고 비올 것 같으우."

묘표감독 박추의 짓일까. 데설데설하며 업부렁한 폼이 아무

짓인들 못할 것 같지 않다. 계집 아이들 틈에 끼어 인부로 오
는 명준의 짓일까. 눈질이 영 매스러운 것이 보통아이는 아니
다. 워낙 집안이 엉망인 까닭에 일껏 들어간 중등학교도 중도
에서 퇴학하고 묘포 인부로 오는 것이 가엾긴 하다. 그러나 그
라고 터놓고 을러 멧다고 하면 응낙할 수 있었을까. 군청 사동
섭춘이나 아닐까. 한길에서도 소락소락 말을 거는 쥐알 봉수.
그 초라니라면 치가 떨려 어떻게 하나. 잠을 설군혀버린 분녀
는 고시랑고시랑 생각에 밤을 샜다. 이튿날은 공교로히 궂은
까닭에 비를 칭탈하고 일을 쉬고 다음날 비로소 묘포로 나갔
다. 같은 생각이 머리 속에 뱅돌아 사람을 만나기가 여간 겸연
쩍지 않다. 사람마다 기연미연 혐의를 걸어보기란 민망스런
일이다.

　하늘이 제대로 개이고 땅이 이지러지지 않는 것이 차라리
시뻐스럽다. 천지는 사람의 일신의 괴벽쯤은 익지 않은 과실
이 벌레에게 긁히운 것 만큼도 대수롭게 여기지는 않는 모양
이다. 하긴 다행이지 몸의 변고가 일일이 하늘에 비치어진다면,
기분이 순야 옥녀 모든 동무들에게 그것이 알려질 것이요. 그
들의 내정도 역시 속뽑히울 것이다. 이런 생각이 들자 별안간
그들은 대체 성할가 하는 의심이 불현듯이 솟아오르며 천연스
리운 얼굴들이 능청스럽게 엿보였다.

　박추와 명준에게만은 속내를 들이운 것 같아서 고개가 바로
쳐들리지 않았다. 다시 살펴도 가잠나룻이 듬성한 검센 박추.
거드름부리는 들대밑. 이 녀석한테 당하였다면 이몸을 어쩌노.
잠자코 풀 뽑는 무죽한 명준이 새침한 몸집 어느 구석에 그런

부락부락한 힘이 들어있을고. 사람은 외양으론 알 수 없다. 마치 그것이 명준이요. 적어도 명준이었으면 하는 듯이 이렇게 생각은 하나 면상과 눈치로는 그가 근지 누가 근지 도무지 거니챌 수 없다. 이러다가는 평생 그 사람을 모르고 지나지는 않을까.

맡은 땅의 풀을 뽑고 난 명준은 감독의 분부로 이깔 포기에 뿌릴 약제를 풀어 무자위로 치기 시작하였다. 한 손으로 물을 뿜으며 다른 한 손으로 물줄기를 흔들다가 고무줄이 빗나가는 서슬에 푸른 약물이 옥녀의 낯짝을 쏘았다. 옥녀는 기급을 하여 농인 줄만 알고 '저 녀석 얼뜨개같이 해가지고 요새 무슨 곡절이 있어'하고 쏘아붙인다. 명준은 픽 웃으며 마침 손이 비인 분녀에게 고무줄을 쥐어주고 뿌려주기를 청하였다. 두 사람이 한 무자위로 협력하게 되자 옥녀는 더 말이 없었다.

통의 것을 다 쳤을 때 다시 물을 길을 양으로 분녀는 명준의 뒤를 따라 도랑으로 내려갔다.

도랑은 풀이 가리워 밭에서 보이지 않는다. 명준은 손가락으로 물탕을 치며 낯이 부드럽다.

"일하기 되지 않니?"

대번에 농쪼로,

"너 어떤 놈에게로 시집가련. 박추한테라도."

"미친 것 닫다가."

"시집갔니? 안 갔니?"

관자놀이가 금시에 빨개진 것을 민망히 여겨서 뒤를 이었다.

"평생 시집 안 갈테야?"

"망할 녀석."

"난 이 고장에서 없어지겠다. 살 재미없어 계집애들 틈에 끼어 일하기도 낯없다. 일한대야 부모를 살릴 수 없고 잠단 세금도 못 물어 트잡이를 당하는 판이 아니야. 이까짓 고향 고맙잖어 만주로 가겠다. 돌아다니며 금광이나 얻어보련다. 엄청난 소리지. 그러나 사람의 운수를 알 수 있나?"

"정말 가겠니?"

"안 가고 무슨 수 있니? 이까짓 쭉쟁이 땅 파야 소용있냐. 거기도 하늘 밑이니 사람이 살지 설마 짐승만 살겠니?"

물을 나르고 다시 도랑으로 내려왔을 때 명준은 닫다가 분녀의 팔을 잡았다.

"금덩이를 지고 올 때까지 나를 기다려 주련?"

눈앞에 찰락거리는 명준의 옷고름이 새삼스럽게 눈에 띠이자 분녀는 번개같이 정신이 번쩍 들었다. 끝을 홀켜맨 고름이 같은 꼴의 제 옷고름과 함께 나란히 드리운 것이다.

"네 짓이었구나."

분녀는 짧게 외치고 고개를 떨어뜨렸다.

"언제까지든지 나를 기다리고 있으련?"

박추의 소리가 나자 두 사람은 날쌔게 떨어져 밭으로 갔다. 분녀는 눈앞이 아찔하며 별안간 현기증이 났다.

그뿐 명준은 묘포밭에 나타나지 않았다. 다음날도, 다음 다음날도. 며칠 후에 짜장 만주로 내뺐다는 소문이 들렸다. 분녀는 마음이 아득하고 산란하여 일을 쉬는 날이 많았다.

2

분녀는 그렇게 눈떴다.

인생의 고래를 겪은 지 이태에 몸은 활짝 피어 지난 비밀의
자취도 어스레하다. 껍질에 새긴 글자가 나무가 자람에 따라
어느 결엔지 형적이 사라진 격이다.

이제 아닌 때 별안간 불퉁나게 두 번째 경험을 당하였고 하
는 자리에 문득 옛 생각이 떠오르지 않을 수 없었다. 흐르는
향기같이 불시에 전신을 휩싼다. 피가 끓으며 세상이 무섭고
가슴이 두근거리며 손가락이 떨린다.물동이를 깨뜨린 때와도
같이 겁이 목줄을 조인다.

대체 어떻게 하여서 또 이 지경에 이르렀나 생각하면 눈앞
이 막막하다.

거리에 자주 삐쭉거린 것이 잘못일까. 만갑이에게는 어찌되
어 이렇게 허름하게 보였을까. 돈도 없으면서 가게에 들어가서
이것 저것 탐내는 것부터 틀렸다. 집안이 들구 날판에 든 벌의
옷도 과남한데 단오빔은 다 무엇인가. 돈있는 사람들의 단오
놀이지 가난한 멀떠군이의 아랑곳일가. 이곳 질숙 저곳 기웃하
며 만져보고 물어보고 눈을 까고 한숨 쉬고 하는 동안에 엉뚱
한 딴군에게 온전히 깐보이고 감잡히웠다. 만갑이는 가게에 사
람이 비인 때를 가늠보아 미처 겨를 사이도 없게 몸째 땜령 떠
받들어 뒷방에 놓고 안으로 문을 잠근 것이다.

부락스러운 꼴이 사내란 모두 꿈에서 본 돼지요. 엉큼한 날
도둑이다. 훔친 뒤에는 심드렁하다.

"가지고 싶은 것을 말해 봐——무엇이든지 소용되는 대로
줄께."

"욕을 주어도 분수가 있지 사람을 어떻게 알고 이 수작이야."

분녀는 새삼스럽게 짜증을 내며 보기좋게 볼을 올려붙였다. 엄청난 짓을 당하면서 심상한 낯을 지닐 수도 없고 그렇게라도 할 수 밖엔 없었다.

"미워 그랬나?"

"몰라, 녀석."

쏘아붙이고는 팔로 눈을 받치고 닫다가 울기 시작하였다. 사실 눈물도 나왔다. 첫번에는 얼결에 울기란 생각도 안 나던 것이 지금엔 눈물이 솟는 것이다. 그 무엇을 잃은 것 같다. 다시 찾을 수 없을 것 같다. 안타까운 생각에 몸이 떨린다.

"울긴 왜 사람은 다 그런 것이야——단오에 들 것 한 벌 갖추어 줄께."

머리를 만지다 어깨를 지긋거리면서,

"삽삽하게만 굴면야 이 가게라도 반 나눠 줄걸."

가게에 인기척이 나는 까닭에 분녀는 문득 울음을 그쳤다. 부르다 주인의 대답이 없으니 사람이 나가버렸다. 만갑이는 급작스럽게 말을 이었다.

"여편네가 중풍으로 마저마저 거꾸러져 가는 판이니 그렇게만 된다면야 나는 분녀를 새로 맞어다 가게를 맡길 작정인데 뜻이 어떤가?"

울면서도 분녀는 은연중 귀를 솔곳하고 있었나.

"잘 생각해 볼일이야."

듬짓이 눌러놓고 만갑이는 한 걸음 먼저 방을 나갔다. 손님을 보내기가 바쁘게 방문을 빼꼼이 열고 불러냈다.

"이것 넣어둬."

소매 속에다 무엇인지를 틀어넣어 주는 것이다. 분녀는 어안이 벙벙하였다.

집에 돌아와 소매갈피를 헤치니 지전 한 장이 떨어졌다. 항상 보던 것보다는 훨씬 넓고 푸르다. 과남한 것을 앞에 놓고 분녀는 적이 마음이 느근하였다. 군청 관사에 아침 저녁으로 식모로 가서 버는 한 달 월급보다 많다. 월급이라야 단돈 사원으로는 한 달 요의 보탬도 못된다. 화세로 얻어부치는 몇 뙈기의 밭을 그래도 어머니와 동생이 드세게 극성으로 가꾸는 덕에 제철 제철의 곡식이 요를 도우니 말이지 그것도 없다면야 분녀의 월급만으로는 코에 바를 나위도 없을 것이다.

왼곳에 가 있는 오빠가 좀더 온전하다면 집안이 그처럼도 궁색하지는 않으련만 엉망인 집안에 사람조차 망나니여서 이웃 고을 목탄조합에 가 있어 또박또박 월급생활를 하면서도 한 푼 이렇다는 법 없었다. 제 처신이나 똑바로 하였으면 걱정이나 없으련만 과당하게 건들거리다 기어이 거덜나고야 말았다. 늦게 배운 오입에 수입을 탕갈하다 나중에 공금에까지 손찌검을 한 것이다. 탄로되었을 때에는 오백소수나 감쳐낸 뒤였다. 즉시 그 고을 경찰에 구금되었다가 검사국으로 넘어간 것은 물론이거니와 신분보증을 선 종가에 배상액을 빗발같이 청구하므로 종가에서는 핏질 뛰어들어 야기를 부리는 것이다. 집안은 망쪼를 만난 듯이 스산하고 을씨년스럽다.

불의의 수입을 앞에 놓고 분녀는 엄청나게 대견하였다. 어떻게 했으면 옳을까. 집안 일에 보태자니 빛없고 혼잣일에 쓰자니 끔찍하고 불안스럽다. 대체 집안 사람들에게는 출처를 어떻게 말하면 좋을까. 관사에서 얻어 내왔다고 해서 곧이 들을까. 가난에 과남은 도리어 무서운 일이다.

왈칵 겁도 났다. 술집 계집이나 하는 것이 아닌가. 집안 사람도 집안 사람이려니와 명준에게 상구에게 들 낯이 있는가. 설사 만주에는 가 있는가. 설사 만주에는 가 있다 하더라도 첫 몸을 준 명준이가 아닌가. 그야말로 불시에 금덩이나 짊어지고 오면 어떻게 되노.

그러나 명준보다도 당장 날마다 만나게 되는 상구에게 대하여서는 어떻게 한단 말인가. 확실히 그를 깔보고 오기는 했다. 그러기 때문에 벌써 피차에 정을 두고 지낸 지 반년이 넘는데도 몸 하나 까딱 다치지 못하게 하여 왔다.

그 역 몸은 다칠 염도 하지 않았다. 그러나 그는 깔중보일 인끔인가. 명준이같이 역시 눈질이 보통 재물은 아니다. 학교도 같은 학교나 명준이같이 중도에서 폐학할 처지도 아니요, 그것을 마치고는 서울 가서 웃학교를 치를 생각이라니 그렇게만 된다면야 취직도 한층 높아 고을 학교만을 졸업하고 삼종 훈도로 나가거나 조합 견습생으로 뽑히우는 것과는 격이 다르다. 다만 세월이 너무 장구한 것이 지리하다. 지금 학교를 마치재도 이태 웃학교까지 필함은 어느 천년일까. 그때까지에는 집안은 창이 날 것이다. 몸까지 허락하면 일이 됩데 틀어질 것 같아서 언약만 하여 놓고 손가락 하나 까딱 못하게 한 것이다. 상구 역시 그것을 원하지 않았고 공부에 유난스럽게 힘을 늘이는 모양이다. 그러는 동안에 이꼴이 되고 말았다.

허랑한 몸으로 상구를 어찌 대하노. 그렇다고 그를 당장에 단념할 신세도 못 되고 지은 죄를 쏟아놓고 울고 뗄 수는 더욱 없는 것이다.

생각과 겁과 부끄러움에 분녀는 정신이 섞갈린다.

3

학교가 바쁜지 여러 날이나 상구를 만날 수 없다. 눈앞에 대면하지 않으니 겁도 차차 으스러지고 도리어 마음은 허랑하게만 든다.

실상은 다음날로라도 곧 가려 하였으나 겸연쩍은 마음에 그럴 수도 없어 며칠은 번졌다. 그날 부랴부랴 그곳을 나오느라고 만갑이 가게에 물건을 잊어 둔 것이다. 물건도 물건 공칙히 손에 걸치는 옷가지인 까닭에 안 찾을 수도 없고 밤이 이슥하기를 기다려 분녀는 조심스러이 거리로 나갔다.

한길에는 사람들이 듬성듬성하다. 전과는 달리 한결 조물거리는 마음에 사방을 엿보며 가게로 들어가자 기다리고 있던 듯이 만갑이는 성큼 뛰어나온다.

"올 사람도 없을 듯하군."

밀창을 드르렁드르렁 밀고 휘장을 치고 가게를 닫히는 것이다.

"곧 갈 텐데."

"눈어림만 했더니 맞을까."

골방문을 냉큼 열더니 만갑이는 상자를 집어낸다. 덮개를 여니 뾰족한 구두. 새꺼먼 광채에 분녀는 눈이 어립다.

팔을 나꾸어 쪽마루로 이끈다.

분녀는 반겁기 보다는 무섭다.

"그까짓 구두쯤."

불 하나를 끄니 가게 안은 어둑스레하다.

만갑이는 마루에 걸터앉자 강잉히 팔을 잡아 끈다. 뿌리치고 빼다가 전봇대 모서리에서 붙들렸다.

"손가락 께냥 좀 해볼까."

우격으로 끌리운다.

마루에 이르기 전에 만갑이는 날쌔게 남은 등불을 마저 죽여버렸다.

어두운 속에서 분녀는 씨름꾼같이 왈칵 쓰러졌다. 더운 날숨이 엄습한다. 굵은 바로 얽매인 것같이 몸이 가쁘다.

"미친 것."

즐겨서 들어온 것은 아니나 굳이 거역할 것이 없는 것은 몸이 떨리기는 하나 거듭하는 동안에 마음이 한결 유하여진 것이다. 무엇보다도 어둠에는 눈이 없는 까닭에 부끄러운 생각이 덜하다.

별안간 밀창을 흔드는 인기척에 달팽이같이 몸이 움츠러들었다. 시치미를 떼려던 만갑이는 요란한 소리에 잠자코 있을 수 없어 소리를 친다.

"천수냐?"

하는 수 없이 문을 여니 천수가,

"야단났어요."

어느 결엔지 들어와서,

"병환이 더해서 댁에서 곧 들어오시라구요."

"더하다니."

"풍이 나서 사람을 몰라봐요."

"곧 갈께 어서 들어가."

천수가 약빠르게 불을 켜는 바람에 분녀는 별수 없이 어지러운 꼴을 등불 아래 드러냈다. 움츠러들며 외면하였으나 천수의 눈이 등에 와 붙은 것 같다.

"녀석 방정맞게."

만갑이의 호통에 보다도 천수는 분녀의 꼴에 더 놀랐다.

이튿날 상구가 왔다.

임시 시험이라고는 칭탈하나 오월도 잡아들지 않았는데 모를 소리였다. 어떻든 그를 만나기는 퍽도 오래간만이다. 거의 하루 건너로 찾아오던 것이 문득 끊어지더니 마침 두 장 도막을 넘긴 것이다. 하기는 전 모양 그 모양 지닌 책보도 전의 것대로였다. 다만 얼굴이 좀 그슬렸고 눈망울이 그 무슨 먼 생각에 멀뚱하다. 필연코 곡절이 있으련만——

그것을 꼬싯꼬싯 묻기에 분녀는 심고를 하며 상구의 말과 눈치가 될 수 있는 대로 자기의 일신의 변화 위에 떨어지지 않도록 발뺌을 하노라고 애를 썼다. 속으로는 상구한테서 정이 벌써 이렇게도 떴나 하고 궁리 다른 제 심정을 아프고 민망하게도 여겨졌다. 거짓 없는 상구의 입은 쳐다보기도 죄민스럽다.

"시골학교 재미 적다. 서울로나 갈까 생각하는 중이다."

새삼스런 소리에 분녀는 의아한 생각이 나서

"아무델 가면 시험없나? 뚱딴지같이 닫다가 서울은 왜."

"조사가 심해서 책도 맘대로 읽을 수 없어. 책권이나 뺐겼다. 서울 가면 책도 소원대로 읽을거 동무들도 흔할거."

"책 책하니 학교책이나 보면 됐지 밤낮 무슨 책이야."

책보를 끌러 활짝 헤치니 교과서 아닌 몇 권의 책이 굴러 나왔다. 영어책도 아니요, 수학책도 아니요, 그렇다고 소설책도 아닌 붉으칙칙한 껍질의 두터운 책들이다. 분녀는 전부터도 약간은 상구가 그러스럼한 책을 읽고 있는 것과 그것이 무슨 속인가를 짐작하여 행여나 하는 의심을 품고 오기는 왔다.

"집에 두면 귀찮겠기에 몇 권 추려 가져왔다. 소용될 때까지 간직했다 주렴."

"주제넘게 엉큼한 수작하다 망할 장본이야. 까딱하다 건수 윤패 꼴 되려구."

"함부로 지껄이지 말어 쥐뿔도 모르거던."

상구는 눈을 부르떴다.

"너 요새 수상하더라 태도가 틀렸지."

소리를 치며 책을 냉큼 들어 분녀의 볼을 갈긴다.

"어떻게 알고 그런 주제 넘은 대꾸야."

돌리는 얼굴을 또 한 번 갈기다가 문득 고름 끝에 올겨매인 반지를 보았다.

"웬 거야."

잡아채이니 고름이 떨어진다. 상구는 금시에 눈이 찢어져 올라가며 불이라도 토할 듯 무섭게 외친다.

"어느 놈팽이를 웃어붙였니. 개차반. 천보."

머리채가 휘어잡혔다. 볼이 얼얼하고 이빨이 솟는듯 하나 분녀는 아무 대답없다. 모처럼의 기회에 차라리 죽지가 꺽이우게 실컷 맞고 싶다. 미안한 심사가 약간이라도 풀려질 섯 같다.

"숫제 그 손으로 죽여주었으면."

실토였다. 눈물이 솟는다.

"큰것 죽이지 네까짓 것 죽이려 생겨났겠."

결착을 내려는 듯이 몸째 차 박지르고 상구는 훌쩍 나가버렸다.

어쩐지 마지막 일만 같아 분녀는 불현듯이 설워지며 공연히 그를 설굿친 것을 뉘우쳤다.

저녁때 밭에서 돌아오기가 바쁘게 어머니는 황당하게 설렌다.

"들었니? 상구 말이다."

분녀의 얼굴에는 아직도 눈물자국이 부숙부숙한 채로다.

"요새 더러 만나봤니? 이상한 눈치 보이지 않던?——들어갔단다."

"예? 언제요?"

분녀는 눈이 번쩍 뜨인다.

"망간 거리에서 소문 듣고 오는 길이다. 윤패 건수들과 한 줄에 달린 모양이야. 사람 일 모르겠다."

"낮쯤 와서 책까지 두고 갔는데요."

"낌새 채고 하직차로 왔었나 보다. 멀건 소소리패들과 휩쓸려 지내더니 아마도 그간 음특한 짓을 꾸민 게야."

"눈치가 이상은 하였으나 그렇게까지 되다니요."

사실 분녀는 거기까지는 어림하지 못하였다. 아까 상구와 끝내 말다툼까지 하다 그의 심사를 설굿치게 된 것도 실상은 그의 말이 전과는 달라 수상하게 나온 까닭이었다.

"녀석들의 언결을 입었거나 그렇지 않으면 철모르고 새롱 새롱 덤볐거나 한 게야. 사람은 겉볼 안이 아니구먼. 이 일을 어쩌노."

어머니로서는 공연한 걱정이었다.

"웃학교는 애시당초 틀렸지. 초라니 같은 것. 사람 잘못 가렸어."

슬그머니 딸을 바라본다. 분녀의 얼굴은 안온한 것도 같고 아득한 것도 같다.

"사람과 학생이 다른 거야 하는 수 없지요."

"넌 어떻게 생각하느냐 말이다. 분하지 않으냐."

"분하긴요."

멀쑥한 얼굴을 은연중 바라보며 어머니는 은근한 목소리로,

"너희들 그간 아무 일 없었니?"

분녀는 부끄러운 뜻에 화끈 얼굴이 달며 착살스런 어머니의 눈초리에서 외면하여 버렸다.

"있었다면 탈이다."

수삼스러운 생각에 어머니가 자리를 뜬 것이 얼마나 시원한지 알 수 없다. 어머니에게 대하여서보다도 애매한 상구에게 대하여 더 부끄럽다. 일신이 별안간 더럽고 께끔하다. 어쩐지 어심아하여 밤이 늦었을 때 분녀는 골목을 나갔다. 남문거리에 가서 한 모퉁이에 서기만 하면 웬만한 그날 소식은 거의 귀에 들려온다. 한 길복판 게시판 옆에 두런두런 모여서들 지껄지껄하는 속에서 분녀는 영락없이 상구의 소문을 가달가달 훔쳐낼 수 있었다.

건수가 괴수였다. 모여서 글 읽는 패를 모으려다가 들키운 것이다. 학교에서는 상구 외에도 두 사람, 거리에서는 건수와 윤패네 세 사람 상구가 건수에게서 책을 빌었을 뿐이나 집을 속속들이도 수색 당하고 학교에서는 나오는 대로 퇴학을 맞을 것이다.

상구도 이제는 앞길이 글렀구나 생각하면서 분녀는 발을 돌

렸다. 이렇게 될 것을 예료하고 그를 숨기고 허랑하게 처신을 하여 온 것 같아 면목없고 언짢다.

집에 돌아오니 상구의 두고 간 책이 유난스럽게 눈에 뜨인다. 그립기보다도 도리어 책망하는 원혼같이 보여서 쓸어들고 아궁 앞으로 내려갔다.

"차라리 태워버리는 것이 글거리가 남짧아 피차에 낫지."

불을 그어대니 속장부터 부싯부싯 타기 시작한다. 먹과 종이 냄새가 나며 두터운 책이 삽시간에 불덩어리가 된다. 어두운 부엌 안이 불길에 환하다. 상구와는 영영 작별같다. 악착한 것 같아 분녀는 눈앞이 어질어질하다.

4

날이 지남에 따라 무겁던 마음도 차차 홀가분하여지고 상구에게 대하여 확실히 심드렁하게 된 것을 분녀는 매정한 탓일까 하고도 생각하였다. 굴레를 벗은 것같이 일신이 개운하다. 매일 곳 없으며 책할 사람 없다고 느끼는 동안에 마음이 활짝 열려져 엉뚱한 딴사람으로 변한 것 같다.

어느 날 저녁 느직하게 돼지물을 주고 우리에 의지하여 하염없이 들여다보고 있을 때, 문득 은근한 목소리에 주물트리고 돌아서니 삽작문 어귀에 사람의 꼴이 어뜩한다. 홀태 양복을 입고 철이른 맥고를 쓴 것이 갈데없는 만갑이다. 혹시 집안 사람에게라도 들키면 하고 밖으로 손짓하며 뛰어갔다.

"동문밖까지 와줄 텐가. 성 밑에서 기다리고 있을게."

만갑은 외면하며 돌아서며 다짜고짜로 부탁이다.

"의논할 일이 있어 안 오면 낭패야."

대답할 여지도 없게 다짐하고는 얼굴도 똑똑히 보이지 않고 사람의 눈을 피하는 듯이 획 가 버린다. 어둠 속에 달아나는 꼴이 어렴칙하다. 약바른 꼴이 믿음직은 하나 너무나 급작스러워서 분녀는 미심하게 뒷모양을 바라본다. 여편네 병이 위중한가.

방에 돌아와 망설이다가 행티가 이상한 까닭에 담뽀를 내서 가보기로 하였다. 물론 그에게는 그만큼 마음이 익은 까닭도 있었다.

동문에 나서니 벌판이 까마득하고 높이 우중충하다. 오리 밖 바다가 보이는지 마는지. 달 없는 그믐밤이 금시에 사람을 호릴 듯하다.

길 없는 둔덕으로 들어서 성곽 밑으로 다가서 기가 섬찟하고 께름하다. 여우에게 홀리우는 것은 이런 밤일까. 여우보다는 사람에게 홀리우는 것이 그래도 낫겠지 하는 생각에 문득 성벽에 납짝 붙은 만갑을 발견하였을 때에는 차라리 반가왔다.

사내는 성큼 뛰어와 날쌔게 몸을 끌었다. 무서운 판에 분녀는 뿌듯한 힘이 믿음직하여 애써 겨르려고도 하지 않고 두 팔에 몸을 맡겨버렸다.

"분녀."

이름을 부를 뿐 다른 말도 없이 급작스리 허리를 조이더니 부락스럽게 밀친다.

"다짜고짜로 개처럼 무어야, 원."

얼굴이 입을 덮는다. 팔이 떨리며 몸짓이 어색하다.

"말이 소용있나."

목소리에 분녀는 응끗하였다.

"녀석 누구야."

소리를 지르나 입이 막히운다.

"만갑인 줄만 알었니. 어수룩하다."

"못된 것 각다귀."

손으로 뺨을 하나 올려 쳤을 뿐 즉시 눌리어 꼼짝할 수도 없다.

"듣지 않을 듯해서 깜쪽같이 만갑이로 변해 보았다. 계집을 속이기란 여반장이야. 맥고 쓰고 홀태 양복만 입으면 그만 이니."

천수도 사내라 당할 수 없이 억세다.

"딴은 만갑이와 좋긴 좋구나. 여기까지 나오는 것보다 녀석 도 여편네는 마저마저 거꾸러지는데 말 야니야. 물건을 낚시 삼아 거리의 계집애들 다 망쳐놓으니."

천수의 심층은 생각할수록 괘씸하였으나 지난 후에야 자취 조자 없으니 할일 없는 노릇이다. 마음 속에 담고 있을 뿐 호 소할 곳도 없으며 물론 말할 곳도 없다. 그러나 이상하게도 날 을 지날수록 괘씸한 마음은 차차 스러져갔다.

어차피 기구하게 시작된 팔자였다. 명준이 때나 천수 때나 누구인 줄도 모르고 강박으로 몸을 맡겼다. 당초에 몸을 뜯고 울고 하였으나 지금 와 보면 명준이나 천수나 만갑이까지도— —다 같다. 기운도 욕심도 감동도 사내란 사내는 다 일반이다. 마치 코가 하나요. 팔이 둘인 것같이 뛰어나지 못한 사내도 없고 몸을 가지고만 아는 한정에서는 그 누구가 굳이 싫은 것 도 무서운 것도 없다. 명준에게 준 몸을 만갑이에게 못 줄 것

없고 만갑이에게 허락한 것을 천수에게 거절할 것이 없다.

다만 부끄러울 뿐이다. 벗은 몸은 본능적으로 가리우게 되는 것과 같은 심정으로 그것은 여자의 한 투다.

문만 들어서면 세상의 사내는 다 정답다. 천수를 굳이 괘씸히 여길 것 없다.

분녀는 이렇게까지 생각하게 되었다. 마음이 허랑하여졌다고 할까. 확실히 새 세상을 알기 시작한 후로 심정이 활짝 열리기는 열렸다. 아무리 마음 속으로 노려보아도 이렇게밖엔 생각할 수 없다. 천수를 안된 놈이라고만 칭원할 수 없다.

정신이 산란하여 몸이 노곤하다. 살림은 나아지는 법 없고 일반인데다가 어느 날 또 발등에 불이 떨어졌다. 이웃 고을 재판소에서 검사국으로 넘어갔던 오빠의 재판이 열리는 것이다. 조합 당사자들에게 호출이 왔을 것은 물론이나 경찰에서 참량하여 집에도 통지가 왔다. 들어간 후로는 꼴을 본지도 하도 오랜 까닭에 어머니만이라도 참례하여 징역으로 넘어가기 전에 단 눈보기만이라도하였으면 하나 재판을 내일같이 앞두고 기차로 불과 몇 시간이 안 걸리는 곳인데도 골육을 보러갈 노자가 없는 것이다. 어머니는 딸을 딸은 어머니를 쳐다만 보며 종일 동안 궁싯거릴 뿐이었다.

생각다 못해 분녀는 밤 늦게 거리로 나갔다. 만갑이 밖엔 생각나는 것이 없다. 통사정하면 물론 되기는 될 것이다. 말하기가 심히 거북하여 주저될 뿐이다.

휑드렁한 가게에는 그러나 만갑의 꼴은 보이지 않는다. 구석에 박혀있던 천수가 빈들빈들 웃으며 나올 뿐이다.

"만갑이 보러 왔니? 온천으로 놀러갔다."

위인이 없다면 말도 할 수 없기에 얼빠진 것같이 우두커니 섰노라니 천수는 민망한 듯이 덜미를 친다.

"요전 일 노엽니?"

뒤를 이어,

"무슨 일인지 내게 말하렴. 났으니 말이지 만갑이에게 말해도 소용 없을 줄이나 알아라. 네게서 벌써 맘뜬 지 오래야. 요새는 남돗집 월선이와 좋아서 지내는 모양이더라. 여편네 병은 내일 내일하는데."

분녀는 불시에 뒤통수를 얻어맞은 것 같다. 눈앞이 아득하다.

"가게라도 반 떼어주겠다고 꼬이지 않던? 여편네가 죽으면 후실로 들여 가게를 맡기겠다고 하지 않던? 누구에게든지 하는 소리 그게 수란다."

기둥을 잃은 것 같다. 몸이 떨린다. 그를 장래까지 믿었던 것은 아니나 너무도 간특스럽게 속히운 셈이다.

"만갑이처럼 능청스럽지는 못하나 네게 무엇을 속이겠니. 무슨 일이든 말하렴. 내 힘엔 부친단 말이냐?"

"아무 것도 아니다."

"어떻게 생각할 줄 모르나 돈이라면 여기 잔돈 푼이나 있다. 어떻게 여기지 말고 소용되는 대로 쓰려므나."

천수는 지갑을 내서 통채로 손에 쥐어 준다. 분녀는 알 수 없이 눈물이 솟는다. 예측도 못한 정미에 가슴이 듬뿍해서 도리어 슬프다.

어머니는 재판소에 갔다 온 날부터 심화가 나서 누웠다 일어났다 하였다. 훌렁바지를 입고 용수를 쓴 오빠의 꼴이 눈앞에 어른거려 잠을 못 이루는 눈치다. 눈물이 마를 새 없고 눈시울이 부어서 벌겠었다. 몇해 징역이나 될까. 판본이 궁금하다기보다 무섭다. 엄징한 재판장의 모양이 눈에 선하다. 종가에서는 발조차 일체 끊었다.

시산한 속에도 단오가 가까와 온다.

거리 앞 장대에서는 매년같이 시민운동회가 성대하게 열린다는 바람에 거리 사람들은 설렌다. 일 년에 한 번 오는 이 반가운 명절 때문에 사람들은 사는 보람이 있는 듯하다. 씨름이 있고 그네가 있고 활이 있고 자전거 경주가있다. 사람들은 철시하고 새옷 입고 장내로 밀릴 것이다.

분녀는 정황은 못 되었으나 그래도 명절이 은근히 기다려진다. 제사 지낼 떡은 못 빚을지라도 만갑에게서 갖추어 얻은 것으로 이럭저럭 몸치장은 될 것이다. 무엇보다도 올에는 그네를 뛰어 상에들 가망이 있는 것이다

"자전거 경주에 또 나가보겠다."

천수가 뽐내는 것을 들으면 분녀도 마음이 뛰놀았다.

"을손이를 이길만 하냐?"

"올에야 설미 짓구맹이지 이디 길라구. 우승기를 타들고 서리를 돌게 되면 나와 살겠니?"

"밤낮 살 공론이야."

이렇게 말한 것이 실상에 당일에는 어찌된 일인지 도무지 신명이 나지 않았다.

못을 박은 듯이 빽빽히 선 사람 틈으로 자전거 경주를 들여

다보고 있노라니 앞장서서 달아나던 천수는 꽁무니를 쫓는 을
손을 마주 스치더니 급작스런 모서리를 돌 때 기어이 왈칵 쓰
러져 일어나는 동안에 벌써 맨 뒤에 떨어져버렸다. 을손의 간
악한 계교에 얼입히웠다고 북새를 놓았으나 을손이 벌써 일등
을 한 뒤라 공론이 천수에게 이롭지 못하였다. 조마조마 들여
다보던 분녀는 낙심이 되어 차례가 와서 그네에 올랐을 때에
도 마음이 허전하였다.

나조차 마저 실패하면 어쩌노 생각하며 애써 힘을 주어 솟
구기 시작하였다. 회뚝거리던 설개도 차차 편편하여지고 두
손아귀의 바도 힘차고 탐탁하게 활같이 휘었다 펴졌다 한다.
그네와 몸이 알맞게 어울려 빨리 닫는 수레를 탄 것같이 유쾌
하다. 나갈 때에는 눈앞이 휘연하고 치맛자락이 너버시 나부
낀다. 다리 밑에 울멍줄멍 선 사람들의 수천의 눈망울이 몸을
따라 왔다 갔다 한다. 하늘에 오를 것 같고 땅을 차지한 것도
같다. 땅 위의 걱정은 어디로 날아간 듯싶다.

바에 달린 줄이 휘엿이 뻗쳐 방울이 딸랑 울릴 때도 얼마
남지 않은 것 같다. 아래에서는 연방 추스르는 말과 힘을 메기
는 고함이 들린다. 몸은 펴질 대로 펴지고 일등도 멀지 않다.

그때였다. 들어왔다 마지막 힘을 불꼿 내어 강물같이 후렷
이 솟아나갈 때 벌판으로 달리는 눈동자 속에 문득 맞은편 수
풀 속의 요절한 한 점의 광경이 눈에 들어왔다. 순간 눈이 새
까매지고 허리가 휘친 꺾이우며 힘이 푹 스러지는 것이었다.

"왕가일까?"

추측하며 재차 솟구며 나가 내려다보니 움직이지도 않고 그
대로 서 있는 꼴이 개울 옆 수풀 그늘 아래 완연하다. 그 불측

한 녀석은 참다 못해 그 자리에 선 것이 아니요. 확실히 일부러 그 꼴을 하고 서서 이쪽을 정신 없이 쳐다보는 것이다. 아마도 오랫동안 그 목적으로 그 꼴을 하고 섰던 것이 요행 주의를 끌어 눈에 띠인 것이리라. 거리에서 드팀전을 하고 있는 중국인 왕가인 것이다.

"음칙한 것."

속으로는 혀를 차면서도 이상하게도 한눈이 팔려 분녀는 노리던 동안에 팽팽하게 당기던 기운이 왈싹 줄어들며 그네가 줄기 시작하였다. 허리가 꺾이우고 다리가 허전하여지더니 다시 힘을 주려야 줄 수 없다. 팔이 떨려 바가 휘친 거리고 발에 맥이 풀려 설개가 위태스럽다. 벌써 자세가 빗나가고 몸과 그네가 틀리기 시작하였다. 거의 방울이 마저마저 울리려하던 풋줄이 움츠려들게만 되니 그네는 마지막이요. 일등은 날아갔다. 분녀는 아홉 숨음의 공을 한 숨음의 실책으로 단망할 수밖엔 없었다. 줄아래 사람들은 공중의 비밀을 알 바 없어 혹은 탄식하고 혹은 소리치며 디만 분녀의 못 미치는 재주를 아까와하는 것이다.

이렇게 된 바에야 하고 분녀는 줄어드는 그네 위에서 담대스럽게 녀석을 노려서 물리치려고 하였다. 그러나 이상한 것은 노리는 동안에 그를 물리치기키녕 이쪽의 지세기 이지리워질 뿐이다. 오굼에 맥이 빠지고 나부끼는 치마폭이 부끄럽다.

일종의 유혹이었다. 천여 명 사람 속에서 왕가의 그 꼴을 보고 있는 것은 분녀뿐이다. 말하자면 두 사람은 많은 총중의 눈을 교묘하게 피하여 만나고 있는 셈도 된다. 왕가의 간특스런 손짓과 마주치는 분녀의 시선은 말없는 대화인 셈이다. 분녀는 부끄러운 생각에 얼굴이 붉어졌다.

줄에서 내렸을 때까지도 좀체 흥분이 사라지지 않았다.

좀 상에는 들었으나 상보다도 기괴한 생각에 몸이 무덥다. 이 괴변은 누구에게 말하면 좋은가. 혼자만 알고 있는 것이 옳을까 생각하며 천수를 찾았으나 많은 눈 속에서 소락소락 말을 붙일 수도 없어서 집으로 돌아와서야 겨우 기회를 잡았으나 천수는 홧김에 술이 거나하게 취하여 있다.

"개울가로 나오런? 요절할 이야기를 들려줄께."

"분해 못 견디겠다. 을손이 녀석."

분녀는 혼자 먼저 나갔으나 시납시납 거닐어도 천수의 나오는 꼴이 보이지 않았다. 분김에 을손과 막 붙어 싸우지나 않는가.

양버들 숲을 서성거리는 동안에 어두워졌다. 개울까지 나갔다 다시 수풀께로 돌아오면서 할 일 없이 왕가의 생각에도 잠겨본다——초라한 꼴로 거리에 온 지 오륙 년이나 될까. 처음에는 마병장사를 하던 것이 차차 늘어 지금에는 드팀전으로도 제일 크다.

실속으로는 거리에서 첫째 부자라는 소리도 있으나 아직도 엄지락 총각의 신세를 면하지 못하여 가끔 술집에 가서는 지전을 물쓰듯 뿌린다고 한다. 중국 사람은 왜 장가가 늦을까. 여편네가 귀한 탓일까……

수풀 그늘 속으로 들어가려던 분녀는 기급을 하고 머물었다. 제 소리의 범이 있는 것이다. 왕가는 마치 그를 기다리고 있던 것같이 벙글벙글 웃으며 앞에 막아선다. 하기는 낮에 섰던 바로 그 자리이긴 하다. 도깨비에게 홀린 것도 같다.

쭈뼛 솟았던 머리끝이 가라앉기도 전에 몸이 왕가의 팔 안에 있다. 입을 벌리기에는 너무도 어처구니없고 삽시간이라 겨를 틈도 없다.

"평생이 이다지도 기구할까."

분녀는 혼자 앉았을 때 스스로 일신이 돌려 보였다.

수풀 속에서 왕가에게 경박을 당하였을 때 악을 다하여 결었다면 겪지 못하였을까. 가령 팔을 물어 뜯는다든지 돌을 집어 얼굴을 찧는다든지 하였으면 당장을 모면할 수는 있지 않았던가. 그럼에도 그는 그것을 할 수 없었고 이상한 감동에 몸이 주저들자 기운도 의사도 사라져버려 그뿐이었다.

마치 당시에는 함빡 술이라도 취하였던 것싶다.

천수를 대할 꼴도 없다. 하기는 만갑과의 사이를 아는 그가 왕가와의 사이인들 굳이 나무랄 이치도 없기는 하다.

천수는 만갑에게서 그를 빼앗았고 차례로 왕가에게 빼앗긴 셈이다. 몸이란 나루에서 나루로 멋대로 흘러가는 한 척의 배 같다. 하기는 만약 그날 저녁 약속한 천수가 어김없이 개울가로 나와 주었더라면 그렇게 신세가 빗나가지는 않았을 것이다. 천수를 한할까 왕가를 원망할까.

분녀는 길게 한숨지으며 생각에 눈이 흐리멍텅하다. 천수를 한할 바도 못되거니와 왕가를 미워할 수도 없는 것이다.

생각하기도 부끄러운 일이나 사실 왕가는 특별한 인간이었다. 사내 이상의 것이라고 할까.

왕가를 보는 눈이 전과는 갑자기 달라져서 은근히 그가 그리운 날이 있었다. 피가 수물거려 몸이 덥고 골이 띵할 때조차 있다. 그런 때에는 뜰 앞을 저적거리거나 성 밖에 나가 바람을

쏘일 수 밖에는 없었다. 그러나 그것만으로는 도무지 몸이 식
지 않는 때가 있다.

하루밤은 성 밖까지 나갔다. 돌아오는 길에 거리를 거쳤다.
눈치를 보아 왕가와 만날 수가 있지나 않을까 하는 속심도 없
는 바 아니었다.

두근거리는 마음에 남문을 지날 때 돌연히 천수를 만났다.
조바심하는 탓으로 태도가 드러나 보였는지 천수는 어둠 속으
로 소매를 이끌더니 첫마디에 싫은 소리였다.

"요새 꼴이 틀렸군."

영문을 몰라 맞장구를 쳤다.

"꼴이 틀렸다니 눈이 뒤집혔단 말이냐."

"눈도 뒤집혔는지 모르지."

"무슨 소리냐."

"요새 환장할 지경이지."

"또 술취했구나. 을손이한테 지더니 밤낮 술이야."

"어물쩡하게 딴소리 그만둬."

쏘더니 목소리를 갈아,

"사람이 그렇게 헤푸면 못 쓴다. 아무리 너기로서니 천덕구
니가 되면 마지막이야."

"무엇 말이냐?"

"그래도 시침을 떼니? 왕가와의 짓 말야."

분녀는 뜨끔하여 입이 막혀버렸다.

"수풀 속에서 본 사람이 있어. 하늘은 속여도 사람의 눈은
못 속인다."

따귀를 붙인다. 분녀는 주춤하며 자세가 휘었다.

"다시 그러면 왕가를 찔러라도 눕힐 때야. 치가 떨려 못살
겠다."

한참이나 잠자코 섰던 분녀는 겨우 입을 열었다.

"너 옷섶이 얼마나 넓으냐? 내가 네게 매었단 말이냐, 왕가
와 너와 못하고 나은 것이 무엇 있니?"

6

그 후로 천수와의 사이가 뜬 것은 물론이어니와 분녀에게는
여러 가지 궁리가 많아서 얼마간 거리와 일체 발을 끊었다. 아
침 저녁으로 관사에 다니는 것도 일부러 궁벽한 딴길을 골랐
다.

관사에서 일하는 이외의 여가는 전부 집에서 보냈다.

빈집을 지키며 울밑 콩포기도 가꾸고 우물 물을 길어 몸도
퍼찔 씻고 하는 동안에 열이 식어지고 마음도 차차 잡혔다. 몸
이 깨끗하고 정신도 맑은데다 뜰앞의 조용한 화초포기를 바라
보고 있으면 지난 일이 꿈결같이 밖에는 생각나지 않는다. 그
무슨 무더운 대병이나 치르고 난 것 같아 몸이 거뿐하다. 모든
것이 지나간 꿈이었다면 차라리 다행이겠다고 생각해 보면
머리채를 닿아내린 몸으로 엄청난 짓을 한 것이 새삼스럽게
뉘우쳐진다. 명준 만갑 천수 왕가가 머리 속에 차례차례로 떠
오르는 환영을 힘써 지워버리려고 애쓰면서 날을 보냈다.

그러면 사람의 마음처럼 조화 많은 것은 없는 듯하다. 언제
까지든지 찬 우물 물을 끼얹어 식히고 얼리울 수는 없었다. 견
물 생심으로 다시 분녀의 마음을 움직이게 한 변괴가 생겼다.

망칙스런 꼴이 눈에 불을 붙여놓았다.

여름의 관사는 까딱하면 개망신처가 되기 쉽다. 문이란 문 창이란 창은 죄다 열어 젖히우고 대신에 얇은 발이 치우면 방 안의 변이 새이기 맞춤이다. 문이란 벽 속의 비밀을 귀띔하는 입이다. 그 안에 사는 임자가 밤과 낮조차 구별할 주책이 없 을 때에 벽은 즐겨 망신주기를 좋아하는 것 같다.

그날 저녁 무렵은 유난히도 무더웠다. 더우면 사람들은 해 변에서나 집안에서나 옷벗기를 즐겨한다. 분녀는 이역 유난스 럽게도 일찌기 부엌 일을 마치고는 목욕물을 가늠보러 목욕 간으로 들어갔다. 물줄을 틀어 더운 물을 맞추면서 한결같이 누구보다도 먼저 시원한 물 속에 잠겼으면 하는 불측한 생각 뿐이었다. 그러나 대체 주인 양주는 이때껏 무엇을 하고 있나 하고 빈지 틈에 눈을 대었다. 이 괴망스러운 짓이 실수였는지 도 모른다. 빈지 틈으로 맞은편 건넌방이 또렷이 보인다. 분녀 는 하는 수 없이 방 안의 행사를 일일이 보지 않을 수 없었다.

거의 숨을 죽였다. 피가 솟아 얼굴이 확 단다. 목구멍이 이 따금 울린다. 전신의 신경을 살려 두 손을 펴고 도마뱀같이 빈 지 위에 납작붙었다.

수도물이 쏟아질 대로 쏟아져 목욕통이 넘쳐나는 것도 잊어 버리고 분녀는 어느 때까지나 정신없이 빈지에 붙어앉았다. 더운 김에 서리워서인지 눈에 불이 붙어서인지 몸이 불덩이같 이 덥다.

날이 지나도 홍분이 쉽사리 사라지지 않는다.

"그런 세상도 있구나."

거기에 비하면 지금까지 겪은 세상은 너무도 단순하고 아무

것도 아닌——방 안의 세상이 아니요, 문 밖 세상 같은 생각이
든다. 가지가지의 경험을 죄진 것같이 여기던 무거운 생각도
어느 결엔지 개어지고 도리어 자연스럽고 그 위에 그 무엇이
부족하였다는 느낌조차 들었다.

관사의 광경은 확실히 커다란 꾀임이었다. 일시 잠자던 것
이 다시 깨어나 이번에는 더 큰 힘으로 움직이기 시작하였다.
아무리 우물을 퍼서 몸에 퍼부어도 쓸데없다. 한시도 침착하
게 앉아서 있을 수 없이 육신이 마치 신장대 모양으로 설레는
것이다.

만약 그날로 돌연히 상구가 눈앞에 나타나지 않았더면 분녀
는 어떻게 일신을 정리하였을까.

요술과도 같이 뜻밖에 상구가 찾아왔다. 들어 간지 거의 달
포만이다. 얼굴은 부숭부숭 부었으나 어느 틈엔지 머리까지
깎은 후라 일신은 단정하다. 짜장 반가운 판에 분녀는 조금 수
다스럽게 소리를 걸었다.

"고생했구나."

"맞았다! 동무들이 가엾다."

상구는 전과는 사람이 변한 것같이 속도 열리고 말도 걱실
걱실 잘 받는 것이 분녀에게는 알 수 없이 반갑다.

"몸이 부은 짓 같구나. 꺼북하지 않으나."

"넌 내 생각 안 했니."

다짜고짜로 몸을 끌어당긴다. 분녀는 굳이 몸을 빼지 않았
다.

"이번같이 그리운 때 없다."

"별안간 싸늘한 것 같구나."

핑계 겸 일어서서 분녀는 방문을 닫쳤다.

상구에게 대한 지금까지의 불만도 뉘우침도 다 잊어버리고 상구의 하는 대로 몸을 맡겼다. 누구보다도 지금에는 상구가 가장 그리운 것이다. 지난 날도 앞날도 없이 불 붙는 몸에는 지금이 있을 뿐이다. 상구의 입술이 꽃같이 곱다.

다음날 관사에 나갔을 때에 분녀는 우습게 여기는 한편 천연스럽게 자신의 꼴을 한층 더 사특하게 여겼다.

그날 밤도 상구가 오기는 왔으나 간밤같이 기쁜 낯으로가 아니었다. 밤늦게 오면서도 그는 전과 같이 노여운 태도였다. 퉁명스런 목소리였다.

"너를 잘못 알았다."

발을 구르며,

"네까진 것한테 첫몸을 준 것이 아까와"

이어.

"짐승 같은 것. 너를 또 찾은 내가 잘못이었지, 그렇게까지 될 줄이야 알았니?"

기어이 볼을 갈겼다.

"소문 다 들었다."

"...... "

"굳이 일일이 이름 들 것도 없겠지. 어떻든 난 쉬 떠나겠다."

7

상구는 말대로 가버렸다. 차라리 실컷 얻어나 맞았다면 시원할 것을 더 말도 못 들어보고 이튿날로 사라졌으니 할일 없

다. 서울일까. 사람이란 눈앞에서만 안보이게 되면 왜 이리도
그리운가.

그러나 상구의 실종보다도 더 큰 변이 생기고야 말았다. 마
을 갔던 어머니는 황급한 성질에 펄펄 뛰어들었더니 손수 몽
둥이를 집어들었다.

"분녀야 정말이냐."

분녀에게는 곡절이 번개같이 짐작되었다. 금시에 몸이 녹는
것 같더니 넋없는 몸뚱이가 허공을 나는 것 같다.

"허구한 곳 다두고 하필 종가에 가서 이 끔찍한 소문을 듣
다니 무슨 망신이냐."

올 때가 왔구나 느끼며 숨을 죽였다.

"일일이 대봐라. 행실머릴 이 자리에서."

첫 매가 내렸다.

"만갑이 천수 또 누구냐 대라. 치가 떨려 견딜 수 있나. 몸
치장이 수상하더니 기어이 이꼴이야?"

물매가 내리기 시작하였다. 분녀는 소같이 잠자코만 있다가
견딜 수 없어서 매를 쥔 팔을 붙들었다. 어머니는 더욱 노여워
할 뿐이다.

"이 고장에 살 수 없다. 차라리 죽어라."

모진 매에 등죽기가 주저내리는 것 같다 종아리에서는 피
가 튄다. 분녀는 하는 수 없이 매를 벗어나서 집을 뛰어나왔다.
목소리는 나지 않고 눈물만이 바짓바짓 솟는다.

바다에라도 빠질가. 목이라도 매일까. 성문을 나서 환장할
듯한 심사에 정신없이 벌판을 달렸다. 큰길을 가기도 부끄러
워 옆길로 들었다. 허적거리다가 밭두둑에 쓰러졌다. 굳이 다

시 일어날 맥도 없이 그 자리에 코를 박고 밤되기를 기다렸다. 바다에까지 나가기도 귀찮아 풀포기에 쓰러진 채 밤을 새웠다.

다음날도 집에 들어가지 않고 그렇다고 갈 곳도 없어 사람 눈에 안띠이게 종일이나 벌판을 헤매이다가 밭속 초막 안에서 잤다. 그런지 나흘만에 벌판으로 찾아 헤매는 식구의 눈에 띠어 하는 수 없이 집으로 끌려갔다. 어머니는 때리는 대신에 눈물을 흘렸다.

큰일이나 치르고 난 것 같다. 몸도 가다듬고 마음도 조여졌다. 딴 사람으로라도 태어난 것 같다. 관사에서 떨어진 후로는 들에 나가 밭일을 거들었다. 거리를 모르게 되고 밭과 친하였다.

여름이 짙어지자 벌써 가을 기색이었다. 들에는 곡식냄새에 섞여 들깨 향기가 넘쳤다. 들깨 향기는 그윽한 먼 생각을 가져온다.

분녀는 날마다 들깨 향기에 젖어서 집에 돌아왔다. 그런 하루날 돌연히 낯선 청년이 찾아왔다.

"날 모르겠어?"

아무리 뜯어보아도 알듯 알듯 하면서 생각이 미처 돌지 않는다.

"명준이야."

듣고 보니 틀림없다. 반갑다. 삼 년만인가.

"만주갔다 오는 길야. 나도 변했지만 분녀도 무던히는 달라졌군."

"금광은 찾았누?"

"금광 대신에 사람놈이나 때려 죽였지."

　명준은 빙그레 웃는다. 고생을 하였으련만 그다지 축나지도
않았다. 도리어 몸이 얼마간 인 것 같다.

"고향은 고저 그 모양이군."

　분녀는 변화 많은 그의 일신 위에 말이 뻗힐까봐 날쌔게 말
꼬리를 돌렸다.

"어떻게 할 작정이구."

"밭 뙈기나 얻어 갈아볼까. 수 틀리면 또 내빼구."

　말투가 허왕하면서도 듬직하다. 생각하면 명준은 첫사랑이
었다. 귀찮은 금덩이를 가져오지 않는 것이 차라리 개운하다.
허락만 한다면 그와 나 마음잡고 평생을 같이 하여 볼까 하고
분녀는 생각하여 보았다.

판 권
본 사
소 유

메밀꽃 필 무렵

2010년 10월 20일 인쇄
2010년 10월 30일 발행

지은이 | 이 효 석
펴낸이 | 최 상 일

펴낸곳 | 태 을 출 판 사
서울특별시 중구 신당6동 52-107(동아빌딩내)
등 록 | 1973 1.10(제4-10호)

ⓒ2009. TAE-EUL publishing Co.,printed in Korea
※잘못된 책은 구입하신 곳에서 교환해 드립니다

■ 주문 및 연락처
우편번호 ⒈⓪⓪-⒋⒌⒍
서울 특별시 중구 신당 6동 제52-107호(동아빌딩내)
전화: 2237-5577 팩스: 2233-6166

ISBN 89-493-0192-X   03810